短編少女

集英社文庫編集部 編

集英社文庫

短編少女 ―――――――― Contents

短編少女

てっぺん信号

三浦 しをん

三浦 しをん
みうら・しをん

1976年東京都生まれ。2000年『格闘する者に○』でデビュー。06年『まほろ駅前多田便利軒』で直木賞、12年『舟を編む』で本屋大賞、15年『あの家に暮らす四人の女』で織田作之助賞を受賞。他に『風が強く吹いている』『光』『木暮荘物語』『政と源』など著書多数。

くじで窓際の席が当たったのをいいことに、江美利《えみり》は授業中、もっぱら外の景色ばかり眺めている。

私立S学院高等部一年B組は、グラウンドに面した校舎の三階にあり、見晴らしも日当たりもすこぶるいい。九月に席替えをした当初は、カーテンを閉めても防ぎきれぬほど日差しが降りそそぎ、江美利はあやうく焦げたパンと化すところだった。夏の最中《さなか》ですら用心して海に行かずにいたというのに、室内でおとなしく座っているだけでじりじり日焼けするはめになるなんて、理不尽もいいところだ。

十二月も迫ったいまになってみると、この席は上々の居心地である。ぬるい陽光にあたためられ、炬燵《こたつ》のなかの猫みたいに背中は丸まりまぶたはくっつく。これではいけないと窓の外に視線をやれば、冬の空は薄曇り。グラウンドで持久走をする三年生は明らかに身の入らぬ様子。閉ざされた校門の向こう、埃《ほこり》っぽい県道をたまにトラックが行き過ぎる。県道と並行して流れる川は、細かい鱗《うろこ》を敷き詰めたみたいに白く輝く。

窓を開ければ潮の香りがするだろう。河口は近い。

窓から見える景色のなかで、江美利の一番のお気に入りは対岸にある緑の丘だ。このあたりはほとんど平坦な土地なのに、そこだけお椀《わん》を伏せたみたいにきれいに盛りあがっている。丘の西側（江美利から見て左側）には太平洋が広がり、丘の前面にはゆったりと川が流れているものだから、まるで島みたいだ。

戦国時代には丘のてっぺんに小さな城があったらしいが、ちょっと眉唾だと江美利は思っている。名所も名物も特にない町のこと、史跡とするにふさわしい場所があるなら、とっくに公園にでもなっていそうなものだ。しかし、丘に城址《じょうし》公園があるなど聞いたことがない。江美利は生まれたときからこの町に住んでいるけれど、丘に登った記憶はとんとない。たぶん、見るべきものはなにもないからだろう。

でも、丘の頂上、木々の葉陰に、建物の外壁がかすかに覗《のぞ》く。のっぺりと硬質な感じの白い壁だ。城の物見櫓《ものみやぐら》のようでもあるし、なにかの研究施設のようでもある。江美利の視力は両目とも2.0なので、手がかりになる看板でもないかと目をこらすのだが、樹木に阻まれて建物の全容はうかがえない。一度、丘へ行ってたしかめてみようかとも思うけれど、一日の授業が終わって校門を出るころには、そんな思いつきはいつも忘れてしまう。

あまりよそ見をしていては、先生に怒られる。江美利はようやく黒板のほうへ顔を向けた。

「ピラミッドがなぜ建設されたのか——ファラオの墓だとか、農閑期の農民を雇用するための公共事業だとか、なんらかの祭祀《さいし》に使われたとか——諸説あります……」

フクちゃん（世界史担当）は、江美利の眠気をますます誘う一本調子で、古代エジプト文明について解説中だ。「いずれにせよ当時の人々が、死後の世界、つまり来世を信じていたのはまちがいなさそうです。幸せな来世の到来を願う宗教は、生きるのに苦難を伴う時代に勃興します」

ノートを取る気にもならず、江美利は教壇に立つフクちゃんを見る。フクちゃんは自身の授業中、生徒の三分の二が魂を浮遊させ、残り三分の一が机につっぷしていることを、もはや諦めとともに受け入れているようだ。痩身で見るからにおとなしそうな中年男フクちゃんは、体内にレコーダーでも仕込まれているみたいに、教科書に書かれたことを淡々と説明していく。

師走《しわす》も近い時点で世界史の授業が古代エジプト文明までしか進んでいないのは、致命的遅延と江美利には思えるが、フクちゃんもクラスメイトも気にしていないもようだ。

S学院は小学校から大学まであり、生徒の顔ぶれはほとんど変わらない。江美利のように中学受験でS学院に入ったものと、小学校からエスカレーター式に中学に上がったものとでは、一対三の割合だ。高校受験でS学院に入学した生徒の数はといえば、三十人もいないだろう。

S学院生のたいがいは、近郊の小金持ちの家の子で、自分でこつこつ勉強して難関大学合格を目指しているか、エスカレーター式に付属の大学に入れればいいやと思っているか、寄付金を出すからなんとか高校だけは卒業してほしいという親の意向でしぶしぶ通っているかだ。いずれにせよ、フクちゃんの世界史にはだれもなにも期待していない。授業の進捗が致命的遅延を見せようとも、だれからも文句は出ない。

自由放任といえば聞こえはいいが、生まれてこのかた満腹以外知らない自堕落な獣の群れを、無理やり集めて学校の体《てい》をなしているだけともいえる。

幸せな来世の到来を願う宗教は、生きるのに苦難を伴う時代に勃興する。

本当だろうか。

どう考えても、幸せな来世の到来を願うにふさわしい苦難を味わったのは、ファラオよりもピラミッドを作った人々のほうだという気がする。にもかかわらず、豪華な壁画と副葬品に囲まれ、黄金の棺《ひつぎ》で眠るのはファラオだ。王さまだけに約束された幸せな来世。

もし、来世が本当にあるとしたら。江美利は資料集を眺めるふりで頬杖《ほおづえ》をつく。きれいな女の子に生まれ変わりたい。

高校生になるまでは、生まれ変わるなら男がいいと漠然と思っていた。男子のほうが気楽そうだし楽しそうだから。でも、いまはちがう。奥井《おくい》先輩を好きになってからは。

奥井先輩はたぶん、恋愛という意味では男を好きにならないだろう。性別が女だというだけの地味でブスな人類のことも好きにならないだろう。万が一、奥井先輩が地味でブスな女とつきあったりしたら、江美利はきっと許せない。奥井先輩の地味でブスな彼女のことも、そんな女と交際する奥井先輩のことも。つまり、江美利は自分が奥井先輩とつきあうなどという事態を、空想することすら自身に許していない。

だから、来世があるなら、一刻も早く生まれ変わりたいものだと思う。奥井先輩とつきあってもおかしくないような、きれいな女の子に。

そう、竹田《たけだ》しづくみたいな子になりたい。

江美利は頬杖をはずさぬまま、教室の中央付近に視線だけ移動させる。しづくの薄くて小さな背中を、左斜め後方から見る形になる。細い肩さきに、うつくしい黒髪がかかっている。しづくはたまに髪の毛を左手で肩へ流しながら、鉛筆を持った右手を動かしている。黒板の文字を写し取っているわけではないようだ。鉛筆はノートのほぼ同じ箇所で、円を描くように動いている。

視線の圧に気づいたのか、しづくが江美利のほうをちょっと振り向いた。盗み見していたのがばれて、江美利は気まずくうしろめたく、どぎまぎした。けれど、ここでわざとらしく視線をそらしては、なおさらしづくに気味悪がられるおそれもあり、目を合わせたまま無理やり微笑してみた。ぎこちなくひきつったような笑顔になったのが自分でもわかり、ああキモいの確定だどうしよう、と掌《てのひら》と腋《わき》にじんわり汗がにじんだが、しづくは江美利に向かって微笑《ほほえ》みかえしてくれた。そのうえ、フクちゃんの目を盗んで手もとのノートを立て、江美利に見えやすいように少しかざしてみせる。

しづくはやはり板書など写さず、ノート一面に落書きをしていた。花のように曼荼羅《まんだら》図《ず》のように、白い紙に幾何学模様がびっしり描きこまれている。

江美利は今度こそリラックスして、声は出さずに笑った。しづくって、変な子。しづくもいたずらっぽく笑い、黒板のほうに向き直って、幾何学模様の密度を上げる作業を再開する。

しづくは高等部から入学してきた。江美利は武村《たけむら》江美利なので、四月から三カ月間はしづくと席が前後だった。それで話すようになった。

あまり目立たなくておとなしいしづく。だけど、実は顔が小さく、近くで見ても肌が白くなめらかで、長いまつげをしている。お人形みたいに整ってうつくしい顔。整いすぎているせいで、かえってだれもしづくのうつくしさに気づかないのかもしれない、と江美利は思う。

しづくの美は、マスカラを塗りたくったうえにつけまつげを装着し、アイラインで目を強調した大多数の女子とはまるでちがう部類だ。

S学院高等部は、男子しか制服がない。「華美な服装でなければ」女子は私服で登校してもいい。といっても、ほとんどの女子が、準制服という名の学校が作った制服を着ている。そのほうが「女子高生」だと周囲に知らしめることができるからだろう。細身で紺色のブレザーと、灰色のプリーツスカート。もちろん腿《もも》がほぼ丸出しになるぐらいまで短くして穿《は》く。くすんだ紺色のナイロン製学校鞄《かばん》に、小さなぬいぐるみやらビーズのストラップやらをじゃらじゃらつけて歩く。それを見るたび、江美利は若き日の織田信長が腰にひょうたんをたくさんぶらさげていたという逸話を思い出す。尾張《おわり》のうつけ者。「うつけ」という言葉が彼女らにはふさわしい。

しづくは、そんな恰好《かっこう》は絶対にしない。スカートは膝がちょっと見える程度の丈で、ほっそりとしなやかな脚がよりいっそう際立つ。鞄には飾り気がなく、化粧もしない。たまに、「唇が荒れちゃった」と透明のリップクリームを塗るぐらいだ。

それでも江美利の視界のなかで、しづくほど輝いて見える女の子はいない。男子なら奥井先輩。女子ならしづく。江美利はこの両名に、ベクトルはちがえど激しく好意を燃やしているのだった。

江美利はしづくよりも三年早く、中学からS学院に在籍しているわけだが、友だちと呼べるひとはしづくが現れるまで存在しなかった。江美利は地味だ。どれだけ細心の注意を払って鏡を眺めても、しづくのような秘めた、しかし確固たる美はどこにも見当たらない。悪いことに社交性も欠落しており、端的《たんてき》に言って暗い。特筆に値する趣味も特技もなく、家と学校を黙然と往復する毎日を送っている。

友だちなんかできっこない。そんな状態に拍車をかけるのが、携帯電話を持っていないという事実だ。両親に何度も交渉したのだが、所持を許してもらえなかった。高校生にもなって携帯不携帯なのは、S学院ではたぶん江美利だけだろう。

江美利も、なにも好きこのんで薄暮《はくぼ》めいた陰鬱なる日常を過ごしていたのではない。できることなら友だちがほしかった。携帯だってほしい。「あの子、暗いよね」と遠巻きにされる学校生活はもういやだ。

そこで、高校の入学式の日に一念発起した。絶対に友だちをつくる。中学まで一緒だった子たちには、江美利が地味で暗くておもしろみがない人間なのを知られている。狙い目は、高校から新しく入ってくる子だ。江美利の暗さを知らず、友だちゼロ人《にん》の実績を知らず、新しい環境に戸惑いと心細さを覚えているであろう子。そんな子に親しげに話しかけ、親切に学校を案内でもしてあげれば、きっと友だちになれる。

こうして江美利は、思惑どおりしづくと友誼《ゆうぎ》を結んだのだった。しづくが思いがけずうつくしいひとだったのは、うれしい計算ちがいだ。

しづくはもちろん携帯電話を持っている。入学して日が経《た》つにつれ、江美利以外に親しく話す友だちもできたようだ。派手な一団とは距離を置いているけれど、気立てがよくてきれいなしづくを、「暗い」と言ったりバカにしたりする子はいない。江美利はちょっとさびしかったが、我慢した。しづくがクラスの輪に溶けこんでいくのを、少しの誇らしさをもって見守った。

この学校でしづくと一番最初に友だちになったのは江美利だ。しづくの友だちがどんなに増えても、しづくは江美利をないがしろにせず、微笑みかけてくれる。いまみたいに。

江美利は曼荼羅（？）をこっそり見せてくれたしづくに満足し、窓の外をまた眺めはじめる。フクちゃんはミイラのつくりかたを懇切丁寧に解説している。

緑の丘のてっぺん、白い建物のあたりで、なにかが小さく光を反射した。おや、と思って江美利はしばらく丘を凝視していたが、気のせいだったのか、さしたる変化は起こらないままチャイムが鳴った。

お昼休みや体育の準備体操のとき、しづくと一緒に行動できるか否か、江美利はいつも緊張する。しづくとペアになれなければ、話したこともない地味なあぶれもの同士で準備体操（柔軟や背筋のばし）をしたり、教室の隅っこで一人で弁当を食べたりすることになる。

しづくは毎日学食で食べるのだが、その日は江美利に声をかけてくれた。江美利は母親が作った弁当を持って、しづくとともにいそいそと学食へ行く。

生徒数が一学年あたり三百人なので、高等部専用の学食は常に混みあっている。しづくがカウンターへサンドイッチを買いにいった隙に、江美利はぬかりなく席取りをした。自分の席には弁当箱を置き、しづくのために確保した向かいの席には脱いで畳んだカーディガンを置く。

一安心した江美利は、無料のお茶を二人ぶん取りにいった。ヤカンからプラスチックの湯飲みにお茶をつぎ、両手にひとつずつ持って席に戻る。

椅子に座ろうとして、動きが止まった。迂闊《うかつ》だった。並びのテーブルにサッカー部員が塊になって座っていた。奥井先輩もいる。一年の男子の頭を羽交い締めするように抱え、笑っている。一年男子も笑いながらわざとらしく悲鳴を上げている。

奥井先輩は今日も恰好いい。しかし問題は、このまま江美利が弁当箱のある席に座ると、奥井先輩に背を向ける形になってしまうということだ。自分の顔が奥井先輩の視界に入ることで、先輩の網膜を汚したくはない。だが、並びのテーブルから奥井先輩をチラ見するぐらいは許されるのではないかという気もしなくはない。

ふたつの湯飲みをテーブルに置きながら、どうするべきか江美利は光速で考えた。やっぱりしづくと席位置を交代しようと結論づけ、弁当箱とカーディガンとを入れ替えかけたそのとき、サンドイッチを買ったしづくが来てしまった。

「どうかした？」

　中腰だった江美利は、あわてて背筋をのばし、なんでもないと首を振った。弁当箱とカーディガンはもとの位置のまま、江美利は先輩に背を向ける形で、しづくはテーブルと江美利越しに先輩のほうを向く形で、椅子に尻を落ち着けた。

　しづくは「ありがとう」とカーディガンを江美利に返した。カーディガンに体温が残っていたのではないか、しづくはそれを気色悪いと感じたのではないか、と江美利は懸念したが、カーディガンはあたたかくも冷たくもなく、強いていえば室温程度だった。

江美利はカーディガンを羽織り、背中にも目があったらいいのにと心の底から思った。

　先輩の清潔そうな指さき。球ばっかり蹴ってるわりには賢そうな面立ち。冬になっても日に焼けたままの健康そうな肌。ほがらかな、でもどこか繊細さもあるやさしい笑顔。

見たい。振り返ることはできない。

　弁当をひたすら食うロボットみたいに箸を動かす。しづくの様子をうかがうと、無心に食べている。せっかく奥井先輩を見ることができる位置にいるのに、サンドイッチにしか興味がないようだ。

　とうとう辛抱できなくなって、

「うしろの席に奥井先輩がいる」

と、江美利はしづくに囁《ささや》いた。しづくはそこではじめて顔を上げ、江美利の背後を見た。

「ほんとだ。席かわる？」

「いい。気づかれたら恥ずかしい」

「江美利ったら、奥ゆかしいんだから」

しづくはわずかに口角を上げた。しづくこそ奥ゆかしい。

「気づかれないように、先輩の様子を実況中継してあげようか。なるべく小声かつ腹話術の要領で」

「できるの？」

「ムリカモ。ゴメンネ」

腹話術人形っぽい声真似《こえまね》でしづくが言ったので、江美利は笑った。しづくも笑った。

ぶーぶーと携帯のバイブ機能が作動する音がした。しづくはスカートのポケットに手をつっこみ、画面を一瞥《いちべつ》する。メールが届いたらしい。

「まみちゃんから」

と、クラスメイトの名をあげる。江美利はしゃべったことがない子だ。ほとんどの同級生と江美利はしゃべったことがない。

「『次の移動教室、第一化学室だっけ、第二だっけ』だって」

「第二」

「おっけ」

すごい速さでボタンを押し、しづくは返信を打った。

曼荼羅描いてたくせに、清楚《せいそ》な美少女って感じなのに、練達《れんたつ》の女子高生っぽい。

江美利は憧れと尊敬の眼差しをしづくに送る。しづくみたいになりたいとまた思った。

メールを返信し、しづくが携帯をポケットに戻したとたん、江美利の背後でぶーぶーと携帯のバイブ機能が作動する音がした。奥井先輩が座っているあたりだ。あまりのタイミングのよさに、江美利の胸にふいに疑惑の靄《もや》が湧く。

本当にまみちゃんからメールが来て、まみちゃんに返信したのか？　しづくは実は、奥井先輩とメールをやりとりする仲なのではないか？　私が奥井先輩を好きだと知ってるくせに、それを応援するふりをしてきたくせに、実はしづくこそが奥井先輩とつきあっているのではないか？

しづくは江美利のいれたお茶を飲んでいる。サッカー部の面々はあいかわらず騒いでいる。奥井先輩の笑い声もする。

なにもおかしなことはない。ぶーぶーは空耳だったのかもしれない。もしくは、奥井先輩以外のだれかに、しづく以外のだれかからメールが届いたと考えるほうがまっとうだ。学食には二百人からの生徒がひしめきあっているのだから。蠢《うごめ》く二百の胃袋。目に見えぬまま、だれかからだれかへと飛び交う電波。

江美利はふいに、文化も習慣もちがう星に放りこまれた気分に陥《おちい》る。内臓の配置すら自分だけ異なっているような気持ちになる。

江美利に向けて発信される電波はひとつもないというのに、視線の圧だけは敏感に感じ取るとは、不思議なものだ。食事を終え、しづくとともに席を立った江美利は、だれかに見られている気がしてふと振り返る。

奥井先輩が江美利を見ていた。正確に言うと、江美利の隣のしづくを見ていた。しづくは奥井先輩の視線に気づかない。気づかないふりをしているだけかもしれない。しづくが無反応なのをたしかめ、江美利が奥井先輩に視線を戻したときには、奥井先輩はもうサッカー部員のほうに顔を向けていた。

さすが、しづく。きれいだから奥井先輩もしづくが気になったんだ。

そう思って誇らしさをかきたてようとしたが、疑惑の靄が抑えようもなく体内に濃く立ちこめだし、江美利は胞子を振りまく寸前の毒キノコ。一刻も早く体じゅうの穴という穴をふさがなければ、しづくも奥井先輩も学食にいる生徒も毒素をかぶって阿鼻叫喚《あびきょうかん》の地獄絵図に放りこまれてしまうだろう。

江美利はなるべく息を止めたまま、「トイレ行ってくる」としづくのそばを離れる。期せずして、さきほどしづくが実演してみせた腹話術人形じみた口調になった。

川沿いを走る路線バスに乗って、山のほうへ三十分ほど行くと江美利の家だ。あたりにぽつぽつとあるのは大半が農家、空いた敷地にちらほらとアパート。あとは段々畑に緑の畝《うね》のようにつらなる茶の木、斜面に生えたミカンの木。

そんななか、江美利の自宅だけ異彩を放つ。広い前庭には手入れの行き届いた芝生。猫足の白いテーブルと椅子（ただし、いずれもプラスチック製）。家屋はログハウス調で、天気のいい日には玄関のまえのウッドデッキにゴールデンレトリーバーのサムエルが寝そべっている。

今日もサムエルは、バス停から坂を登ってきた江美利を見るや、デッキから身を起こして盛大に尻尾《しっぽ》を振った。ゴールデンレトリーバーは、触ると見た目よりも毛が厚い。もこもこした毛に手をうずめるようにして揉《も》み撫《な》でてやると、サムエルが目を細めた。アホ面《づら》だけどかわいい。

玄関のドアを開け、サムエルと一緒に「ただいま」と室内に入った。吹き抜けになったリビングダイニング。床も壁も天井もすべて木でできている。天井では真鍮《しんちゅう》のファンがゆっくりまわっている。

長い煙突のついた薪《まき》ストーブのまえで、父親が四《よ》つん這《ば》いになっていた。なかを掃除して、この冬の使用に備えているところらしい。対面式のキッチンから、「あら、おかえり」と母親が声をかけてくる。

「今日はポトフなの。まだ野菜を切ってるところだから、できあがるまでもうちょっとかかるわよ」

「うん、着替えてくる。なにか手伝う？」

「じゃあサラダを作って」

サムエルは父親のそばへ行き、おとなしく座っている。父親はようやく江美利の帰宅に気づき、ストーブから顔を出した。煤《すす》で汚れた軍手をはずし、両腕を広げる。

「おお、江美利！　おかえり。学校はどうだった？」

「楽しかったよ」

いちいちが大仰《おおぎょう》な父親のために、しかたなく抱擁に応じる。「パパは？」

「パパは画業を中断して、ママとポトフのために薪ストーブのメンテナンス中だ」

薪ストーブに鍋を載せ、熱々のポトフを食べるのが、武村家における寒い季節のしきたりだ。江美利としてはポトフよりおでんを食べたい。鍋をあっためるだけなら、薪ストーブじゃなく電熱器でいいじゃないかと思う。でも口には出さない。

日本の中途半端な田舎で堂々と洋風の暮らしを営むせいで、武村家は風景からも人間関係からも浮きあがっている。しかし両親はちょっと浮世離れしており、周囲から自分たちがどう見られているか、ほとんど気にしない。父親はいちおうは名を知られた画家で、こまごまとした頼まれ仕事から美術展に出品する大作まで、離れのアトリエで日々創作活動に励んでいる。母親は家を隅々まで磨きあげ、庭の手入れをし、時間をかけて三食を作ることに人生のすべてをかけていると言っても過言ではなく、そつなく近所づきあいもこなしていると自分では信じている。

江美利になにが言えようか。

時代錯誤な洋風かぶれには理由があって、父親はハーフである。江美利の祖母はフランス人だったのだそうだ。ところが江美利の父親は、厚ぼったい一重まぶたに胴長短足、どこからどう見ても和風の風貌だ。おまけに江美利も父親似という悲劇。クォーターですなんて恥ずかしくてだれにも言えないし、言ったってだれも信じないだろう。

江美利は父方の祖父母に会ったことがない。祖父は父親が美大を卒業した年に病気で亡くなったそうだし、祖母は父親が小さいころに離婚して、フランスへ帰ってしまったらしい。いまとなっては追及しようもないが、本当に祖母はフランス人だったのかと江美利は疑問に感じている。しかし父親の弟二人（つまり、江美利にとっては叔父）も、彼らの子どもたち（つまり、江美利にとってはいとこ）も、ものすごくバタ臭い顔で長身。江美利の家族を除いては、異国の血が入っているというのもうなずける美々《びび》しい一族なのだった。

無論、江美利は親戚が一堂に会するような冠婚葬祭の席がだいきらいだ。

木製の階段——梯子《はしご》に毛が生えたがごとき代物——を上り、とりあえず自室に引きあげる。つくりとしてはロフトだが、天井までの高さは充分ある。ただ、声も空気もリビングダイニングとまるきり共有せねばならないのがつらい。独り言もなかなか言えない。江美利は部屋着に着替え（母親が用意した白いモヘヤのセーターと、水色の地に紺色の小花が一面に散った厚手のスカート。すこぶる似合わない、と鏡を見て江美利は自己判断する）、準制服はハンガーにかける。

父にはフランスの血など一滴も入っておらず、祖父がよそで作ったか橋の下から拾ってきたかした子にちがいない。江美利は幼いころから何度も考えてきたことを、また考える。そうだとすれば、父の洋風かぶれもうなずける。幻のフランスの血に敬意を表し、半分だけフランス人だと自分に言い聞かせるために、父親は油絵を描き、アルプス風（たぶん）の山小屋を建て、年ごろの娘がいやがってもハグを欠かさず、おでんではなくポトフを食べるのだ。

父親の実母は、どこのだれなんだろう。江美利はいらだつ。フランス語もしゃべれないくせにフランス人たろうとする父親にも、そんな父親をいさめるどころか助長するような言動を取る母親にも（ポトフ作ってる場合か、黒はんぺん入りのおでん作れ）、真相を明らかにすることなく黙ってフランスへ帰ったきり音信不通の祖母にも、浮気したかもしれない死んだ祖父にも、無責任にも父親を生み捨てにした（かもしれない）本当の祖母にも。すべてに対して江美利はいらだつ。

奥井先輩。江美利のただひとつのきらめく星。丘のうえで一瞬輝いた光みたいに遠いひと。

江美利は友だちを信じたい。しづくが裏切ることなんてないと信じたい。でももし、しづくのメールの相手が江美利の直感どおり奥井先輩だったとしたら？

しづくを殺す。

いらだちという感情からの連想で、昼に湧いた靄を再発生させた江美利は、自分にそう誓った。

美人は性格が悪いという俗説はウソだ。しづくはきっと、こんな醜い気持ちとは無縁のはずだ。江美利だって人形のように整った外見だったら心まで醜くならずにすんだ。しづくは清楚な日本人形、江美利は華やかなフランス人形。そうだったなら、世界はどれほどうつくしく江美利の目に映ったことだろう。

駅前まで出かけたとき、恥を忍んで母親にイオンで買ってもらった九百八十円の美顔ローラーを頬に転がし、江美利は念じる。

生まれ変わったらきれいな女の子になりたい。

ロマンティックな白い鏡台に向かう自分は、目が細い反面、小鼻も顔の輪郭も丸い。「休みのあいだ、ほぼ毎日海で泳いじゃった」と笑っていたしづくより、夏じゅう家に籠もっていた江美利のほうがいまや色黒。奥井先輩の試合を応援しにいくのも、断腸の思いで控えたというのに。

江美利は片頬につき五十回ずつ美顔ローラーを転がしてから、なるべく明るい表情を作って階段を下りた。

幸せな来世に期待するほかなかった古代エジプト人の気持ち、その生きる苦難が少しはわかる。

一週間ほど経ち、例年より遅かった紅葉の時期が慌ただしく過ぎていった。教室の窓から見える緑の丘は、赤や黄色でまだらになり、やがて葉を落とした。おかげで丘にある謎の建物も、まえよりは見えるようになった。白い直方体といった感じの三階建てらしく、あんなところに病院か学校はあっただろうかと江美利は思った。

数学の授業は特に意味不明なので、江美利はいつも睡眠にあてている。机に曲げ置いた腕に頬をつけ、窓のほうに顔を向けて眠りが訪れるのを待つ。きわめてゆっくりとまばたきしていた江美利は、丘のてっぺんで小さな光がまたたくのを見た。

やっぱり、なにかが日差しをはじいている。江美利は上半身を起こし、窓へ顔を近づけた。光はリズミカルに明滅する。まわりの生徒をうかがうが、だれも気づいていない。黒板のほうを見て魂を浮遊させているか、とっくに眠りの世界へ旅立ったかだ。

江美利だけに送られた合図のように、鋭く輝く銀色の光。電波受信機能を持たぬ江美利が、やっとキャッチしただれかからの通信。

なんだかうれしくなり、江美利はまた机につっぷした。窓へと顔を向けたまま。光は五分としないうちに消えてしまったが、いつ通信がはじまってもいいように、目は閉じずにいた。

江美利はその日の昼休み、しづくからの学食への誘いを断り、一人で学校図書館へ行った。

もしかしてという予測は当たった。午後にも丘で光は明滅し、借りてきた『モールス信号のはなし』の巻末の表と苦心して照らしあわせたところ、それはどうやら和文符号で「げんきですか」と言っているらしい。

なにものかが語りかけている。江美利は興奮した。江美利が元気かどうか気づかってくれている。

江美利に対して「元気ですか？」と問うているはずもないのだが、すっかりその気になった江美利は、さっそく返信しようと試みた。「ブスのくせに自意識過剰」と取られるのを恐れるほど自意識過剰な江美利は、手鏡を持ち歩かない。意を決してうしろの席の女子に、「鏡貸してくれない？」と頼んだ。江美利に急に話しかけられ、彼女は驚いたようだったが、四角い二つ折りの鏡を快く手渡してくれた。

鏡を覗くでもなく窓へ向け、アンテナの位置を調整するかのような動きをしはじめた江美利に、うしろの席の女子は驚きを通りこして怖《おそ》れを覚えたようだった。しかし江美利は、背後でたじろぐ気配などおかまいなし、鏡で日光を反射させるべく奮闘した。

どうもうまくいかない。太陽の位置がよくないのか、江美利が不器用なのか、信号表どおりの明滅が実現できているのかどうかすらわからない。対する丘の光も、戸惑ったようにゆるくまたたき、江美利が意味を解読するまえに消えてしまった。

なんだ、つまらない。

一日の授業が終わるまで待ちつづけたが、もう光は現れなかった。すべては江美利の幻覚、勘違いであったように思われた。本当はだれも合図など寄越していないし、おまえに語りかけてくるものもいないのだ。そう思い知らされた気がして、江美利はうつむきがちに鏡を持ち主に返却した。

翌日もいつも以上に窓の外ばかり眺めつづけたから、とうとう江美利は英語教師に怒られた。ロマンスグレーの紳士を気取っているが、その教師はどちらかといえば癇性《かんしょう》なので、激しく叱責されるのも当然だ。教室内は気まずい沈黙に満ち、江美利は恥ずかしさと屈辱感いっぱいで、着席を許されぬまま突っ立っていた。しづくが心配そうに何度も振り返るから、腹が立つような泣きたいような気持ちになった。

昼休みになるとすぐ、

「今日はお弁当持ってきたから、屋上にでも行かない？」

と、しづくが声をかけてきた。気分転換も兼ねて、という言外の意があるのだろうと、江美利はしづくの友情に感謝し、異を唱えず屋上へ行った。吹きっさらしの屋上は大変寒かったが、階段室の陰にまわって、並んで腰を下ろす。丘が見えない角度で、江美利は残念に思った。

　しづくはなぜか無言で、持参した弁当を箸でつついている。粕漬《かすづ》けのタラを焼いたものや冷凍コロッケが入った、全体的に茶色っぽい弁当だ。江美利の弁当はといえば、一口サイズのロールサンドが彩りよく詰められ、おとぎの国の花畑みたいだ。母親のセンスが心底気恥ずかしく、しかししづくが黙りこくったままなので、江美利も無駄口は叩《たた》かずロールサンドをつまんで食べた。

　弁当を開いて十分は経ったころ、やっとしづくが切りだした。

「あのね、奥井先輩とつきあうことになったの」

　いつかは落ちると言われていた隕石《いんせき》が、いままさに地球に落下したのかと錯覚したほど江美利は衝撃を受け、視界がぶれた。

「え？」

　とかすれた声で聞き返すのが精一杯だ。

「告白されて……。江美利の顔がすぐ浮かんで、一度は断ったんだけど、どうしてもって言われて。話してみたら奥井先輩、とってもいいひとだし」

江美利はもう聞いていなかった。ロールサンドをひたすらつまんで食べるロボットみたいに、弁当箱と口もとのあいだで手を往復させ、すべてたいらげると、からになった弁当箱を大判のハンカチで包みなおした。

「いつからつきあってるの」

「十日ぐらいまえ。黙っててごめんね。でも、言いだしにくくて……」

ウソだ。江美利は内心で冷静に断じた。言いだしにくいと思っていたなら、なぜ江美利の目のまえで奥井先輩とメールのやりとりなんてできたんだ。「まみちゃんから」と、聞いてもないのにもっともらしいウソまでついたくせに。ずうずうしい。ちょっときれいだからって、「目立たないけど竹田って実は美人だよな」なんてクラスの男子にも陰で噂《うわさ》されてるからって、やっていいことと悪いことがある。

武士道。唐突にその言葉が浮かび、「そうだそうだ武士の道にもとる行いだ、もしここに刀があったら、あんたを刺し貫いたのち見事切腹を果たし、ほとばしった血で『怨』と書いて事切れてやる」と江美利は憤激したのだが、いかんせん手持ちの刀などなく、「しづくったらひどいの！」と泣きつき悪口を振りまく友だちすらおらず、江美利にできることといったら無言で身を翻《ひるがえ》し、しづくのまえから立ち去ることだけだった。

「ごめん、江美利！」

しづくはなおも謝っていたが、べつに謝る必要なんかない、謝られたからといって許せるわけではないし、自分は奥井先輩とつきあっていたわけでもないのだからと、江美利は涙でかすむ目で階段を駆けおりる。「武村さんって、奥井先輩のこと好きだったんだって」「えー、なのに竹田さんに奪《と》られちゃったってこと？　かわいそー」「だけど無理だよな、武村じゃ」「うん、無理。武村はいろんな意味でまじ勘弁」なんて囁きが教室内で交わされたら生きていけないので、明日になったらきっと無理やり作った笑顔で、「しづく、昨日はごめん。よかったね。先輩とのこと、ほんと応援してる」などと言ってしまうだろう卑屈な自分も予想できて、涙だけでなく鼻水もあふれる。自分も、しづくも、奥井先輩も、世の中のなにもかもがだいきらいだ。

三階に下りた江美利は、そのままトイレに駆けこみ、水で思いきり顔を洗った。眉毛すら整えていない、化粧気のない顔。目が充血している。泣いたからではなく怒りのためである気がする。すぐにまぶたが腫《は》れてくるだろうが、もとから腫れたような目だ、かまうものか。

チャイムが鳴り、江美利は勢いよくトイレのドアを開けて廊下へ出た。教室ではすでにしづくが席についており、物思わしげに、怯《おび》えたように、窓際の席まで前進する江美利を見ている。

江美利の正面、窓の向こうに丘。てっぺんに光。昨日と同じ明滅。「けﾞんきてﾞすか」。

「元気なわけあるかー！」

江美利は吼《ほ》えた。教室にいたものが驚いて体を揺らし、いっせいに江美利を見る。江美利はかれらを一顧だにせず、まわれ右すると教室を飛びだした。再び階段を駆けおり、一階の昇降口で上履きから革靴へ履き替えると、グラウンドを横切って校門をよじのぼる。ちょうど二年生が体育の授業らしく、なかに奥井先輩がいた気がするが、もうどうでもいい。知るか。体育教師がなにか怒鳴っていたが、江美利はかまわず校門を越え、県道に着地するやいなや橋へと駆けだした。

川を渡ったあたりで息が切れてきて、振り返るが追っ手はない。少し心を落ち着け、丘を目指して早足で進む。

てっぺんに建物があるからには道が通じているはずだ。丘の麓《ふもと》を三分の一周したところで、江美利は車一台が通れるほどの坂道を発見した。丘に巻きつく蛇のようにうねりながら、道は頂上へつづいている。

いつも教室から見ていた白い建物を目のまえにして、江美利は門柱にはめこまれたプレートを読みあげた。

「『ルミエール聖母の丘』」

建物は会社の寮のような趣《おもむき》で、いくつかの部屋の窓には、干してある洗濯物の影が映っている。エントランスはガラスの自動ドアで、段差のないつくりだった。アスファルトで舗装された敷地内には、白い大型バンが停《と》まっている。全体の様子を総合して判断するに、「ルミエール聖母の丘」は老人ホームのようだ。

鞄もお金も持たず、身ひとつで学校を飛びでてきてしまった江美利は、どうしたものか躊躇《ちゅうちょ》した。施設内にもぐりこみ、「モールス信号を発していたかたはいませんか」と聞いてまわる度胸《どきょう》はとてもなかった。だいいち、聞いたところでどうなる。「わたしです」「あ、そうですか」以上に会話が発展する余地はないだろう。

強い光に射られ、江美利はびっくりして目を閉じた。

「あんた、もしかしてこれに気づいた？」

しわがれた声が降ってくる。おそるおそるまぶたを開ける。屋上の柵《さく》に老女がもたれ、江美利を見下ろしていた。光は老女の手もとから発されたようだ。輝くなにかを握っているのがわかる。

「上がってきな。受付で、篠原《しのはら》の孫だって言えばいいから」

江美利の感じた躊躇は、最前よりも大きなものだった。老女はにこやかだが、遠目にもド派手だと見て取れる風体《ふうてい》だったからだ。うかうかと近づいて大丈夫だろうか。

ふだんの江美利だったら、すぐさま坂を下りるところだが、いまの江美利はなげやりだ。こわいものなしだ。自動ドアをくぐり、受付奥の事務所にいた職員に「こんにちは、篠原の孫です。いつもお世話になってます」と堂々と声をかけ、カウンターにあった

「お客さま名簿」に「武村江美利　一名」と記入し、横になったままでも乗れるほど奥行きのあるエレベーターに向かう。「R」のボタンを押し、エレベーターのドアがゆっくり閉まったところで、江美利はため息をついた。

信じられない。なにをしてるんだろう。

屋上に到着すると、篠原というらしい老女が仁王立ちで待ちかまえていた。信じられない、と江美利はまた思った。

老人の年齢は往々《おうおう》にしてよくわからないものだが、篠原は七十代後半ぐらいではないかと思われた。にもかかわらず、スカートは赤いラメのスパンコールがびっしりついたマーメイドライン、セーターは明るい紫と緑の横縞《よこじま》で、真っ黄色のフェイクファーのロングコートを羽織っている。化粧がこれまたすごくて、目ばりはばっちり、つけまつげも二枚は重ねているうえに、頰紅もうっすら差し、唇にはつやつやした赤いグロス、眉毛は往年のハリウッド女優のように虫の触角じみた細さだ。

目がちかちかする。ただ、頭と足もとだけは常識（というか良識）の範囲内なのが救いで、銀髪に近い白髪はひっつめて首のうしろでお団子にし、健康サンダルと灰色の毛糸の靴下を履いている。

江美利が篠原の全身に視線を走らせたのと同じように、篠原も江美利を上から下まで眺めて言った。

「どこの学校だい」

「S学院高等部一年、武村です」

江美利という名は名乗らずにおいた。地味でブスなのにエミリ？　と笑われるのがいやだった。

ふん、と篠原が鼻を鳴らした。なにかが不快だったのか、バカにしたのか、単なる相《あい》槌《づち》なのか、江美利は判断に迷った。居心地が悪くてしょうがない。知りたかったことをさっさと尋ね、早く帰ろうと思った。

「あのー。モールス信号で『元気ですか？』って言ってたの、あなたですか」

「そうだよ。ここに入居してあんまり暇だったから、独学で習得したんだ」

「無線をするわけでもないのにですか？」

「暇をつぶせるなら、なんでもいい」

篠原は細い眉を吊《つ》りあげた。笑ったようだった。

「もう二年ぐらい、気が向いた日に発信してたけど、ここまで来たのはあんたがはじめて」

しづくの裏切りを思い出し、江美利は怒りを燃料に勇気を燃やした。

「授業中に気が散るので、やめてもらえませんか」

いつもなら、こんなことは絶対に言えない。「それに私、ちっとも元気じゃないんです。そんなときに呑気《のんき》な信号を見ると、いらいらするから」

「元気そうに見えるけどねえ」

篠原はあきれたのか寒いのか、ちょっと肩をすくめた。コートのポケットから煙草《たばこ》を取りだし(江美利には銘柄はわからない)、掌で囲うようにしてライターで火をつける。白い煙が流れてくる。ほのかに甘い香りがした。

篠原はポケットに煙草を戻すついでに、今度は携帯電話を引っ張りだした。ダイヤモンドみたいなスワロフスキーのラインストーンが、旧式の二つ折り携帯の表面にびっしり貼りつけてある。ストラップもS学院の女子生徒顔負けで、ビーズ製からちりめんの小さな金魚まで、五本ぐらいぶらさがっている。さらに篠原の手も派手で、長くのばして先端をとがらせた爪には、丁寧にネイルアートが施されていた。色(ちなみに金色)がただ塗ってあるだけでなく、紫の立体的な花までついているのだから、爪というより精緻《せいち》な細工物の域に達している。

片手で煙草を吸いながら、篠原は二つ折り携帯をもう片方の手で振り開け、メールを打ちだした。しづくより速い、と江美利は感嘆した。片手しか使っていないのに、指が八本ぐらいあるように見える。

「メル友、いるんですね」

「そりゃあ、ここに入居してる年寄りのなかにも、携帯持ってるひとはいるから。この金魚も、ばあさん友だちが作ってくれたんだよ」

篠原は携帯ごとストラップを振ってみせた。「でも、いまはメモしてるだけ。あたしは日記をつけてるんだけど、あんたが来たことを書いとかないと。夜までに忘れちゃいけないからね」

江美利は少しずつ篠原に接近し、さりげなく画面を覗きこんだ。サイズの大きな文字で、「えすがくいん　たけむらさん　モールスで来る」と表示されていたが、篠原は老眼らしく、腕を最大限のばした恰好でボタンを連打した。そのたびに、デコレーションされた携帯電話が午後の光を反射する。

そうか、きらっきらの携帯を利用して、モールス信号を発信してたのか。

謎が解けた。江美利は少し気が晴れ、屋上の手すりに歩み寄った。

「うわあ」

海と川と山、江美利の住む小さな町が一望にできる。家があるのは、あの山のあたりだろうか。S学院の校舎は、川と県道を挟んでちょうど正面。一年B組の教室の窓はどれだろう。本来だったら座っていなきゃならない場所を、遠くから眺めているのは妙な気分だ。死後の世界から生者の世界を覗き見ているみたいだ。

では、ここは来世ということか。丘のうえにある、老人ばかりが住む白い建物。

江美利はこっそり振り返り、未《いま》だ携帯電話と向きあったままの篠原を眺めた。篠原の姿は、愛敬《あいきよう》のある悪魔のようにも、毒気まんまんの天使のようにも、江美利の来世の姿のようにも見えた。

いや、来世ではなく、年月を経た生き物がなるべくしてなる貴《とうと》い形態なのかもしれない。

センスの善《よ》し悪《あ》し。人形みたいにきれいか冴《さ》えないブスか。そんなのはすべて、あと五十年もしたらどうでもいいことになる気がした。生きているかぎり、だれもが年を取る。男も女も、モテるモテないも関係ない、しわくちゃの混沌《こんとん》と化す。

うらやましい、と江美利はつぶやく。しわくちゃの混沌と化し、しかし自分の好きなもので身を飾っている篠原が、このうえなく自由な存在に思えたからだ。

「冷えてきたね」

篠原はメモを打ち終わったらしい。携帯をポケットにしまい、江美利の背中を軽く叩いてうながした。

「あたしの部屋でお茶でも飲んでく?」

「いえ、帰ります。鞄を学校に置いてきちゃったから」

少し残念そうな表情だったが、篠原は江美利を引き止めようとはしなかった。一緒にエレベーターに乗りこみ、エントランスまでついてくる。

「ま、よかったらまた来てよ」

と、篠原はエントランスで言った。「ジジババばっかりで退屈してるんで」

自分だっておばあさんのくせにと思ったけれど、江美利はもちろん顔には出さず、

「はい」と答えた。

「そうだ、あんたどうして元気じゃないの？　そうは見えないけど不治の病？」

「ちがいます。友だちに裏切られたんです」

「裏切り！　コイバナの予感」

慣れない口調で「コイバナ」と言った篠原は、炯々《けいけい》たる眼光でにじり寄ってきた。

「大好物だから詳しく聞かせて。じゃないと明日から、よりいっそう執拗《しつよう》にモールス信号送るからね。あんたの成績下がるぐらいぴかぴかさせるよ」

カウンターの奥から、職員が江美利と篠原を見ている。微笑みを絶やしてはいないが、エントランスで押しあいへしあいするさまを不審がっているのは明らかだ。江美利はしかたなく、かたわらにあったベンチに篠原を座らせ、自分も隣に腰を下ろした。今日判明した事実について順を追って説明する。篠原は興味深そうに聞いている。

江美利は説明の最後をこう締めくくった。

「しづくは、かっこいい奥井先輩にふさわしい。本当にそう思ってるし、納得したいんだけど、悔しいんです」

哀《かな》しくもある。怒りも嫉妬も落胆もある。いままで知らなかった質量で暗黒の感情が

胸を満たす。

篠原はといえば、水気のないしわだらけの手で自分の顔をこすった。肩がかすかに震えている。まさか、同情して泣いてくれたのかと思ったが、もちろんそんなことはなく、篠原は笑っているのだった。

「あんたねえ」

ようやく笑いの発作が治まったのか、篠原は両手を膝に下ろした。「だれかと交際したことないでしょう」

いまの話を聞いていたらわかるはずだ。江美利は答えずにいた。

「だからそういう妙な考えに取り憑《と》かれる」と、篠原は断定した。「美男美女同士しか交際できなかったら、人類はとっくに滅亡してるよ。あんたの友だちが先輩とつきあえることになったのは、あんたより美人だからじゃない。タイミングがよかったか、あんたの友だちがあんたに隠れてぐいぐい先輩に迫ってたか、どっちかです」

「しづくは、奥井先輩に告白されたって言ってましたけど……。奥井先輩と、ほとんど話したこともなかったはずなのに」

「それはねえ、容姿が秀でてれば、たしかにそういうこともあるだろうけどねえ」

夢も希望もない。うちひしがれる江美利の肩に、篠原がやさしく手を置いた。

「大丈夫、顔が好みでも性格が合うとはかぎらない！　たぶんすぐ別れるから、そうしたら間隙《かんげき》をついてあんたが先輩に告白しなさい」

なんだか火事場泥棒みたいで、江美利のプライドが許さない。でも、少し気分が上向きになった。江美利は立ちあがり、親身になってくれたのだろう篠原に礼を言った。会ったことのない祖母とは、こういう存在であろうかと思った。

そういえば篠原は、濃すぎる化粧のせいで国籍不明感がある。フランス人の祖母だと言われても、江美利の疑惑のなかのみで生きる架空の日本人祖母ですと言われても、「そうですか」とすんなり受け入れてしまえそうだ。

篠原もベンチから立ち、江美利とともに自動ドアを出た。

「じゃあ、さよなら」

「うん、またね」

ややちぐはぐな挨拶を交わし、距離を広げていく江美利と篠原だ。ところが敷地内を八歩ほど進んだところで、

「エミリ」

と篠原に呼び止められた。名乗った覚えはないのにと驚いて振り向くと、篠原はいたずらっぽく笑っている。

「たいがいのひとは交際も結婚もいつかできるものだから、あせんなくていいよ」

「いつまで経ってもできなかったら、どうするんですか」

「そのころには諦めもついているから、問題ない」

篠原は急に真剣な顔つきになって、言葉をつづけた。「そんなことより一番の問題は、悔いのない、だれに恥じることもない生きかたを死ぬまでできるかどうかだと思うんだけど、ちがう？」

そう言われれば、そんなような気もする。でも江美利にはよくわからない。奥井先輩とつきあえれば、悔いのない幸せな時間を過ごせるのにという思いも拭《ぬぐ》いがたくあるからだ。

とりあえず篠原に軽く手を振り、江美利は「ルミエール聖母の丘」の門を出て、坂道を下っていった。

どうして私の名前を知っていたんだろう。パパだって幼いころに別れたきりで、ほとんど顔を覚えていないという、私のおばあさんだったりして。受付の名簿を横目で見たとか、種明かしはそんなところのような気もする。でも、おばあさんかもと思っておくのは、ちょっといいかもしれない。フランス人なのか日本人なのか、パパの出生にまつわる私の疑惑は、あいかわらず晴れないままだけれど。

そんな考えを抱きながら丘を下り、川を渡り、学校へ戻った江美利は、担任にものすごく怒られた。家にまで電話が行っていて、学校に駆けつけていた母親は、半分泣きながら職員室で江美利を抱きしめた。気まずさここに極まれりだ。江美利と行きちがいになってはいけないということで、父親は家で留守番をしており、あとで判明したところによれば、不安からムンクみたいな絵を描いてしまったのだった。そのとき取りかかっていたのは、大手のおもちゃ屋さんの包装紙に使う、「明るくポップな色調で」と依頼された絵だったのだが。

担任が江美利の鞄を教室から取ってきてくれたので、その日はしづくと顔を合わせずに帰った。

翌日からも、江美利の毎日はなにも変わらなかった。自身の予想どおり、登校してすぐ、「ごめんね。応援してる」としづくに言い、しづくもまた謝って、二人でちょっと泣いた。それでおしまい。江美利はたまに、しづくと昼休みを過ごす。ほとんどの日は、しづくと奥井先輩に遠慮して一人で弁当を食べる。帰宅したら父親とハグし、美顔ローラーを片頬につき五十回ずつ転がし、サムエルと遊び、母親を手伝って夕飯の仕度をする。

地味だし、ブスだし、携帯も買ってもらえていないままだ。

でも、授業中に窓の外を眺めていると、丘のてっぺんで篠原のデコレーション携帯が輝く。明滅は江美利に呼びかける。

「げ゛んきだ゛すか」

「元気ですか」に江美利が文句をつけたからか、あれ以来篠原は「元気出すか」と微妙に文言《もんごん》を違《たが》えてモールス信号を送ってくる。たぶん、「元気を出すか、うん、出そう」といった自問自答のニュアンスをこめた、「元気出すか」なのだろう。もしかしたら「だす」は、「です」がちょっとなまった「だす」なのかもしれないが。その場合だと、「元気だすか?」ということか。なんとなく気の抜けた感じだ。

篠原からのモールス信号を受け、江美利は「ルミエール聖母の丘」を訪ねることもある。いつ会っても篠原は派手な恰好で、好き勝手にしゃべる。

世界史の授業はようやくローマ五賢帝時代に突入した。フクちゃんの声を子守歌に、江美利は机に曲げ置いた腕に頬をつける。つっぷして顔だけ窓に向け、丘のてっぺんと空を眺める。

江美利は自分だけに向けて発せられる合図を待っている。そしてそろそろ、自分からも合図を発してみてもいいかなとも思っている。

空は今日もスカイ

荻原 浩

荻原 浩
おぎわら・ひろし

1956年埼玉県生まれ。成城大学経済学部卒業後、コピーライターを経て、97年『オロロ畑でつかまえて』で小説すばる新人賞を受賞しデビュー。2005年『明日の記憶』で山本周五郎賞、14年『二千七百の夏と冬』で山田風太郎賞、16年『海の見える理髪店』で直木賞受賞。著書に『なかよし小鳩組』『さよならバースディ』『千年樹』など多数。

空はスカイ。

空の色はブルー。

アスファルトがいまにも溶けそうな夏の道を、茜《あかね》はリュックのベルトを握りしめて歩いている。ちょっと前かがみで。日焼けした足を鳩《はと》みたいに忙しげに動かして。頭にはベイスターズのベースボールキャップ。

道の先には綿あめのかたちの雲が立ちはだかっている。アスファルトの両側はグリーンときどきイエロー。

グリーンはたんぼだ。美容室に行き立てのロングコートチワワみたく毛並みがそろった、緑色のイネが風に揺れている。知らない人のために言っておくと、イネというのはおコメをつくる草のことだ。生まれてから八年間ずっと大きな街で暮らしていたから、茜は知らなかった。茜が二カ月前から住みはじめた家でもイネを育てている。シイタケと鶏とロングコートチワワもだ。

イエローは、たんぽをふちどっているあぜ道に咲く名前を知らない花。茜が名前を知っている花は、ここにはほとんどない。ひまわりとヒメジョオングらいだ。まぁ、いいけどね。花は花だから。英語で言うとフラワー。

茜はいま英語を勉強中だ。小学三年生だから学校で授業があるわけじゃなく、新しく住みはじめた家の、いとこの澄香《すみか》ちゃんから習っている。茜は鳩の足どりで歩きながら、目の前にあらわれるいろんなものを英語にした。

山はマウンテン。

太陽はサン。

風はウインド。

雲は、雲は、えー雲は、なんだっけ。忘れた。雲の色はわかる。ホワイトだ。

山が噴火したみたいな雲のホワイトをのぞけば、空は青の絵の具が百個あっても塗り足りないだろうブルーだ。右も左も頭の上もブルー、ブルー、ブルー。

茜は海をめざして歩いている。海岸についたら風景はもっとブルーになるだろう。ブルー一色の中の、水槽の金魚みたいな自分を想像して、リュックのベルトを握りなおして、買いかえたばかりでまだぶかぶかのバスケットシューズが脱げないようにかかとに力をこめた。

さぁ、今日もブルーな一日が始まるぞ。

海までどのくらいだろう。地図を持ってくればよかったのだけれど、茜が持っているこども日本地図じゃ役に立たないだろうし、だいいち地図があっちゃ冒険にはならない。地図は見るものじゃない。自分で描くのだ。茜が尊敬する冒険家たちもそう言っている。アムンセンもリビングストンもウエムラナオミも。茜は先週、「せかいのぼうけんか②」という本を読み終えたばかりだ。

どのくらい歩いただろう。十マイルぐらいだろうか。来た道を振り返る。ありゃ。忠《ただ》志《し》おじさんの家の鶏小屋の屋根がまだ見える。十マイルって何メートルだ？

道の先には誰もいない。ノー・ピープル。道の両側のグリーンの中には人影があるけれど、ノー・ピープル。人影に見えるのは、たんぼの中のかかしだ。

右側が雑木林になった。グリーングリーングリーンの葉がきらきら光っている。蟬《せみ》の声がやかましい。

木はツリー。

葉っぱはリーフ。

蟬はなんだっけ。覚えてたけど、忘れた。嘘《うそ》。まだ覚えてない。覚えなくちゃ。

声はするのに蟬の姿は見えないから、まるで木が鳴いているみたいだ。ツリー、ソング。

リスがいればいいのにと、茜は思った。リスはスクワーレル。きのう覚えたばかりだ。

ツリー、スクワーレル、ナッツ、イート。

英語はいいな。雑木林の先のちびっこい山も、英語にしたらマウンテン。ふたこぶらくだの背中みたいな変なかたちなのに、なんだか立派に思えてくる。ラクダマウンテン。道ばたのヒメジョオンの間を飛んでいる小さくて灰色のシジミチョウは、バタフライ。死んだバタフライの羽を運んでいるのは、アント。

英語にすれば、毎日のどうでもいいものが、別のものに見えてくる。英語は魔法の呪文だ。汚くて嫌われ者のネズミを、夢の国の主人公にしてしまうことだってできる。

母ちゃんは、マミー。

マミーなら、脱いだ靴をちゃんとそろえなさいとか、部屋で大きな声を出すなとか、シイタケも残さず食べろ、なんて言わないだろう。ほほほ、シイタケなんてへんてこなものは食べちゃだめよぉん。さぁさ、アップルパイを食べなさぁい。

ダメ父ちゃんは、ダディ。

ダメ父ちゃんがダディだったら、小説なんか書くのをやめて、ちゃんと仕事に行くだろうか。ダディだからもちろんネクタイをしめて会社に行く仕事だ。本を出す話がなくなったからって、朝からお酒を飲んだりしないだろうか。母ちゃんと離婚しなくてすんだだろうか。

道の向こうからキュウリを積んだトラクターがやってきた。ハンドルを握ったピープルが、どこの子だっていう顔で茜を見る。そのあとに何をするか、茜にはわかっていた。たんぼに石でも投げこんじゃいないかって目を茜の後ろに走らせるのだ。やっぱりそうだった。

このあたりに住んでいるピープルたちはお互いに知り合いで、新入りの茜たちのことを同じピープルとは思っていない。最初は親切でも、しばらくここに住むとわかると、とたんに警戒する目つきになる。泰子《やすこ》おばさんもそうだ。母ちゃんが「しばらくお世話になります」と言ったときには、「ずっといていいんだよ」と笑ってくれたのに、泰子おばさんの「ずっと」は十日間ぐらいだった。最近は茜が、おはよう、おやすみなさい、とあいさつしても、返事をしてくれない。「いただきます」のときは、たんぼを荒らすカラスを見る目つきになる。母ちゃんにわざと聞こえるように忠志おじさんに言う。いつまでいる気だろうね。あんた、きちんと食費をもらってよね。

英語だと、おばさんは、アント。ありんこだ。

澄香ちゃんが英語を教えてくれなくなったのも、きっとアントのせいだ。澄香ちゃんが最後に教えてくれた英語は「パラサイト」。茜たちのことだそうだ。いまでは茜は、澄香ちゃんの部屋のイラスト英和辞典という本をこっそり持ち出して新しい英語を覚えている。

スタディ。ブック。ペンシル。フレンド。ファミリー。ペアレンツ。

母ちゃんは母ちゃんで、最近はすぐにカラスみたいなカーカー声をあげる。仕事がなかなか見つからないからだ。いままで住んでいた街では医療事務の仕事をしていたのだが、「近くの大きな病院がなくなっちゃった。私が子どもの頃より田舎になってる。事務どころか、医療がない」なんて言ってる。

勝手なことゆーなよ。だったらなんでここに来たんだよ。茜は来たくて、このビレッジに来たわけじゃない。学校の友だちと別れなくちゃならないことが決まったとき、悲しくて何日も泣いたのに。いまだって毎日寄せ書きを取り出して眺めているのに。

茜は気に入らなかった。澄香ちゃんはマイタウンというけど、どこから見てもビレッジなここが。母ちゃんといっしょに寝ている物置の隣の狭くて湿ったタタミがぶかぶかした部屋が。窓を開けると、きまって流れてくる鶏小屋の臭いが。どこを見てもイネしかない風景が。一学年が二クラスしかない小学校が。転校したとたん夏休みになって遊ぶ相手がいない長い長い長い夏休みが。

ビレッジは嫌いだ。空以外は、みんな嫌いだ。消えてしまえばいい。

母ちゃんは言う。「もう少し我慢してよ。仕事が見つからないと家も探せないの。生活できないもの」

生活なんか嫌いだ。茜はライフがしたい。

茜は石を拾ってたんぼにぽこぽこ投げこんだ。大人は勝手だ。だから茜も勝手にやることにした。今日の茜はただの冒険をしているわけじゃない。大冒険だ。ホーム・ゴーをしてきたのだ。日本語でいうと家出。

行き先は海。それしか決めていない。道の先のどこかに海があるはずだった。去年死んだ、忠志おじさんの家のばぁばが元気だったころ、ここから海へ遊びに行ったことを茜は覚えている。父ちゃんもいっしょだった。まだ泳げなくて浮き輪にしがみついていた茜を、海岸にいる母ちゃんたちがガシャポン人形に見えるぐらい海の先の先まで連れていってくれた。

海に着いたら、海を見るのだ。

彼女は海を見る。英語でいうと、シー・シー・シー・シー。

ここを好きになれないのは、きっと海がないからだ。

茜が二カ月前まで住んでいた街には、海があった。マンションの窓を開ければ、いつも海が見えた。運がいいときにはコンビナートのすき間から船も見えた。色はブルーというより灰色だったけれど、きれいな灰色だった。茜にとって海は、いつもそこにあるものだった。空や酸素や壁紙みたいに。

さぁ、急ごう。シー・シー・シー。

川はリバー。

橋はブリッジ。

茜は渡り廊下ぐらいの幅の橋を渡って、泥の匂いのする川を越えたことを、無線機で報告した。

「ベースキャンプ、ベースキャンプ、応答ねがいます。ただいまどろどろリバーを通過しました」

応答はなかったけれど、気にしない。だって無線機は、いちごキャラメルの箱だ。

「了解」自分で応答して、ついでにひとつぶ食べた。

キャラメルが口の中でとけてしまったのに、海はまだ見えない。ラクダマウンテンのまん中あたりに屋根が見えた。このあたりではいちばん大きな神社だ。あそこに登れば海が見えるかもしれない。

マウンテンの下には赤色の門が立っていた。ピープルたちがトリイと呼んでいる門だ。そこから石の階段が伸びていた。トリイの両側では茜の背より高いすすきが手まねきするみたいに揺れている。幹が太くてまっすぐな木が両側に並んでいる階段は、夕方みたいに暗かった。人影はどこにもない。茜は道の右左を見まわす。やっぱり誰もいない。たんぼの中のかかしが「の」の字の目でにらんでいるだけだ。

まぁ、いいか、神社に行かなくても。口に出して言ってみる。

どこかでカラスが鳴いた。茜をバカにしているように聞こえた。嘘だよ、行くにきまってる。いちおう報告はしておくことにした。

「ベースキャンプ、ベースキャンプ。ただいまよりラクダマウンテンに登頂を開始します」

ついでにいちごキャラメルをひとつぶ口に入れる。よしっ。

登りはじめたとたん、リュックが重くなった。中に食料のビスケットやポテトチップスやチョコレートや着替えや磁石や休憩中に遊ぶためのゲーム機が入っているからだ。月刊ちゃおを入れるのはやめとけばよかったな。

長い階段だった。途中の平らなところでひと休みする。落ちた汗が石づくりの階段に黒いしみをつくったかと思うと、たちまち乾いていく。おお、夏だ。せっかく持ってきたから、ちゃおを何ページか読んで、さらに上をめざした。階段の上にもトリイが立っている。緑の葉のあいだからその色落ちした赤色が見えたとたん、茜の両足は止まった。いつか澄香ちゃんが言ってた言葉を思い出したのだ。

「あの神社には幽霊が出るんだよ。このへんの子はみんな首吊《くびつ》り神社って呼んでる」

下山する？　戻る勇気も大切だ。「せかいのぼうけんか②」にもそう書いてあった。

あと二十段ぐらいなのに？　ちゃんとかぞえてないけど百段以上登ったはずなのに？

答えはきまった。二十と百、大きいのはどっちでしょう。一年生のさんすうだ。

行こう。幼稚園のこまどり組のときに覚えた歌を歌いながら登ることにした。こんな歌だ。

おばけなんて　ないさ
おばけなんて　うそさ

この歌を覚えてから、茜は一人でトイレに行けるようになった。電気を暗くして寝るのはまだ苦手だけど。忠志おじさんの家では、夜は電気を消して寝なくちゃならない。泰子おばさんが、茜たちが来てからの電気代のことをおじさんに言いつけているのを、母ちゃんが聞いてしまったからだ。ありんこめ。おとなのくせに人に言いつけるなよ。真っ暗い部屋で夜中に目をさましたときがどんなに怖いかわかってるのか。茜はありを踏んづけるように残りの階段を登った。

おとななんて　ないさ
おとななんて　うそさ

階段の上の神社は、大きいけれどぼろぼろで、屋根の上に草が生えていた。奥のほうのふつうの家みたいな建物は窓に板を打ちつけてあって、人が住んでいるようには見えない。広い敷地にもノー・ピープル。おみくじを吊るした柳の木の下には、半分透明のゴミ袋がころがっていた。

早足でいちばんすみっこまで行ってみた。竹をバッテンにした垣根に行く手をさえぎられた。下から五番目のバッテンのすき間から覗《のぞ》いてみたけれど、海どころか、ごちゃごちゃ生えた木と、蜘蛛《くも》の巣しか見えなかった。向こうからも誰かがこっちを覗いている、そんな想像をしてしまって首の後ろが冷たくなった。あわてて首をひっこめる。残念だな。戻ろう。ほんとに残念。さぁ戻ろう早く戻ろう。早足で階段まで戻りかけたとき、茜は気づいた。

柳の下にあったゴミ袋が、賽銭箱《さいせんばこ》の前に移動していることに。風で飛ばされたにしてはゴミ袋は中身がつまっているように見えるし、いまはそんなに強い風が吹いているわけでもない。見ていると、またゴミ袋が動いた。神社の裏側に向かって。ダンゴムシみたいに。茜の足は二本の棒になった。逃げ出したいのに、茜の二本の棒は杭《くい》打《う》ちされてしまって地面からはがれない。

ゴミ、

袋が、

歩いて、

いるっ。

茜の目はびっくりマークの下の黒丸みたいになっていただろう。地面に杭打ちされた両足をけんめいに引きはがして後ずさりした。思わず声が出た。

「ひひっ」

ゴミ袋の動きが止まった。

「見えるの？」

ゴミ、袋が、喋《しゃべ》った。

「ぼくのこと、見えるの？」

「だ、
れ？」

茜の声は震えてしまった。足も震えていた。

「透明人間」

叫びださなかったのは、その声が子どもの声だったからだ。

よく見るとゴミ袋にはしゃがみこんだ人のかたちが透けていた。地面すれすれのところにスニーカーをはいた足が見えている。なあんだ。怖がっていたことに気づかれたくなくて、ちょっと怒った声を出した。

「おどかすな」

「見えるのかぁ」ゴミ袋の中身がため息をついた。「こっちからだと、ぼんやりとしか外が見えないんだけどな」

立ち上がったゴミ袋は、茜と変わらない身長だった。上のほうに小さな穴が二つ空いていて、体をもぞもぞさせて頭を穴のところへもっていこうとしている。そのうちに穴から目玉が覗いた。まつ毛が長い目だ。顔がはっきり透けて見えた。ピーナツみたいなかたちだった。

「一人で遊んでるの？」

お姉さんぽい声で聞いてみた。背は変わらなくても、こんな子どもっぽい遊びをしているのだから年下だと思って。

「遊んでるんじゃないよ」

「じゃあ、なにをやっているっていうの、あなたは」父ちゃんといっしょに暮らしていたころ、母ちゃんがよく使っていた言葉だ。

「透明人間」

はいはい。わかったから、もっとしっかりして。

「でも、見えてるよ」怖がらずに見れば。Tシャツに書かれた英語も。S、L、O、W、S、T、E、P。意味はわからない。

「そうかぁ」

透けた顔の下《した》らへんがぷくりとふくらんだ。またため息をついたんだと思う。

「家でやんなよ、そんなの」

「家はだめ。お父さんに叱られるから」

「じゃあ、やめな、透明人間」

「ぶたれるのがやだから、透明人間になるんだよ」

「ぶたないから脱ぎな」

茜が言うと、ゴミ袋の中の首を右左に振った。メトロノームみたいに何度も何度も。やれやれ、子どもだね。ほうっておこう。

振るのをようやくやめた首に聞いた。

「名前は？」

「森島陽太《もりしまはるた》」

「モリ……森……フォレストかぁ」島はなんだっけ。シーといっしょに覚えたはずなのに、忘れた。ゴミ袋の中の目が、君は？　と言っているようにきょろりと動いた。

「佐藤《さとう》茜」と言ってしまってから、「シュガー」と言い直した。「よろしくフォレスト」

「森島陽太だよ」

聞こえなかったふりをして質問した。

「海はどっち側だろう、フォレスト」

ゴミ袋の中の首が右を向いた。あっちか。さっき覗いたとこと逆だ。

でも、手前に垣根があるのはおんなじだった。すき間から覗いてもなにも見えないのも同じ。

垣根の手前に柵に囲まれた大きな木があった。柵を越えて、象の足みたいな幹に結んである太い縄に足をかけて、いちばん下の枝によじ登った。風に飛ばされそうな帽子を後ろ前にぎゅっとかぶりなおし、枝を足ではさんでずりずりと先のほうまで進む。

垣根の向こうに空が見える。ずりずりをさらに八回続けると、目の前に山の下の風景が広がった。風が茜の前髪を吹きあげて、おでこが丸出しになった。

見渡すかぎり、緑だった。イネの伸びたたんぼが四角いマス目になって並んでいる。ハンバーグランチのブロッコリーみたく見えるのが雑木林。雑木林の向こうの小さな山々も緑。

どこまで行っても、グリーン、グリーン、グリーン。

がっかりだ。茜には冒険家の行く手をはばむジャングルの緑色に見えた。

「ねぇ、海が見えないよ」

真下に声をかけた。返事はない。神社の庭を見まわした。フォレストの姿はどこにもなかった。

おかしいな。眉のあいだにしわをつくって首をかしげた。首を戻した瞬間、頭の中の記憶の玉がころころところがって、ビンゴの穴にすっぽりはまるみたいに、澄香ちゃんの言葉の続きを思い出した。

「昔、あの神社で首吊り自殺があったんだよ。小学生のだよ。イジメだかなんだかで悩んだ子どもの幽霊が出るんだ」

さっきの本物？

…………幽霊？

すげえもん見ちゃった。あとで自慢しよう。強気のせりふを頭に浮かべたのは、両足が震えて木から落ちそうになっていたからだ。今夜はどこで寝るにしろ、一人でトイレに行くのはむずかしくなるだろう。

「フォ、フォ、フォ、フォレスト？」

「なに？」

真後ろにいた。いつのまに登ってきたんだ？　意外とすばしっこい。

「海はどこ」

「どこかな。遠くのどこかだよ」

まだゴミ袋をかぶっているみたいだ。がさごそとビニールがこすれる音がした。

「あ、いま波の音が聞こえた」

「たんぼが揺れてる音じゃない？」

「あっちかな、なんか光ってる」

「ため池だと思う」

「あんた、冒険家失格」

「え」

「確かめないうちに、決めつけるのは、冒険家のやることじゃないよ」

「え」

茜はフォレストを振り返った。ゴミ袋を目の上までめくりあげていた。ピーナッツにゴマつぶを張りつけたような顔だった。あわててゴミ袋をかぶりなおしているフォレストに言った。

「いっしょに行かない？」

「どこへ？」

「海へ」


「じゃん、けん、ぽん」

ちょきで茜が勝った。

「チ、ヨ、コ、レ、イ、ト」

茜だけ石の階段を六段降りる。フォレストはじゃんけんが弱い。まだ一段も降りていなかった。神社から離れたくないみたいに。しかたがないから、あと出しでパーを出してわざと負けた。

「チョキチョキバサミでもいいよ」ちょきで九歩進める必勝法を教えてやった。

二回連続でわざと負けると、ようやくフォレストが茜に並んだ。まだゴミ袋をかぶっている。

「もうそれやめな」

フォレストがさがさとビニールの音をさせて首を振った。いつまでも振っていた。

ほうっておくとずっとそうしている気がして、茜は腕ぐみをしてそっぽを向いた。すすきの先っぽに止まった赤とんぼに気をとられているふりをして、どっちでもいいんだけどね、という口ぶりで言ってみた。

「まぁいいや。そのままじゃ危険なんだけど」

「危険?」

がさがさがやんだ。

「うん。ゴミ袋はめだつ。ピープルに見つかっちゃうよ」

「ピープルって誰?」

「このへんにいるみんなだよ。子どもを家の中に閉じこめて、生活のことばっかり考えてるんだ」

「こわいね」

「だろ。わたしたちが家出をしたことがピープルにばれると、連れ戻されちゃうよ」

「家出?」

「そう、覚悟はできてるかい、フォレスト」

「うん。でも、家出ってどういうこと？」

「質問は行動のあとだ。いいから、それ脱ぎな」

ようやくフォレストがゴミ袋を脱いだ。前髪がぎざぎざに切られた、きのこみたいなぼさぼさ頭だった。右目にパンチ痣《あざ》ができていた。ひどく痩せていて、夏なのに色が白かった。きっとゴミ袋ばっかりかぶっているからだ。

階段を降りた茜は磁石を取り出した。銀色でめもりがいっぱいついている磁石だ。昔、父ちゃんが登山をしていたときに使ってたやつ。別に大切にとっておいたわけじゃない。ほんとさ。家を出てったときに忘れていったから、もらっておいただけさ。茜はしゃがみこんで磁石の針をじっと眺めた。フォレストもしゃがんで覗きこんでくる。じつは磁石の使い方はよく知らなかった。冒険の気分をたかめるために持ってきただけ。フォレストに見せびらかしたかっただけ。

「道、わかんないの？」

思わず「うん」と答えそうになって、上くちびるを下の歯で噛んだ。

「道は教えられるものじゃないんだよ、フォレスト。道はつくるもんだ」

「道をつくるのは、ショベルカーだよ」

「ショベルカーって？」

「働くクルマ。すごく大きいんだ。ぼくのお父さんも乗ってた。いまのお父さんじゃない前のお父さんだけど」

フォレストには二人目のお父さんがいるのか！　茜には一人の父ちゃんもいなくなってしまったというのに。

「これ、うちの父ちゃんのなんだ」磁石をフォレストの顔の前に近づけた。お。針が揺れた。おお、戻った。「わかった。こっちだ。針に色のついてるほう」

目の前の風景は、いままでと変わらなかった。雲の綿あめが縦長のダブルサイズになったぐらいのものだった。太陽は頭の真上だ。ひどく暑い。英語で言うと、ホット。ホットミルクのホット。脳みそが溶けて煮たってホットミルクになりそうだ。フォレストは耳をすますように首をかたむけてゴミ袋を両手で握りしめたまま歩いている。

「ここは暑いな。いつも暑いの」

「夏だからね」

にぶいやつ。ここの子じゃないの？　どこから来たのって聞いて欲しかったのに。

「わたしがいたところは、こんなに暑くなかった」

「昼だしね」

「君はどこから来たのって聞いてよ」

「どこから来たの」

茜は二カ月前まで住んでいた街の名を答えた。名前を口にするだけで、ホットレモンがお腹《なか》じゃなく胸に入ってしまったみたいに、熱く酸っぱくなった。そこにいたときは茜にもお父さんがいたことも忘れずに言っておく。

「ああ、大仏のいるところだね」

「いないよ」

ピープルやピープルが乗ったクルマが多い広い道をさけて、別れ道の細いほうに進んだら、坂道になった。両側は竹林だ。

右の竹林の向こうにはお墓が並んでいる。強い風が吹くたびに、竹どうしがぶつかり合うからからという音がする。骨で骨を叩いているような音だ。なぜそう思うのかというと、お墓には骨が埋まっていることを茜が知っているからだ。去年のお葬式のときにも聞いた音だ。長いお箸でぱりぱり煎餅みたいな骨をつまんだとき、茜は怖くて落としてしまって、骨が骨の上にころがったときの音。夜、真っ暗な部屋で目をさますとき、茜はその音を聞くことがある。すぐに母ちゃんの枕もとの目ざまし時計の音だと気づくのだが、それからは眠れなくなる。

フォレストの白アスパラガスみたいな足には、坂道がつらそうだった。

「疲れ、たね」

「がんばれ」

「休、もう、か」

「もう少し」

「海、遠いよ。バス、じゃなくちゃ、ムリだよ。なんで歩くの？」

「そこに足があるからだ」

「ねぇ、お腹《なか》すかない？」

うっさいな。茜は振り向いて、ひとさし指を拳銃みたいに突きつけて、この時間によく母ちゃんに自分が言われるせりふでフォレストを射撃した。

「朝ごはん食べたでしょ」

フォレストが首を振った。今回は一度だけ。

「食べてない」

「え」ダイエットか。ありんこの泰子に肥満矯正プログラムをやらされてる澄香ちゃんだって、朝はコンフレクを食べてるぞ。かわいそうになって、リュックからビスケットを取り出した。

「食べなよ」

「あ、それはだめ。小麦アレルギーだから」

「ポテチは？」

「たぶん、平気。うす塩なら」

ポテトチップスの袋を渡したとたん、フォレストはすごい勢いで食べはじめた。何日も食べてない野良猫みたいな勢いだった。あんまりおいしそうに食べるから、冒険旅行の大切な食料だから半分残しといてと言えなくなってしまった。袋がぺたんこになったころ、ポテトの粉をくちびるにつけたフォレストが言った。

「茜ちゃんは食べなくていいの？」

「シュガーだ。わたしはいい」腕を組んできっぱりと言った。きっぱり言ったけど、手が袋に伸びた。「三枚ちょうだい」

袋にコップみたいに口をつけて、粉まで食べたフォレストがお腹を叩いた。

「なんだか元気が出てきたみたい」

「よし、出発だ」

「もう少し休もうよ」

「だめだめ。じゃあ歌おう、フォレスト」

「なんで」

「歩くためだよ。朝礼の行進のときとかも、歩こう歩こうって、トトロの歌がかかるじゃない」

「そうだっけ」

「知らないの？」

そういえば、夏休みがはじまる前の一カ月間通ったこっちの小学校で、フォレストを見かけたことはなかった。誰とも友だちになっていないけれど、二クラスしかないから、顔ぐらいはわかる。下のクラスにも上のクラスにもいないはずだ。フォレストの顔をじっくり眺める。やっぱり見覚えがない。

「フォレスト、学校はどこ」

「ミネギシ養護学校」

なんだ。学校が違うのか。

おばけなんてないさの歌もフォレストが知らなかったから、結局茜は一人で歌った。フォレストは自分の足ばっかり眺めて歩いてる。ちゃんと右左が交替に前に出ているのか確かめているみたいだった。歩いていると思わなければ、歩くのはつらくないのに。黙っているとまた弱音を吐く気がして、茜はフォレストに話しかけた。

「学校を出たら、フォレストはどうするの？」

「え」フォレストが小さな目の長いまつ毛をぱちぱち動かした。「出られるのかな」

「わたしは冒険家になるんだ。フォレストはなにになりたい？」

「うーん」

どうせ透明人間って言う気がした。でも違った。

「運転手」

「ショベルカーの？」

「ショベルカーはダメ。事故で死んじゃうから。ロードローラーがいいな」おお。ロードローラー。かっこいい。どんなのだか知らないけれど。

「うん、ロードローラーはいいよね」

からからからから。竹林がまた鳴った。


雨はレイン。

雨が降ってきた。ものすごく。道にもレイン。たんぼにもレイン。家の屋根にもレイン。茜とフォレストの頭の上にもレイン、レイン、レイン。

「すごい雨だね」ぼさぼさの髪から雨のしずくをしたたらせてフォレストが言う。

「うん」

二人は屋根つきのお地蔵さんの両側のすき間にもぐりこんでいた。お地蔵さんに聞こえないように茜は言った。

「邪魔だな。放り出そうか、お地蔵」

「やめなよ。バチがあたるよ」

「でも狭いし」

「犬のケージより広いよ」

「ケージ?」

「お父さんとお母さんがいっしょにふとんに入るときには、ぼくはそこに入るんだ」

「大変そうだな」

「慣れれば平気さ」

屋根はあっても、あちこちに穴ぼこが空いているから、雨がてんてん落ちてくる。茜とフォレストとお地蔵さんは、頭の上にゴミ袋を載せていた。

クルマの音が聞こえてきた。茜とフォレストとお地蔵さんはゴミ袋を首の下までかぶった。

次の瞬間クルマが通りすぎて、泥水をはねとばしてきた。ゴミ袋バリヤー成功。この十分間で覚えた必殺技だ。

技が完成する前の泥を頬につけたフォレストが言う。

「ゴミ袋、捨てなくてよかったでしょ」

もう空に綿あめはない。雑巾《ぞうきん》みたいな雲が倍速再生の速さで空の青を拭《ふ》いていく。もうどのくらいこうしているだろう。暗くなるまでに海にたどり着ければいいんだけど。

茜がそのことを口にすると、お地蔵さんの向こうのフォレストがお告げみたいに言った。

「海に行っても、もう泳げないと思うよ。クラゲがひどいもん」

「クラゲなんてないさ」

「いるよ」

「クラゲなんてうそさ」

「いるってば。ゴミ袋みたいにあちこちに浮かぶんだ」

「ゴミ袋のことはもう忘れなよ。それに泳げなくたっていいんだ」

「じゃあなにするの？」

「海を見る」

「それから」

「海の見えるとこに泊まる」

「ホテル？　子どもは泊めてもらえないよ」

「海の家がある」

「海の家？」

「知らないの。楽しいところだよ。床がゴザになってて水着のまま入れるんだ。テーブルから海が見える。カレーもあるし、ラーメンもおいしい。オレンジジュースもある。カルピスウォーターも」

茜は思い出していた。一度だけ行った海のことを。茜の住む街の海は、泳げない海だから、そのときが生まれて初めてで最後だった。茜を連れて海の奥まで行った父ちゃんが、母ちゃんに叱られてたこととか、母ちゃんがビデオカメラの電源を切り忘れて、みんなの足ばっかり映してたとか、澄香ちゃんと扇風機の前で宇宙人のまねをしたこととか、みんな覚えている。茜はおとなのカレーを全部食べて、父ちゃんのラーメンも何くちかもらった。あんな素敵な場所を茜はほかに知らない。

「浮き輪も借りれるんだ。いか焼きもある。焼きそばも」

ぼく小麦アレルギーだから、焼きそばはだめ、とフォレストが言ったとき、道の向こうから赤い傘が歩いてきた。

赤い傘をさしていたのは、赤い服を着たおばあさんだった。茜たちの前をゆっくりゆっくり通りすぎていった。気づかれていないと思ったら、ゆっくりゆっくり戻ってきた。

「おやまぁ、かわいらしいお地蔵さんだこと」タイヤの空気もれみたいな声でそう言い、茜たちに笑いかけてきた。「傘がないのかい」

笑った口の中には歯がなかった。茜はお地蔵さんの背中に隠れられないかと考えた。何歳ぐらいだろう。百二十歳だと聞かされても驚かなかったと思う。すっかり腰が曲がっていて、骨みたいに痩せている。短い歩幅でこちらに歩いてくるたびに、骨と骨がこすれる音が聞こえる気がして怖かった。

おばあさんはさしているのと別の傘をひじにぶら下げていた。それを突き出してくる。

「これ使うかい」

いいです、だいじょうぶです、小学三年生らしくちゃんとそう言おうと思ったけど、舌がうまく動かなかった。かわりに黙って首を横に振った。まるで幼稚園児だ。フォレストも黙って首を横に振っていた。

「いいんだよ。息子が病院にいるから迎えに行くとこなんだけど、今日も退院できるかどうかわからないんだ。やっかいな病気だから」

子ども用の傘だった。黄色くて古びていて骨が飛び出していたが、もちろんお礼を言った。

「ありがとう」

「ありがとう」

「元気でいいねぇ。息子はあんたたちと同じぐらいなんだ」

ゆっくりゆっくり遠くなっていくおばあさんの背中を眺めながらフォレストがつぶやいた。

「何歳なんだろう。おばあさんになってから子どもが生まれたのかな」

なんにもわかってないな、フォレストは。茜はおとなっぽい口調で言った。

「あれはあれなんだよ」

ばぁばとおなじだ。ばぁばも骨になる少し前には、ああいうふうに、昔のことといまのことの区別がつかなくなっていた。見舞いに行った母ちゃんに「おかあさん」って甘えたり、茜のことを母ちゃんの名前で呼んだり。

「たぶん、おばあさんの子どもは、ほんとうはもうとっくに……」

「もうとっくに？」

「とっくにおとなになってるんだよ。そのことを忘れてるんだ。あれだから」

「あれって？」

「病気だよ。なんだっけ。にん……にん……にんちなんとか」

「うんち？」フォレストがうれしそうに言う。すごいギャグを考え出したっていうふうに。こいつ、幼稚園児並みだな。

「あんた、バカ？」

「たぶん。よく言われる」

フォレストが初めて笑った。

「虹だ」

茜は雨があがった空を指さした。フォレストが茜の指先をたどってブルーに戻りはじめた空を見上げた。

「どこにも見えないよ」

意外にレーセーだな。確かに見えない。言ってみたかっただけだ。

「知ってる？　フォレスト。虹のたもとを見た人間は、まだ誰もいないんだよ」

「冒険家の言葉？」

「ううん、違う」茜の父ちゃんの言葉だ。父ちゃんは虹のたもとを見ようとして失敗したんだと思う。父ちゃんは、母ちゃんと離婚したあと、酔っぱらいがひどくなって、アパートの階段から落ちて死んだ。

坂を下ると道が広くなって、両側に建物が増えてきた。ここじゃだめだ。もっと見晴らしのいいところに行けば虹が見えるかもしれない。茜は正面の緑の帯に見える細長い林を指さした。

「あっちに行って虹をさがそう」

「海はいいの？」

「虹は海にかかるんだよ」

雨が降ってくるまで、ずっと茜とフォレストの前を歩いていた二人の影は、いまは真横をついてくる。いつのまにか影はずいぶん長くなっていた。

緑の帯が近づくと、かすかな音が聞こえてきた。

ざわざわざわ。

ざわざわざわざわ。

茜は鼻をひくつかせる。波の音に聞こえたのだけれど、海の匂いがしない。茜がよく知っている海はガソリンの匂いがするのだ。

緑の帯に見えた背の低い林の中に入ると、わかめと干し魚をミックスジュースにしたような匂いが強くなった。林の向こうがきらきら光っている。茜は光に向かって駆けだした。

「海だ」

「海だ」

海にはあまり人がいなかった。サーファーをしているピープルが少し。釣りをしているピープルがもっと少し。泳いでいるピープルは、いない。

海はブルーじゃなかった。茜の街の海の灰色でもない。オレンジ色に光っていた。まぶしい。茜は片手を目の上にあてて波を見つめた。両手で双眼鏡みたく輪っかをつくって空との境目を眺めた。

うん、海だ。

元気だったか、海。

靴と靴下を脱いで海に入った。フォレストも後ろからついてきた。

何度も何度も波を追いかけて走り、同じ回数だけ波に追いかけられて砂浜に戻った。

それから傘とゴミ袋で魚とりをした。一匹もつかまらないうちに、海からオレンジ色が消えて、魚臭い見渡すかぎりの濁った水だけが残った。

空も急に暗くなった。暗くなったとたん、茜の頭に灯《あかり》がともった。現実という名前のその灯が、茜の薄もやみたいな夢と冒険を容赦なく照らし出した。現実の光をまともにあてられたら、それはどれもこれも、役立たずのがらくたのおもちゃだった。

家出はむりだ。一人でどこかに泊まるなんてできっこない。フォレストがいっしょでももちろんおなじ。母ちゃんにガトリング砲みたいなお説教を食らうだろうけど、やっぱり帰るしかない。

海岸沿いの道を威張り散らしたクラクションを鳴らしてバイクが通りすぎる。ぱらぱららぱららららら。

その音で思い出したというふうに、フォレストが背筋をぴんと伸ばした。目玉をふくらませて来た道の方向を振り返った。

「帰らなくちゃ。お父さんにぶたれる」

フォレストは震えていた。魚を追っかけてたせいで汗をかいているのに、震えていた。

その姿を見たとたん、茜は自分の気持ちとは反対の言葉を口にしてしまった。

「逃げよう、フォレスト」

「どこへ？」

「海の家に行こう」

「どこ？」

茜は右を見て左を見た。もう一度右左を見た。海に行けば必ずあると思っていたのに、どこにも見当たらなかった。

「どうしよう」

フォレストが泣きだした。

「泣くな」

茜も泣きそうだったけど、人に先に泣かれると、涙は不思議と出てこない。

「おい、お前ら」

後ろからいきなり声をかけられた。振り向くと、茜たちの頭のずっと上に、大きな顔があった。色が真っ黒で髭《ひげ》がもじゃもじゃだった。大きなおとなの男。ビッグマンだ。片手に花植え用のシャベル、もう一方の手に懐中電灯を握っている。それが茜たちを脅すナイフと拳銃に見えた。

「そこで何してる」

茜たちはその場で飛び上がって駆けだした。

駆けだしたのはいいが、行き先なんかない。堤防の陰に隠れた。フォレストが首をぶるぶる振りはじめた。まばたきを忘れた目は昆虫のようだった。

茜はビニール袋をかぶって、頭を半分だけ堤防から出して、二つの穴から影法師になったビッグマンのようすを偵察した。シャベルで海岸を掘っている。ときどきしゃがみこんで、何かを腰にさげた網に入れている。貝を拾っているみたいだった。偵察を続けていると、いきなり懐中電灯の光を向けられた。

見つかった。フォレストの手をとって海岸を走った。ひっくりがえしに砂浜に置かれた船を見つけて、その下にもぐりこむ。

フォレストはひざをかかえて昆虫の目で首を振り続けている。ぶつぶつつぶやいていた。やだやだやだ。帰らなくちゃ。帰らなくちゃ。帰らなくちゃ。やだやだやだ。

「しっ」茜がくちびるに指をあてても黙らなかった。

懐中電灯の光が海と砂浜を交互に照らしながら近づいてくる。茜たちを探しているのだ。やだやだやだやだ。帰らなくちゃ。帰らなくちゃ。茜はフォレストの口を押さえた。

ホタテの貝柱みたいに体を縮めて隠れている茜たちのすぐ目の前で光の輪が揺れた。輪が右から左へ飛んだ。フォレストの目が大きくふくらんだ。たぶん茜もおなじ目をしているだろう。

光がもう一度右側を照らしてから通りすぎていった。茜が息を吐いた瞬間、フォレストが指の間から声を漏らした。きぃいぃーっ。

「こらっ」

底が天井の船の中を懐中電灯の光が蛇みたいに這《は》う。それからアナコンダ並みのビッグマンの太い腕が伸びてきた。フォレストのTシャツの衿《えり》が大蛇にくわえられた。

やだやだやだやだ。首を振っていたフォレストがいきなり叫んだ。いままで出したことがなかった大きな声で。

「帰りたくないっ」

「だめだ。こんな時間だぞ。子どもは帰れ。もう一人も出てこい」

その恐ろしげな声だけで、衿をつかまれていない茜も外へ引きずり出された。

フォレストをかかえあげたビッグマンの手がとまった。Tシャツが胸までめくれあがった背中を眺めている。

「帰さないで。ぼくたち家出してきたんだ」

懐中電灯がフォレストの背中を照らす。薄暗がりに怒りの声が響いた。

「どうしたんだ、これ？　誰にやられた？」

答えを聞く前にビッグマンがつぶやいた。親か。

「帰りたくない。帰りたくない。帰りたくない」

フォレストを砂浜に下ろすと、茜に聞いてきた。

「お前も帰りたくないのか」

首を横に振りかけてから、縦に少しだけ振った。どうしたいのか、よくわからなかった。

「わかった。とりあえず、俺の家に来い」

ビッグマンが緑の帯の林を指さした。

あんなところに家があるのだろうか。茜はフォレストの腕を引っぱってビッグマンの後を追った。でもすぐに足どりが重くなった。先生の言葉を思い出したのだ。人のいないところには一人では行かないように。知らない人について行ってはいけません。母ちゃんも言う。変な男の人に声をかけられても返事をしちゃだめ。

砂浜の向こうから、女と男のピープルがくっつきあって歩いてくる。だいじょうぶ。ここは人のいないところじゃない。一人でもない。フォレストがいる。茜はフォレストの手をぎゅっと握りしめた。フォレストも握りかえしてきた。話しかけられても、返事をしなければいいんだ。

家はあった。家と呼べるのかどうかはわからないけれど。大きさは茜と母ちゃんのいまの部屋に屋根をつけたぐらい。しかもその屋根というのがレジャーシートを大きくしたようなやつだ。色はブルー。

ドアもない。ビッグマンはブルーのシートをめくりあげて茜たちを振り向いた。

「入れ」

中は狭いうえにモノがいっぱいだった。壁は全部が棚になっている。そこにいろんな道具やビニール袋や収納ケースやペットボトルや本が詰めこまれている。テレビが二台。

ラジカセは四台あった。天井にはランプのほかにフライパンや鍋も吊るされている。家全体にこぼした牛乳を拭いた雑巾の匂いがたちこめていた。

ビッグマンはとってきた貝を水がたまった収納ケースの中にどぼどぼと入れる。家のまん中に置かれた小さなコンロにお鍋を置いて火をつけた。

「腹減ってるだろ」

返事はしないこと。茜は上くちびるを下の歯で噛んだ。口のかわりに「ぐぅ」と答えてしまいそうなお腹を押さえた。フォレストが何か言いかけたが、ビッグマンはそれより先に自分の言葉にうんうんとうなずいていた。

「減ってるよな。ラーメンでもつくるか」

「小麦アレルギー」

フォレストが言った。もう首は振っていない。忙しげにまばたきをしてビッグマンの家を見まわしているだけだ。リュックをずっと抱きしめている茜より落ち着いているように見えた。

「え？」

「ぼく小麦アレルギーだから」

ビッグマンは太い指でもじゃもじゃのあご髭を撫《な》でてから、棚の収納ケースのひとつをひっかきまわしはじめた。お蕎麦《そば》の袋を取り出して裏側を眺めてから箱に戻して、別の袋を取り出す。

「ビーフンならだいじょうぶだな。お前はアレルギーはないのか？」

茜に聞いてきた。シイタケアレルギーと言いたかったけれど、返事はしなかった。

お鍋の中にコーラのボトルに入ったコーラじゃないものを注ぐと、ビッグマンは外へ出ていった。しばらくするとネギとしなびた葉っぱ野菜を手にして戻ってきた。「盗《と》ってきたんじゃないぞ。自分の畑があるんだ」早口でそう言いながら、ネギと野菜を鋏《はさみ》で切ってお鍋に入れた。ビーフンという麺も入れる。さっきとってきた貝も放りこんだ。

家の外で猫の鳴き声がした。ビッグマンがちちちっと舌を鳴らすと、白と黒のぶち猫が入ってきた。首輪がない野良猫だけどよく太っている。ビッグマンは決められた仕事をしている手つきで棚からキャットフードの袋を取り出して、惣菜パックに中身をあける。ぶち猫がいきおいよく食べはじめた。お鍋はくつくつと音を立てている。

フォレストが小声で茜に聞いてきた。

「ここが海の家？」

違うよ。

ビッグマンがカップ麺のカラの器にお鍋の中身をすくい入れて、茜とフォレストに突き出してきた。

ぶち猫に負けないいきおいで食べた。初めて食べる味だった。おいしかった。いまは何を食べても、シイタケ入りのラーメンでも、おいしいと思えただろうけれど。お醤油の匂いが家の中のへんな臭いを消してくれるのもうれしかった。

また茜のほうに声をかけてきた。「きょうだいか？」

一秒の何分の一かの素早さで首を振った。

「年はいくつだ」

上くちびるを噛む。

「小学生だよな。七歳ぐらいか？」

つい答えてしまった。130センチになった背をせいいっぱい伸ばして。

「八歳」

「お前は？」

器に顔をつっこんだままフォレストが答えた。

「十二」

「ずいぶん小さいな。ちゃんと食べてるのか」

フォレストが久しぶりのごちそうだというふうに汁まで飲み干すと、ビッグマンは、うまいだろ、と目を細くして、フォレストの器におかわりをよそった。

「牛乳を飲め。明日買ってきてやる」

ビッグマンは自分は食べないで、お酒を飲みはじめた。ショーチューだ。父ちゃんがいつも飲んでいたのとおなじ臭いだから、すぐにわかった。安いお金で酔っぱらえるお酒。

おかわりをあきらめて茜は身を硬くした。そのうちに父ちゃんみたいにお酒で変身して、大声を出したり、モノを投げつけたり、一人で怒ったりするんじゃないかと思って。ビッグマンは変身しなかった。顔が少し赤くなっただけだ。紙コップにつがれた食後のウーロン茶をのんびり飲んでいるフォレストを見つめて言った。

「酷《ひど》いな。俺は子どもを持ったことないけどさ。信じられないよ」何杯目かのショーチューを飲み干して髭もじゃの顔をしかめる。「猫だって自分の子はちゃんと育てるのにな」

お前はだいじょうぶなのか。ビッグマンは茜の背中も確かめたがっているようだったけど、首を縦に振ってTシャツのすそをグーにした手で握りしめると、あきらめたらしくまたフォレストに顔を向けた。

「俺、こういう暮らししてるから、市の福祉関係の人間は何人か知ってる。俺が電話したってどうせあれだから、連絡先を教えとくよ。今度なにかあったら、そこに電話しろ。十二歳なら自分で電話できるだろう。わかったな」

フォレストは猫の背中をおそるおそるなぜている。あんまりわかっていないみたいだった。茜は、自分が一人で電話がかけられることを知って欲しくて、こくこくと頷《うなず》いた。

ビッグマンが照れくさそうに狭い家を見まわした。

「泊まっていくか」

茜たちの返事を聞く前に、毛布を投げてきた。


夜中に目をさました。最初は自分がどこで目をさましたのかわからなかった。真っ暗じゃなかったからいつものように叫んだりはしなかった。父ちゃんの骨を落としたときの音も聞こえなかった。

ここがどこなのかは臭いで思い出した。ビッグマンの家は全体が臭うけれど、毛布はとくにひどい。

真っ暗じゃないのは、風を入れるために開けたままにしてあるシートの入り口の向こうが、ぼんやり明るいからだった。

星が出ているのかもしれない。茜は毛布を抜け出して、外へ顔を出してみた。

星は見えなかった。

そのかわり月が出ていた。ビッグマンの家を囲んだ木々の先に、海が見えた。その上に月が出ているのだ。

英語でいうと、月はムーン。今夜の月は、まんまるムーンだ。

茜は靴をはいて海岸へ歩いた。

月の真下の海には、月の光の細い帯ができていた。まるで一本の道みたいに。想像の中で茜は、その光の道を歩いた。靴を脱ぐ必要はない。海の上を歩ける道なのだ。光の道はあったかくて、ふわふわやわらかかった。

そうだ。明日はまた新しい道を歩いてみよう。もっと遠くへ行ってみよう。いまはそう思えた。ほんとうのことを言えば、今朝、家を出たときには、夕方には怖くなって帰るだろうって自分でもわかっていた。

でも帰らずに、ここにいる。

そのことに茜は興奮していた。

誰もいない夜の海岸にひとりでいることを忘れるほど興奮していた。ぜんぜん怖くなかった。初めてひとりで見る海は、茜を包んで、茜を抱きしめて、茜の体に新しい何かを注ぎこんでくれる気がした。月の光みたいな何かだ。

ありがとう、海。お前もがんばれよ。

そっと戻ったつもりだったのに、ビッグマンの家のシートをくぐると、フォレストが声をあげた。

ごめんなさい。ごめんなさい。ごめんなさい。寝言だった。フォレストは眠りながら首を振っていた。茜は、夜中に叫び出したとき、母ちゃんがそうしてくれるように、フォレストの毛布をかけなおして、胸のところをとんとんと叩いてやった。

茜が次に目をさましたのは、大声が聞こえたからだ。夏には厚すぎる毛布をはねのけて、汗びっしょりで飛び起きたとたん、シートの入り口から人の顔が現れた。ビッグマンじゃない。紺色の帽子をかぶっている。水色の制服を着ていた。警官だ。

「君たち、もうだいじょうぶだよ」

家の外ではビッグマンがもう一人の警官とつかみ合いをしていた。

「なんにもしてないよ。誤解だって言ってるだろ」

「おらぁ、おとなしくしろ、この野郎。公務執行妨害もつけっぞ」

昨日、あんなに大きかったビッグマンは、朝になったら小さくなっていた。背は警官より低かった。

二人の大人がつかみ合いをしている向こうに海が見えた。今日の海は、夜の月の海とは別人だった。鏡になって空のブルーを映したように青かった。昨日のことは忘れたって顔をしていた。茜の目に昨日からずっと我慢していた涙があふれてきた。

「怪我はないかい」

警官が茜を抱き上げようとした。胸の前で腕をバッテンにしてその手から逃げた。警官に向かって叫んだ。

「違うよ」

フォレストも叫んでいた。「違う。やめて」

その人は悪い人じゃない。わたしたちを泊めてくれたんだ。フォレストを家に帰したらだめだ。そう叫んだのに、小学三年生の、身長130センチしかない茜の涙声は、興奮した警官たちには届かなかった。

両手を後ろにまわされたビッグマンが、髭の中の口を四角くして声を張りあげた。

「その子の背中を見てみろ。お前ら、取り締まる人間を間違えてる」

「やめて。違う。やめて。違う。やめて。違う」

フォレストは壊れた人形みたいに首を振り続けている。茜はフォレストに駆け寄って腕をとった。だいじょうぶ、と言うかわりに。だいじょうぶ。フォレストは馬鹿じゃない。フォレストは悪くない。フォレストにもきっとフォレストの道がある。

震えている手を握り締めた。フォレストの手にビッグマンが書いてくれた、フクシの連絡先が消えないようにそっと。

茜も書いてもらった。帰ったら、すぐに電話できるように。

森島君を助けてください。神社の近くの家です。いたずらじゃありません。嘘じゃありません。子どもは嘘をつきません。たまにしか。おとなより。

ぎゅっと目をつぶって、唇を四角に開けて、ありったけの声をあげた。

「その人は、悪くない。わたしたち、何もしていない」

茜の心はこんなにも心配でたまらないのに、悲しいのに、怒っているのに、今日も、空は、なんにも知らない顔をしたいつものスカイ。海は馬鹿みたいにブルー。

やさしい風の道

道尾 秀介

道尾 秀介
みちお・しゅうすけ

1975年東京都生まれ。2004年『背の眼』でホラーサスペンス大賞特別賞を受賞しデビュー。07年『シャドウ』で本格ミステリ大賞、09年『カラスの親指』で日本推理作家協会賞、10年『龍神の雨』で大藪春彦賞、『光媒の花』で山本周五郎賞、11年『月と蟹』で直木賞を受賞。その他の著書に『向日葵の咲かない夏』『ソロモンの犬』『ラットマン』『鬼の跫音』『花と流れ星』『球体の蛇』『カササギたちの四季』『水の柩』『光』『鏡の花』など。

（一）

「あんた、おつかい？」

バスで隣り合わせたおばあさんが顔を近づけてきた。にこにこと顔を横皺《よこじわ》でいっぱいにしながら、まるで覆い被《かぶ》さってくるような感じだったので、章也《しょうや》は肩を引いて首を横に振った。

「べつに、おつかいじゃないです」

「そいじゃ、お友達のところ行くの？」

「買い物。文房具とか、そういうやつ買うんです」

あらあ、とおばあさんは急に上体を引いて、怖いくらいに両目を見ひらく。

「偉いのねえ、ちゃんとバスん乗って。お母さんもお父さんもいないのに」

「二人とも、ずっと前に死にました」

「え」

バスが減速し、停留所に車体を寄せる。

「死んじゃった」

章也は立ち上がって通路を駆け抜けた。後ろでおばあさんが何か言ったが、聞こえないふりをしてステップから跳び降りた。——が、歩道に着地した直後、あとから降りてきた姉の翔子《しょうこ》に頭をばちんとはたかれた。

「いって！」

「何で嘘《うそ》ばっか言うのよ」

「いいじゃんべつに。知らない人だし」

「あたしたち買い物に行くのでもなければ、お父さんだってお母さんだって、ちゃんと生きてるでしょ」

「うるさい」

舌打ちをして、章也は周囲の景色を眺めた。視界の上半分に広がる春の空は、薄曇ってぼやけている。さて、目的の家は、どっちへ行けばいいのだったか。

「お姉ちゃん、バスがとまる前に、もうあの家過ぎたっけ？」

「教えない」

「おばあさんに話しかけられたから、窓の外見てなかった」

「知らない」

「なんちゃって。ほんとは憶《おぼ》えてるもんね。まだあの家は過ぎてない。だからこっちだ」

遠ざかるバスの尻が見えるほうへ、章也は歩道を進もうとしたが、翔子の口許《くちもと》がにやっと笑ったのを見て、くるりと方向転換した。

「こっちだ」

ここのところ雨が降っていないので、道路脇《わき》に広がる畑は土の表面が乾いて白《しら》ちゃけている。まだ大きくなりきっていない葉が、肩をすくめた外国人の行列みたいに、遠くまでずらっと並んでいる。

「これ何の葉っぱ？」

「なんか野菜でしょ」

「いつ食べられる？」

「知らないわよ。何でも訊《き》かないでよ」

仔犬《こいぬ》がじゃれつくように、春風が翔子のスカートをひらひらと揺らした。

「こないだね、また新しいの考えたよ。新しい話」

へえ、とだけ答えて翔子はこちらを見ようともしない。しかし、横顔がなんとなくつづきを待っているようだったので、章也は話すことにした。

「コロコロローラーってあるでしょ、髪の毛とか取るやつ。ある女の人がね、猫を飼っててね、その猫の毛が落ちてるのが気になって、いつも床とかソファーをコロコロやってんの。でも猫の毛ってどんどん抜けるでしょ。だからだんだんイライラしてきて、そのうち女の人は思いつくんだ、コロコロローラーで猫のほうをコロコロしたらいいんじゃないかって」

並んで歩く姉の頬が、ほんの少しこちらに突き出された。

「それで女の人は、猫をコロコロやってみたら、すごいたくさん毛が取れて、気持ちよくて、でも何回コロコロしても毛が取れるでしょ、猫だから。そしたらその女の人、またイライラしてきちゃって、何回も何回もコロコロするの。もう何回も何回も何っ回も」

章也は肩をいからせ、腕に抱えた透明な猫の上で、透明な取っ手を激しく前後させてみせた。

「そしたらね」

「うん」

「猫が消えちゃうんだ」

「は？」

「消えちゃうの、猫が」

「何でよ」

　相変わらず、姉はわかってくれない。しかしここで説明をしたら面白くもなんともなくなってしまうので、章也は「何でもだよ」とだけ言って前を向いた。どのみち、あとになればわかってくれるのだ。章也が自分でつくった話を聞かせたとき、姉は必ずこうして「は？」と口をあけ、眉根を寄せて首を突き出すが、あとでこっそり様子を見てみると、章也に聞いた話を頭の中で繰り返しているのがわかる。そしてたいてい最後には、へえ、という表情になるのだ。

　この前、はげキオの話をしたときもそうだった。嘘をつくたび、鼻が伸びるのではなく髪の毛が抜けるという特殊なピノキオがいて、彼はとても嘘つきだったものだから、どんどんはげていく。それでも嘘が楽しくてどうしてもやめられず、はげはとどまるところを知らない。気づいたときにはもう髪の毛は最後の一本になっていて、さすがのはげキオも嘘をつきつづけてきたことを後悔する。いったん後悔すると、とたんにはげが恥ずかしくなり、彼はカツラ屋に相談をする。カツラ屋は彼の頭にぴったりのカツラをつくってくれるが、そのカツラを頭にかぶろうとした瞬間、最後の髪の毛がはらりと抜け落ちてしまう。

　なぜならカツラは嘘だから――という説明を、章也は決してしなかった。したらつまらないからだ。いつものように姉は話を理解してくれなかったが、あとでやはり、へえ、という顔をしていた。

薄く土をかぶった歩道は、はるか先まで線路のように真っ直ぐ延びている。あの家が見えてくるはずの方向へ、章也は畑ごしに目を凝らした。遠くに屋根がいくつか並んでいるが、空気が土埃《つちぼこり》でにごっていて、よく見えない。

「あんた、いつもそんなことばっかり考えてんだね」

「そんなことって?」

「嘘の話」

「そうだよ」

「家でも本ばっかり読んでるし、もうちょっと、サッカーやりたいとか野球やりたいとかないの? なんかそれじゃほんと、おん――」

すんでのところで言葉をのみ、翔子は言い直した。

「男の子らしくしなきゃダメだよ、もっと」

「いいんだよ。だってこのほうが、お母さんもお父さんも、きっと喜ぶからね」

黙らせようと思って言うと、姉は本当に黙った。しばらくしてから、前を向いたまま呟《つぶや》く。

「……バカじゃないの」

章也はちょっと申し訳ない気がしたので、わざとバカっぽい顔をして目をくりんと上へ向け、バネ人形みたいに身体《からだ》をヘロヘロ動かしてみせた。バカ、と姉はもう一度、今度は声をぶつけるように言った。

「外で友達と遊んだりもぜんぜんしないし。ダメだよほんと、このままじゃ。一人でどっか行ったりも、できるようにならないと」

「うるさい」

「うるさくない」

「できてるじゃんか」

思わず洩《も》れた言葉に、自分でどきっとして口を閉じた。素早く姉の顔を振り向くと、こちらに向けられた両目が急に奥行きをなくし、レモン形の紙を貼りつけたように見えた。いやだ——という唐突な思いが胸を摑《つか》み、章也は何か言おうとして口をひらいたが、のどから声が出てこない。そのままぐっと顎《あご》に力を入れて顔をそむけた。

すると。

「……あ」

にごった空気の向こう、畑のあいだに延びた細い道。その先に、四軒の家が身を寄せ合うように建っている。いちばん手前、こちらに玄関口を向けているのは、あの家だろうか。章也は立ち止まり、ズボンの尻ポケットから写真を取り出した。いまから九年前に撮られた一枚。

二つの家の様子は、そっくり同じだった。写真の家では、玄関先で一歳半の姉が楽しそうに笑っている。目の前にある家の玄関先では、汚い作業服を着たおじいさんが、屈《かが》み込んで何かやっている。

「どうすんの?」

ためすように翔子が訊いた。


ことの起こりは六日前の日曜日、デパートからの帰り道だ。

窓際の席に座った母は、バスが駅前を離れて田舎道を走りはじめたときから急に口数が少なくなり、やがてすっかり黙り込んでしまった。何か理由《わけ》がありそうな沈黙だったので、章也はちらっと翔子のほうへ目をやった。姉もこちらを見ていたが、ただ視線を合わせただけで何も言わなかった。

章也はまた母に目を戻した。そっと伏せられたまつ毛を見て、耳の脇のほつれた髪を見て、ほんの少し力のこもった口もとを見て、それから膝《ひざ》の上に置かれたデパートの紙袋を見た。紙袋の中には、一週間後に章也が着る予定の、群青色の半ズボンと白いワイシャツが入っていた。はじめは一年前の入学式で着たやつを押し入れの衣装箱から出してきて、母は章也の身体にあてがったのだが、一見して小さすぎるとわかったので、デパートまで出かけて新しいのを買ってきたのだ。

お、というような声を乗客の誰かが上げた。見ると、窓の外で風が吹き、一面に広がる畑の上に、赤茶けた土埃を立ちのぼらせていた。もののかたちが見えなくなるほどのすごい土埃だったので、シートに並んだ乗客たちの頭がみんな窓のほうを向いた。しかし母だけは、じっと前の席の背もたれを見つめて動かなかった。まるでわざと、窓に目を向けまいとしているように。

土埃は風の動きにつれて右へ左へ一斉に動き、やがて疲れたようにゆっくりと地面へ降りていった。薄い紙でも剝《は》いでいくみたいに、だんだんとはっきりしてきた風景の中に、四軒の家が見えた。そのとき章也は初めて、母の沈黙の理由がわかった気がした。並んだ家のうちの一軒を、知っていたからだ。白い壁。アルミの柵がついたベランダ。玄関の右側にある窓。雨樋《あまどい》の位置。ドアの上についている小さな屋根。アルバムの中で何度も見た家。

――ここなの？

翔子に囁《ささや》いた。

――たぶん、そう。

姉は短く顎を引いて頷《うなず》いた。

家に帰ると章也は、母が台所に立っている隙《すき》に、居間の引き出しからアルバムを取り出した。あの家がいちばんはっきりと写っている一枚を剝がし、シャツの腹に隠した。
——何しに行くのよ。
行ってみるつもりだと話すと、姉は怪訝《けげん》な顔でそう訊いた。
——たしかめようと思って。
——何を。
——家の中に入って確認するんだ。
——だから何を。
章也は答えず、財布のマジックテープを剝がして小銭を数えた。

（二）

結婚して何年か経《た》ったとき、父と母は中古の家をローンで買ったらしい。

やがてその家で姉の翔子が生まれた。しかし二人目の子供である章也が母のお腹《なか》にいるときに、両親はせっかく買った家を手放して、いまのアパートへと引っ越した。壁が薄い、二階の隅の部屋だ。どうしてそんなことをしたのか、章也は知らない。父も母も教えてくれないし、以前の家がどのへんにあったのかと訊いても、必ず話をそらして答えてくれない。

　あの家には、何か秘密があるに違いない。

「どうすんのよ」

「あのおじいさんに話しかける」

尻をねじりながら写真をズボンのポケットに押し込み、畑に挟まれた細い道に足を踏み出した。おじいさんは玄関先で何か黙々と作業をしている。地面には青いレジャーシートが広げられ、その上に茶色くて丸いものがいくつも転がっている。

「ねえ、何をたしかめに行くのか、いいかげん教えてくれてもいいでしょ。こうして付き合ってあげてんだから」

　少し迷ったが、章也は答えた。

「子供部屋」

「え？」

「の数」

　どうしても、知りたかったのだ。

「そんなの知ってどうするつもりよ」

姉の声が急に低くなった。これは感情を隠したときの声で、いま隠した感情は、たぶん不安だった。

「子供部屋の数で、僕が生まれてくるはずだったのかどうかわかるでしょ。もしお父さんとお母さんが、子供部屋が二つある家を買ったんなら、僕はもともと生まれてくるはずだった。子供部屋が一つしかなければ、僕は生まれてこないはずだった」

「あんたのことは、はじめから考えてたよ」

「前にお母さんもそう言ってたけど、嘘かもしれないじゃん。僕の名前だってショウヤで、ショウコのかわりみたいなもんだし」

「字が違うじゃない」

「関係ないよ、字なんて」

玄関先に屈み込んでいた老人の顔が、ふっとこちらを向いた。その様子はしかし、何かが背中を向けたようにも見えた。顔の下半分を覆っている灰色の髭《ひげ》が、昔話に出てくる蓑《みの》にそっくりだったからだ。

「あの――」

思いのほか迫力のある顔だったので、章也は動けなくなった。

老人は章也に目を向けたまま、太い眉をひそめて何か呟く。いや、髭が動いただけで声は聞こえなかったので、ただ口許を歪《ゆが》めただけかもしれない。やめようよ、と翔子が囁いた。章也はかぶりを振り、両足を交互に押し出すようにして、相手に近づいていった。近づくにつれ、レジャーシートの上に転がっているのが、根っこのついたタマネギだとわかった。知っているものを目にしたおかげで、ほんの少し緊張が解けた。

「こんにちは」

老人は黙って頷き返す。章也は自分の名字を言ってみたが、老人は何も思い当たらないようで、口の中でその名字を繰り返して、また眉根を寄せただけだった。住んでいる家の、前の持ち主の名前というのは、普通知らないものなのだろうか。ちらっと門柱の表札を見ると、白い石に「瀬下」と刻まれている。「木瀬《きせ》」というクラスメイトがいるから、「瀬」は「せ」で、「瀬下」はたぶん「せした」だろう。

「ここに住んでたんです。ずっと前に」

言うと、瀬下は家のほうへぐっと顔をねじり、それからまた章也に目を戻した。

「……きみが？」

胸のあたりから響いてくるような、低い声だった。

「あ、僕は住んでません。僕のお父さんとお母さんと、お姉ちゃんが」

章也はズボンのポケットから写真を取り出して瀬下に差し出した。大きな犬の口許に肉か何かを近づけるような気分だった。瀬下はじっと写真に見入っていたかと思うと、右手を持ち上げて写真に触れようとしたが、汚れた軍手をはめていることに気づき、それを外した。しかし中の手も汚れていたので、けっきょく写真には触れず、ただそこに写っている光景を見つめた。家を眺めている感じではなかった。視線の先にあるのは、きっと写真の真ん中で笑っている、小さな翔子だったのだろう。

（三）

「牛乳かジュースでも、あればよかったんだけど」

それでもせめて見た目を変えようとしてくれたのか、日本茶を湯呑《ゆの》みではなくマグカップに入れ、瀬下はテーブルに置いた。

「お菓子もないんだ。何もない」

自分が生まれる前、両親や姉がどんなところに住んでいたのかを知りたくて来てみたのだという章也の説明を、瀬下はすんなり信じてくれた。家の中には人の気配がない。家族は留守なのだろうか。

「もう八年半になるかな、私がここへ越してきてから」

瀬下は自分のお茶をごつごつした湯呑みに入れ、立ったままひと口すすると、テーブルの向かい側に腰を下ろした。もうひと口、音を立ててすすり、息を吐き出しながら言う。

「早いもんだ。きみは小学校の……」

「二年生です。なったばっかりです」

「ああ、そのくらいだね。引っ越していくとき、きみのお母さんはお腹が大きかったと聞いているから」

やはり、章也の家族についてある程度のことは知っているらしい。近所の人にでも聞いたのだろうか。

「この子は、すると、きみのお姉さんなんだね」

片手を湯呑みに添えたまま、瀬下はテーブルの上の写真を覗《のぞ》き込む。

「でも、そうか……会ったことはないわけだ」

姉が死んだのは章也が生まれる一年ほど前のことなので、実際そのとおりなのだが、テーブルの脇に不平顔で立っている本人の手前、何とも答えられなかった。曖昧《あいまい》に首を振りながら、章也は左右の足首を椅子《いす》の脚に引っかけた。マグカップの取っ手をつまむと、お茶は熱々らしく、取っ手まであたたかくなっている。

「なんかそのお茶、苦そう」

翔子がわざと下の歯を見せてカップを覗き込んだ。

姉が死んだ理由も、この家を売った理由と同様、誰も章也に教えてくれない。ひょっとすると、姉の死が、家を出る理由になったのかもしれない。それともある出来事が、姉の死の原因になると同時に、家を出る理由にもなったのかもしれない。いずれにしても、章也はそのあたりのことはなるべく知りたくなかった。知ってしまったら、いまここにいる姉が変わってしまうかもしれないからだ。もし車に轢《ひ》かれて死んでいたりした

——もし高いビルから落ちて死んでいたりしたら——急に、姉がそういう顔になってしまうかもしれない。一度、夜の布団の中でそれに思い至って以来、章也は姉の死について両親に訊《たず》ねるのを一切やめた。

もともと、どうだっていいのだ。自分には関係のないことだし、姉とはこうしていつでも話せるのだから。章也が気になるのはただ一つ、自分が最初から生まれてくるはずだったのかどうか。それだけだった。

お茶をふうふうやりながら、それとなく周囲を見回してみる。ちょうど正面、瀬下の背後にある掃き出し窓にはレースのカーテンが下がっていて、白い花模様ごしに畑が見える。リビングとキッチンがいっしょになったこの部屋は、一階のほとんどを占めていて、ほかにあるのはトイレと風呂場と玄関と、あとは階段くらいか。この分だと、二階にたくさんの部屋があるとは思えない。章也はぐっと胸が縮まるのを感じた。やはり子供部屋は一つだったのだろうか。

右手の壁に、天井までの本棚が置かれている。幅も、壁の端から端まであり、中にはぎっしりと本が詰まっていて、日本語の題名のものは難しくてほとんど読めず、英語のものはもっと読めなかった。英語じゃないかもしれないけれど。

「あの中に、字がうじゃうじゃ並んでるんだろうね。教科書よりもっと嫌いな虫でも見たように翔子が囁く。

「もう、出して読むことなんてほとんどないよ」

章也の視線を追って瀬下が言った。

「昔はね、一日中本を読んでいることもあったんだけど、いまは表紙をひらきもしない。畑に出ているんだ。野菜を育てていてね」

「売るんですか？」

え、と瀬下は訊き返したが、章也が繰り返す前に笑った。

「売らないさ。売れないよ。自分で食べるんだ。そのうち、季節によっていろんなものを食べられるようになるんじゃないかな」

野菜をつくりはじめて、どうやらまだそれほど経っていないらしい。

「一年前に、最初の種を蒔《ま》いてね。トマトとオクラと、エダマメとキュウリをやったんだ。夏に、みんなとって食べたよ」

瀬下は見た目よりも話し好きか、子供好きなようだった。

「冬に植えたタマネギは、今日が初めての収穫でね、ちょっと虫食いがあったけど、あれも美味《おい》しそうだ。よかったら、帰りにいくつか持っていくといい。袋に入れてあげるから」

頷くような頷かないような角度で首を揺らしつつ、章也は左手の階段に目を移した。自分が生まれてくるはずだったのなら、あの上には三つの部屋がなければいけない。両親の部屋と、姉の部屋と、章也の部屋と。

「一人じゃとてもね」

「え」

「タマネギだよ。食べきれない。新タマネギだから、足がはやいんだ」

ああ、と頷いたあとで、章也は首をひねった。

「家の人は、誰も野菜食べないんですか？」

「妻がいたんだけど、去年死んだ。私より二歳若かったのに、膵臓癌《すいぞうがん》っていう悪い病気にかかってね。まあ病気にいいも悪いもないが」

瀬下はうつむいて低く笑いながら、テーブルの隅に目をやった。そこには封筒と葉書が一枚ずつ重ねて置いてある。さっき章也を家に入れるとき、郵便受けの中からついでに持ってきたものだ。どちらにも表に「瀬下栄恵様」という宛名が印刷されていた。

「いまでもまだ、こんなふうにダイレクトメールやなんかが来る」

死んだ人に宛てて何かが送られてくるなんて、不思議な気がした。姉も、もっと大きくなってから死んだとしたら、こんなふうに郵便物が送られてきていただろうか。

「二人でずっと暮らすつもりで、ここへ越してきたのに、七年ちょっとで死んでしまったな。だから、広すぎてね。困るくらいだ」

瀬下は周囲に視線を流した。ゆっくりと確認するように、まわりの壁や、窓や、本棚や掛け時計に目を移していき、最後に湯呑みの中を覗き込むと、まるでそこに何か大事なことでも書いてあるみたいに、そのまま目を上げなかった。その様子を見つめながら章也は、なんとなく、この人はどんな場所で暮らしても広すぎると言うのではないかと思った。

「本当は、ここへ越してきてすぐに、畑をやるつもりだったんだ。でも妻が病院に通わなければならなくなって、それどころじゃなくなってしまってね」

ふっと両目から芯《しん》が消え、空気を見ているような表情になった。そうかと思えば、

「で、どうだい？」

だしぬけに顔を上げて頰笑《ほほえ》む。

「自分が生まれる前に、家族が住んでいた家を見た感想は？」

「あ、いいと思います」

家に入る言い訳として自分が話したことをうっかり忘れていたので、変な答えになった。少し困ったように、瀬下は目尻に皺を刻んだ。ちょうどそのとき、背後のレースのカーテンをゆったりとふくらませて風が吹き込んできた。カーテンは妊婦の服を着た人みたいに丸くお腹を突き出し、やがてそのお腹が下のほうへ移動していくと、ふわっと裾がひるがえって風を室内へ逃がした。いまそこで風が生まれたように見えた。

「ん」

瀬下が短く声を洩らし、においでも嗅《か》いでいるような、空気の色でも確認しているような顔つきで、何もないところを見つめる。

「……雨が降るな」

どうしてそんなことがわかるのだろう。今朝の天気予報はテレビで見てきたが、一日中晴れたり曇ったりで、雨はたぶん降らないと言っていた。

上体をひねったままの恰好《かっこう》で、瀬下はまだ揺れ残るレースのカーテンをしばらく眺めていたが、急に章也に向き直った。

「ちょっとだけ、手伝ってくれるかい」

（四）

「助かるよ、本当に。今日中にやってしまおうと思っていた作業が、まだ終わっていなかったんだ。雨に降られちゃ、土いじりはできないからね」

瀬下がプラスチックのコンテナを地面に引き摺《ず》ると、乾いた土が粉のように舞った。

「何で、雨が降るってわかるんですか？」

「風だよ。働いていたときに、仕事で草や木を調べていたんだけど、そのうちに、なんとなく風で、天気がわかるようになった」

畝《うね》の脇に屈み、瀬下は整然と並んだ緑色のつくしのようなものを覗き込む。

「このくらいの長さのやつを、根元からチョン切って、ここへ入れていってくれるかい。どんどん放り込んでくれればいいから」

「これ、アスパラガス？」

「そう。食べたことあるだろう」

翔子が耳もとで「だいっ」と囁いてしばらく黙った。

「――っ嫌いだって言いなよ」

「べつに、食べるのが嫌いなだけだし」

章也は小声で言い返し、瀬下から剪定鋏《せんていばさみ》と軍手を受け取った。軍手は大きすぎて、かえって作業がやりづらくなりそうなので返した。手が汚れてしまうだろうけれど、これは好都合だ。あとで手を洗うときに家の二階へ忍び込んで部屋数を確認することができるかもしれない。

翔子は両手を後ろで組み、爪先立ちを繰り返しながらあたりの景色を眺めていた。白と黒の鳥が一羽、何も植わっていない畝に降り立って、尻尾《しっぽ》で土を小刻みに叩《たた》いている。

収穫作業はなかなか楽しかった。

いや、とても楽しかった。アスパラガスは驚くほど硬く、ぐっと力を入れて鋏の柄を握り込まないとぜんぜん切れない。以前に家で食べさせられたやつを思い出し、あれは別の種類だったのかもしれないと言うと、瀬下は胸に声を響かせて笑った。

「茹《ゆ》でるか炒《いた》めるか、してあったんだろう。これは生だから硬いんだ」

「バ、カ、だ、ねえ」

姉が声を裏返す。

「アスパラガスは、ほっとくと、木になるらしい。この隣で畑をやっているおじいさんから聞いたんだけどね」

おじいさんにおじいさんと呼ばれるのはどんな人なのだろう。なんとなく、真っ白で針金のようなイメージの人が思い浮かんだ。

「大きな木になって、トマトみたいな実もなるそうだ」

「食べられるんですか?」

「いやいや、食べられない。でも種がとれる。おじいさんにその話を聞くまで、アスパラガスの種のことなんて考えてもみなかったよ。このアスパラガスは、苗で買ってきたもんだから」

章也と背中を向け合う恰好で、瀬下は隣の畝に屈み込んでいた。そちらには等間隔に棒が突き立ててあり、丸い葉を持つ蔓《つる》がぐるぐると絡みついている。茎のそこここにぶら下がっている緑色のふっくらした莢《さや》を、瀬下は一つ一つ丁寧に鋏で切りとり、手の中にいくつか集まると、まとめてコンテナに入れた。

「エダマメ？」

「ん。いや、これはスナップエンドウっていう、エンドウ豆だよ。莢ごと食べられる。マヨネーズをつけると最高なんだ」

エダマメなら大好きなのだが、エンドウ豆は青くさくて好きじゃない。それにしても、アスパラガスやエンドウ豆を収穫するにしてはコンテナがひどく大きいのが可笑《おか》しかった。畝にあるやつをぜんぶ収穫しても、きっとまだ底が隠れないくらいだろう。

長いアスパラガスを探し、ほかのやつを折らないよう気をつけながら、そっと手を伸ばして剪定鋏で切る。それをコンテナの隅に寝かせ、また長いやつを探す。手を伸ばして切る。寝かせる。探して切る。やっているうちに、だんだんと上手《うま》くなっていくのがわかった。章也は収穫作業に熱中し、いつのまにか、目の前に並ぶアスパラガスと自分の手、そして剪定鋏の刃しか見えなくなっていた。背後にいる瀬下の気配も、葉をかき分ける音も、みんな消えていた。だから、わっと強い風が畑を吹き抜けて土を巻き上げたとき、瀬下の言葉をよく聞きとれなかった。赤ん坊がなんとかと言ったようだ。

「え」

「あかんぼならいだよ。春先にこうやって、赤土を巻き上げて吹く風のことを言うんだ。空が赤くなるから、あかんぼならい。ならいってのは、まあ、風のことだな」

この前の日曜日、母とデパートへ行った帰りも、こんな風が吹いていた。

「風には、いろいろと名前があって面白いんだよ。筍《たけのこ》が出てくる頃にゆっくり吹く風を、筍流しって呼んだり、急に高いところから吹き下ろす風を、天狗風《てんぐかぜ》って呼んだりね。誰かが歩くのを邪魔するように吹く風は、不通坊《とおせんぼう》なんて呼ばれたり。あかんぼならいってのは、可愛《かわい》らしくて私は好きだな。実際に吹くと、家も車も土をかぶって大変だけどね」

その名前で思い出したのか、瀬下はふたたびスナップエンドウと向き合いながら訊いた。

「お母さんやお父さんは、元気なのかい？　その……」

相手の言いたいことに気づき、章也は頷いた。

「元気です。もう九年だから」

「九年くらい経つと、そうなるものかな」

瀬下は言い、言ったその言葉を取り消すように笑った。

収穫が終わると、瀬下はキッチンで鍋《なべ》を火にかけた。

「さっき、あたしのこと完全に忘れてたでしょ。アスパラガスとってるとき」

リビングの椅子に座った章也に、翔子が囁いた。

「べつに忘れてないよ」

「忘れてたね」

瞼《まぶた》をぎりぎりまで閉じ、横目でこちらを見る。

「わざわざ付き合ってきてあげてんのになあ。冷たいやつ。お母さんとお父さんのことも、元気です、とかサラッと答えてるし」

「そう見えるからそう言ったんだよ。ほんとのことなんて知らないよ。二人とも、何でも僕に隠すんだから」

章也は背中をそらしてキッチンを振り返った。塩の瓶を片手に、後ろ姿の瀬下が、お湯が沸くのを待っている。瀬下の頭のすぐ上では換気扇がうなっている。鍋は畑で使っていたコンテナ同様、必要以上に大きくて、なかなかお湯は沸きそうにない。章也は椅子からそっと腰を浮かせた。

「どこ行くのよ」

「二階」

手を洗うときにこっそり二階へ行けるかもしれないと考えていたのだが、瀬下が洗面所までついてきてしまったので駄目だったのだ。しかし、いまなら行けそうだった。

「無理だよ、見つかるって」

「平気」

「あんなふうに見えて、怒ったらすごい怖いかもよ」

そう言われると急に動けなくなった。そのときちょうど瀬下がアスパラガスとスナップエンドウを鍋に放り込み、くるりとこちらを振り向いた。

「あとで新タマネギも食べてみるかい？　スライスして、醤油《しょうゆ》とレモンをかけると美味《うま》いんだ」

「あ、いいです大丈夫です」

咄嗟《とっさ》に答えてから後悔した。新タマネギというのは玄関先のレジャーシートの上に転がしてあるやつのことだろう。あれを取りに行ってもらえれば、そのあいだに二階を覗いてこられるかもしれなかったのに。

残念でした、と翔子が意地悪く笑う。

「ところであんたさ、二階の部屋のことばっかり気にしてるけど、お父さんとお母さんが何でここを引っ越してったかは気にならないの？」

「ならない。関係ないもん」

「あたしが何で死んだのかも？」

「病気とか、そういうあれでしょ」

「わかんないよ。誰かに殺されたりしたのかもしれない。なんかすごい、ひどい感じで」

「やめてよ」

「おじいさんなら知ってるかもね。近所の人から聞いたりして」

「いいって」

「しかし、誰かといっしょに野菜を食べられるなんて嬉《うれ》しいなあ」

背中を向けているくせに、瀬下の声はよく響いた。声というよりも、大きくて頑丈なものから出てくる音という感じがした。

「ほんとは妻といっしょに食べて、たまには息子も呼んで食べて——なんて、いろいろ考えていたんだけどね。妻は死んでしまうし、息子は転勤で遠くへ移ってしまったもんだから、いつも一人なんだ。さ、もういいかな」

瀬下がザッと鍋の中身を笊《ざる》にあけると、真っ白な湯気が天井までふくらんだ。あち、あち、といちいち言いながら、瀬下は白い皿にアスパラガスとスナップエンドウを移していく。

「よし、食べてみよう」

皿の端にマヨネーズを盛り、爪楊枝《つまようじ》を二本添えて、瀬下はテーブルへ運んできた。好きではない野菜だったので、はっきり言って章也は食べたくなかったが、とん、とテーブルに置かれた皿を見たとたんに気が変わった。

コマーシャルみたいに湯気を立ちのぼらせているアスパラガスとスナップエンドウは、ものすごく魅力的だった。緑色がさっきよりもずっと濃くなって、つやつやしている。

爪楊枝を取ってアスパラガスに突き刺してみると、ぷつんという手応えがあった。マヨネーズをつけて食べてみたら、

「ん！」

驚くほど美味い。スナップエンドウも、指でつまんで口に入れた。こちらも何ともいえず美味かった。青くささはあるのだが、それが鼻から抜けていく感じが心地よく、なんだか身体の中がすっきりする。

章也の顔つきを見て、瀬下は首を揺らして頬笑んだ。

「普段食べているやつと、違うかい？」

「ぜんぜん違います」

「いつも食べてないじゃん」

翔子が余計なことを言ったが無視した。

「違うだろう。きっと、家で食べるアスパラガスやエンドウ豆も、いままでよりずっと美味しくなるはずだよ」

「何でですか？」

自分たちでとった野菜だから美味しく感じるのではないのだろうか。

「どんなふうに畑に生えているかを知ったら、そうなるものなんだ。私もそうだったよ。ときたま外でサラダなんかを食べる機会があるけど、やっぱり以前よりも美味しく思え

る。面白いもんだね」

のんびりしたペースで、瀬下もアスパラガスとスナップエンドウをつまむ。

「何でも、知っておくのはいいことだ」

明日の料理屋でも、野菜が出るだろうか——アスパラガスを口に入れながら章也は考えた。


このまえデパートで買ったあの服を着させられ、明日は寺へ行く。姉の十回目の法要をしに。姉のための集まりで寺に行くと、いつもそのあとで近くの料理屋に集まり、みんなで食事をする。親戚たちは姉の話ばかりするので、章也はその時間がたまらなく嫌だった。いま生きていたら何歳だとか、何年生だとか、面立ちがそろそろ母に似てきていたのではないかとか。普段、家で姉の話がほとんど出ないせいで、そういった言葉はみんな、とても生々しい感触で章也の耳に入り込んでくる。オレンジジュースを飲み、寿司《すし》や天ぷらを食べながら、章也はいつも、自分がだんだんと透明になっていく気がする。うつむくと、半ズボンから飛び出しているはずの膝がなくて、座布団の模様や、畳のささくれが透けて見えるように思える。姉が死んだあとで生まれた自分のことを、きっとみんな、女の子だったらよかったと思っているに違いない。おじさんも、おばさんも、父も母も。

食事の席がおひらきになって家路につくとき、決まって姉が、章也と並んで歩きながら文句を言う。あの人たちはただあたしの話をするのが楽しいだけなのだと。話をして、哀《かな》しくなって、でもあの子のことはずっと忘れないと心に決めたりすることが気持ちいいのだと。章也をなぐさめようとして言ってくれているのだろうが、はっきり言って逆効果だった。姉が言葉をつづけるにつれ、章也はなおさら悔しくなる。哀しくなる。今年もその日がすぐそこに迫っている。

そんなことを思っていたら、急にいても立ってもいられなくなった。いますぐ二階の部屋数を確認したくなった。

「あの――」

瀬下は「?」と灰色の眉を上げる。

「あの、やっぱりタマネギも食べたいです」

ほ、という口をして、それから瀬下はにやっと笑った。

「それじゃあ、玄関にあるやつをとってこよう」

立ち上がり、何か大がかりな作業でもはじめるように、瀬下はゆっくりと両肩を回しながら玄関へ向かう。章也は椅子から腰を上げ、ガチャンとドアの音がすると同時にテーブルを離れた。階段へと急ぎ、なるべく足音をたてないよう気をつけながら素早く上っていくと、途中で翔子が追いついてきた。

「やめなって」

「やめない」

「怒られるよ。おじいさん、たぶんすぐ――」

「うるさいっ」

階段の上を睨《にら》みつけたまま遮った。

「僕は、あとちょっとで八歳になるんだ。そしたら僕のほうが七歳も上になるんだ。偉そうなことばっかり言わないで」

自分で言った言葉が胸を刺した。それを感じまいと、章也はなおさら速く両足を動かした。二階には短い廊下があり、突き当たりに納戸らしい小ぶりの扉、そして左右に一つずつ木のドアがある。――一つ、ずつ、ある。

「ほらね」

にわかに突き上げてきた感情を、章也はぐっとのみ下した。

「やっぱり部屋は二つだ。お父さんとお母さんの部屋と、あとはお姉ちゃんの子供部屋だ」

「わかんないじゃん、そんなの」

「わかるよ」

章也は左手のドアをひらいた。壁際にいろいろな高さの本棚が並び、床の隅には畳んだ布団が出しっぱなしになっている。瀬下が、寝たり、本を読んだりするのに使っている部屋なのだろうか。正面にベランダがあり、隅にプラスチックのほうきが立てかけてある。

「部屋の数なんて関係ないよ」

姉の声を無視してドアを閉じ、振り返って反対側のドアを見据えた。

「やめなって」

顎に力を入れながら、ノブをひねって手前に引く。中から勢いよく風が吹き出して顔にぶつかる。さっきの部屋よりも、こちらはひと回り小さい。物置のように使われているのだろうか、正面と左側の壁に寄せられて段ボール箱が重ねてあり、右側の壁には衣装ケースがいくつか置かれている。

「ほうらやっぱり」

全身をしぼられているように、章也は息苦しかった。

「こっちがお姉ちゃんの部屋だったんだ。それで、さっきのがお父さんとお母さんの部屋。やっぱり僕、生まれてこないはずだったんだ。ほんとはいないはずだったんだ」

「章也」

「だって部屋が二つしかないんだもん。お父さんとお母さんの部屋がないのは変だから、それが一つで、あと一つはお姉ちゃんの部屋じゃんか。僕の部屋なんてどこにもないじゃんか」

どんどん言葉が飛び出した。

「やっぱり生まれてくるのはお姉ちゃんだけのはずだったんだ。でもお姉ちゃんが死んじゃったもんだから、お父さんとお母さんは」

息を吸うべきところがわからなくなり、言葉の途中で息つぎをしながらつづけた。

「しょうがなく僕を産んだんだ。ほんとは女の子がよかったんだ。だってお姉ちゃんのかわりなんだからね、僕が男の子だってわかったとき、二人ともがっかりしたんだ。いまでもがっかりしてるんだ。僕のこと見ると、僕のことよりお姉ちゃんのこと考えるんだ、見るたび考えるんだ！」

足音と気配に、章也はまったく気づかなかった。

床が微《かす》かに軋《きし》んだりしたのかもしれないが、それにも気づかなかった。瀬下がすぐ背後に立っていることを知ったのは、低い声が頭の上で聞こえたときのことだった。

「……やめなさい」

水をかけられたように全身がすくんだ。

振り向くと、瀬下は何かを一心に願うような目で、じっと章也を見下ろしていた。

「やめなさい」

（五）

「もっとそっと持たないと、タマネギ傷んじゃうでしょ」

「平気だよ、新鮮野菜なんだから」

「関係ないじゃん」

新タマネギが詰まったビニール袋を振り回しながら、章也はバス停に向かって歩いていた。歩道のコンクリートの隙間から雑草が顔を出し、風に葉を揺らしている。空気にはほんの少し湿り気がある。

「あたし、落っこちて死んだんだね」

顔を上に向け、翔子が呟いた。

空は曇っているが、姉の顔はどこか晴れ晴れとしている。

章也は黙って頷き、ぶんとビニール袋を一回転させた。

近所の人から聞いたのだけどと前置きをして、瀬下は話してくれた。

姉は二階の、いまは瀬下が寝室として使っているあの部屋のベランダから落ちたのだという。日曜日で、父も母も家にいたのだが、ちょっと目を離した隙に、自分で窓を開けてベランダに出てしまったらしい。

——窓の鍵を、きっと掛け忘れていたんだね。

何をしようとしたのかはわからない。目的なんてべつになかったのかもしれない。一歳半の姉は、ベランダにあったゴミの袋からポリバケツによじ登り、柵の外へ身を乗り出した。ちょうどそのとき、母が階段を上がってきて部屋を覗いたのだが、

——あっと思ったときは……もう、遅かったそうだ。

雨が降ったり止《や》んだりで、そのときアルミの柵は濡《ぬ》れていた。身体を支えていた両手を柵の上で滑らせ、姉は母の目の前で落ちた。玄関の軒庇《のきびさし》で一度頭を打ち、そのままポーチに全身が叩きつけられた。すぐに救急車が呼ばれたが、意識は戻らず、翌日の夜、息を引き取った。

——その同じ家に赤ん坊を迎え入れるのが、どうしても怖かったらしい。引っ越していくとき、お母さんが、そう話していたそうだよ。

ここに赤ん坊がいたら、また同じことが起きる。そんなふうに思ったのだろうか。章也が訊ねると、瀬下は曖昧に首を振った。

——きっと、そんなふうに、言葉にできるものじゃないんだよ。

リビングの椅子に座った瀬下は、レースのカーテン越しに畑を眺めた。そうしてしばらく黙っていたが、やがて半分ほど振り返り、壁を見つめて言った。

——生まれてくるきみのことを、それだけ大事に思っていたんだろうね。

すぐに頷くことはできなかった。瀬下の顔から目をそらしながら章也は、いま暮らしている部屋がアパートの一階にあることについて、ぼんやりと考えた。そして、あれは幼稚園の年少のときだったか、夏の雨降りの日に、母からひどく叱られたことを思い出した。

その日は降り込んだ雨でアパートの外廊下がびちょびちょに濡れていて、章也はそこをビーチサンダルで走っていた。急ブレーキをかけると、水のせいでサンダルがスケート靴のように滑り、それが面白かった。右へ左へ、章也は走り、止まり、つるつる滑って遊んだ。息を切らして何度もやっていたら、急にシャツの背中を強い力で摑まれた。びっくりして振り返ると、見たこともないほど怖い顔をした母が立っていた。やめなさいと、ほとんど叫ぶように、母は言った。叱られたことよりも、その声と顔が怖くて、章也は泣き出した。玄関に引っ張り込まれてからも、自分では泣きやむことができず、どうしていいのかもわからず、母の身体にしがみつくようにして、いつまでも泣いていた。母は章也の肩と頭に手を載せ、額同士をくっつけたまま、お願いだから危ないことはしないでと、同じ言葉を何度も繰り返した。

——そろそろ、帰ったほうがいい。

瀬下はビニール袋いっぱいに新タマネギを詰め、章也に持たせてくれた。

——雨が降ってくるからね。

「お母さんに何て言うの？　そのタマネギのこと」

ぶらぶらと隣を歩きながら、翔子が顎の先でビニール袋を示す。その仕草で前髪が揺れ、白い額がちらっと見えた。これまではなかった小さな傷痕《きずあと》が、そこにはあった。

「帰りながら考える」

「嘘の話つくるの得意だもんね」

「得意だよ」

バス停までは、まだ距離があった。タマネギの言い訳をあれこれ考えていたら、翔子が前を向いたまま変なことを訊いてきた。

「章也……ほんとは今日、何しに行ったの？」

「だから、子供部屋の数をたしかめようと思ったんだよ。このまえデパート行った帰りに、家の場所がわかったから」

「それはそうなんだろうけどさ、あんたにしては思いきったことやったじゃん」

翔子はそこで言葉を切った。答えを待っているようだったが、章也が何も言わずに黙っていると、珍しく優しい声でつづけた。

「明日のことが、関係ある？」

迷ったが、章也は頷いた。

「なんか、怖かった」

訊ね返すように、姉は小首をかしげる。

「行くのが怖かった」

また、みんな姉の話ばかりするのだろう。自分は座布団の上で透明になってしまうのだろう。そのことに、もう耐えられないのではないか。そんな気がしたのだ。だから今日、少ない小遣いでバスに乗り、子供部屋の数を確認しに行った。その数が一つでも二つでもよかった。どちらにしても、それを確認することさえできれば、自分はもう透明にならないでいられる。そんなふうに思った。

「でも、わかんない。はっきりそう思ったわけじゃないんだ。よくわかんない」

「自分のことなのに？」

「うん、わかんない」

バス停に着くと、誰も座っていないベンチに並んで腰かけ、バスを待った。空では雲が厚くなり、歩道に映る標識の影がほとんど見えない。

「……この風かな」

ふっと風が通りすぎたとき、章也は訊いた。

「さあ、どうなんだろ」

「いまのじゃないのかな」

「わかんないよ」

少女風という名前を、瀬下は別れ際に教えてくれた。雨がやってくるとき、降る前にそっと教えてくれる風を、そう呼ぶらしい。

「わかんなきゃ、意味ないね」

章也が笑うと、姉も笑った。その肩口にぽつんとバスが見えた。来たよ、と章也が言う前に、ねえ、と姉が口をひらいた。

「あたしも、乗っていい？」

ほんの少し頬笑みながら、姉は章也の顔を見つめていた。章也は何か言葉を返そうとしたが、急に涙がこみ上げ、ぐっと歯を食いしばり、涙をのどの奥に押し戻してから、やっと答えた。

「知らないよ、そんなの」

ぽつ、と最初のしずくが手の甲にぶつかった。雨は本当に降ってきた。アスファルトの苦いにおいがあたりにたちこめ、空に顔を向けると、透明な雨滴《あましだり》が顔のすぐ脇をかすめていった。二つ、三つ、四つ、やわらかいしずくが膝と頬につづけざまに落ちてくる。

「章也。雨が降るときの風、いつかわかるようになるといいね」

「傘、持ってくかどうか迷わないですむもんね」

雲の手前を、水切りの石みたいな動きで鳥が飛んでいく。グジュグジュピー、グジュピーと高い鳴き声が遠ざかっていく。

「明日……平気そう？」

章也は少し考えてから頷いた。

「たぶんね」

「これからは？」

章也は答えなかった。大きめの雨粒が、右目の内側のへりに落ちて、つっと鼻の脇を伝った。くすぐったいので手の甲で拭《ぬぐ》おうとしたが、思い直して中指ではじき飛ばした。ぱっと細かい水滴が散って消え、遠くからバスのエンジン音が聞こえてきた。

「章也」

「うん」

「なんか、嘘の話してよ」

「いいよ」

エンジン音はだんだんと近づいてくる。

「あのね、ある畑にアスパラガスがたくさん生えててね、畑をやってるおじいさんが、それをとって食べようと思ったんだ。ぜんぶ鋏でとって食べたつもりだったんだけど、一つだけ忘れられてるやつがあってね、でもそれはずっと大きくならないアスパラガスでね——」

姉からわざと顔をそむけ、だんだんと大きくなってくるバスの音を耳の後ろに聞きながら喋《しゃべ》った。もし話が途切れ、そのときに、先をせかす姉の声がしなかったらと思うと、どうしてもやめることができなかった。鼻の奥がちりちりと痛くなってくるのを感じながら、でたらめに話をつづけた。バスはもうすぐそこまで迫っていた。

モーガン

中島 京子

中島 京子
なかじま・きょうこ

1964年東京都生まれ。東京女子大学文理学部史学科卒業。出版社勤務ののち、米国滞在を経て、フリーライターに。2003年『FUTON』で作家デビュー。10年『小さいおうち』で直木賞、15年『かたづの！』で柴田錬三郎賞、『長いお別れ』で中央公論文芸賞を受賞。著書に『イトウの恋』『ツアー1989』『冠・婚・葬・祭』『平成大家族』『エルニーニョ』『東京観光』『彼女に関する十二章』など。

ほんとについてくるの？　とモーガンは真顔で訊《たず》ねた。

いつものように、穏やかで悟りを開いたような目で。

私はうなずき、モーガンはそれ以上何もきこうとしなかった。

＊

それはまだ長い長い週が始まったばかりの火曜日のだるい午後のこと、クミコとモーガン以外の生徒たちは音楽室で合唱コンクールの課題曲を練習しているはずだった。

きんにくの、やくどー、という歌詞が、二人の耳にはこびりつくように響いていた。

きんにくの、やくどー、やくどー、やくどー、と三つのパートに分かれた少女たちは声をあげて歌うのである。たたみかけるように、競うように。馬がどうしたこうしたという歌詞だったが、それはおよそ中学生女子に興味の持てるものではなかった。それでも音楽教師の「お腹《なか》からよ！」「全身を楽器にしてっ！」という指示に、少女たちはぱくぱく口を動かして、ついでに眉を上げたり下げたりして歌うのである。

――やくどーは、やばいよね。

クミコは思いついたことをふと口にした。

――まあ、やくどーは、違うよね。

モーガンはスカートをくるくるとパンツに巻き込みながら答えた。それで二人は同じことを考えていると確認できた。クミコもモーガンの真似《まね》をしてスカートの裾をパンツに巻き込んだ。

学校の向こうは山の中だから、フェンスを乗り越えれば人に見つかることはほぼなかったが、乗り越える瞬間を人に見られる危険はあった。モーガンは丸い目を鋭く四方に走らせて人のいないのを確認すると、通学カバンを向こうに放り投げ、ガン！と音をさせてフェンスに飛び掛かった。そして履きこんだＨＡＲＵＴＡの革靴をしならせてフェンスのダイヤモンドにひっかけ、腕に力を込めて上半身を引き上げ、腹をフェンスのてっぺんに載せるようにして一息ついた。

――待って。

クミコはモーガンほど背が高くなかったので、いきなりフェンスに飛び掛かることはせず、低い位置からしがみつくようにして登り、同じように腹のあたりをフェンスのてっぺんに任せて笑った。歯列矯正のブリッジが陽光を受けてきらりと光った。二人は、せーの、で脚を上げ、フェンスをまたいだ。誰も見ていなかった。もう、こっちのものだ。モーガンの脚は日に焼けて長く筋肉質で陸上選手のような窪《くぼ》みがあり、クミコの脚は生白かった。

二人の通う中高一貫の女子校は多摩の外れにあり、フェンスを越えた向こうにはもうほとんど人の通ることのない、古い街道の名残《なご》りが延びるだけだった。一説によればそれは「旧鎌倉街道」と呼ばれる古道につながり、遠く鎌倉時代に武士が幕府の要請に応じて「いざ鎌倉」と駆けつけるときに通った道だということである。二人は誰も見ていないのをいいことに、プリーツスカートをパンツに巻き込んだまま、あたかも君恩に報いたくてひた走る鎌倉武士のように凄《すさ》まじい勢いで街道を走った。考えてみれば鎌倉武士は馬に乗っていたはずで、自らの脚で走る必要はなかったが、不思議な形に膨らんだ二人の女子中学生のスカートの下から伸びる脚が盛んに山道を蹴り上げていくさまは、どこか江戸時代の飛脚にも似ていた。

街道脇の、葉の散った山桜や楓《かえで》や欅《けやき》が、風に吹かれてざーっと音を立てていた。よく晴れた日で、ときおり鳶《とんび》の鳴き声が聞こえた。

＊

モーガン、と私は彼女の後ろ姿に声をかけた。

モーガン、うちら、このままどっかへ行っちゃって、戻ってこなくたっていいね。ずーっと、ずっと二人きりで、世界を放浪していたっていいね。

でも、その声は聞こえなかったと思う。息を切らしていたから、じょうずに声にならなかったし、モーガンはずっと前を向いて私の前を走っていたから。

私はモーガンと二人きりなのがうれしくて、それだけでも顔が赤くなってくるみたいな気がした。モーガンは時代劇の忍者みたいに走った。

＊

——こっちのほうが近い！

モーガンは叫ぶと、街道を逸《そ》れて斜面を降り始めた。クミコはあわててそれに続いた。

モーガンの天然パーマの髪は、風に煽《あお》られて逆立った。ザザッと落ち葉の上を滑る音がして、HARUTAの靴は泥にまみれた。

獣道みたいな山の中を、モーガンは迷うことなく駆け下り、クミコも慎重に後を追った。クミコはうねる木の根に足をとられて一度だけ転んだ。あっと言う声に振り向いたモーガンは止まって、腕で額の汗をぬぐいながら見守った。だいじょうぶだから、とクミコは言い、もう一度歯列矯正ブリッジを光らせて笑った。モーガンは静かにうなずいて、ときどきぶつかりそうになる木の枝を腕で振り払いながら下った。

――あ。

モーガンは振り返ると目を弓のように細めて笑った。クミコは乗り出すようにして下を見る。車の走る大きな通りが、枝と木の葉の間からグレーの路面を覗《のぞ》かせた。

二人は一気に駆け下りた。道の両脇に背の高い銀杏《いちょう》が並ぶ大通りに出た。二人はハイタッチを交わし、巻き込んだスカートを引っ張り出してとんとんと足踏みをした。電車の駅はもうすぐだった。

大通りを走っている女子中学生二人は、奇妙に見えたかもしれない。けれども全体に眠たくなるような郊外の午後、通り沿いのファミレスや大型靴店にも客はいなくて、たまに落ち葉掃きに出ている近所のおばあさんなどが不思議そうに見つめたとしても、騒ぎになるようなこともなかった。

途中、クミコがギブアップして、二人は走るのをやめ、徒歩になった。通り沿いの自動販売機でアイソトニック飲料を買った。

——うまいっ！

クミコは喉を反らして空を見上げた。雲も泳がないきれいな空で、祝福とか幸運とかいった言葉がクミコの脳裏をよぎった。飲料のしずくが、口の端を伝って落ちた。

——ねえ、モーガン、どこへ行くの？

むっくり振り返ったモーガンは、口に当てていたペットボトルを離し、ぽつんと答えた。

——海。

＊

私たちは電車に乗った。エンジに近い橙色《だいだいいろ》の古ぼけた車両に。座席に腰かけると、暖かい空気が膝の裏側あたりを温め始めた。

私はモーガンのしっかりした肩に頭を預けて寝たふりをした。モーガンも静かに目を閉じた。午後のけだるい日差しが二人を包んだ。モーガンのことばかり考えながら眠ろうとしたけれど眠れなかった。胸がドキドキして。モーガンはすぐにすうすう寝息を立て始めた。まったくこの人ときたら、どこでだって寝てしまう。

＊

モーガンはいつも教室の隅に座っていた。窓際のいちばん後ろ。彼女は背も座高も高かったので、それは理にかなった座席選びだったかもしれない。誰も文句は言わなかったし、彼女がそこに座ると、教室に並んだ三十四個の席が、バラバラのドットをきちんと紙の上に並べてピンで留めたみたいになった。

だからといって、モーガンがクラスの中心人物だったわけではなく、むしろいてもいなくてもいいような存在だった。あるいはそれ以上に、いなければいいと願う人もいたかもしれない。背が高かったから、入学したてのころはバレー部やバスケ部から盛んに勧誘されたが、頑《かたく》なに断り続けたせいで、あれはただの大女だ、ということになった。

彼女自身は人から嫌われたりしなかった。三十三人の少女たちに、あるいは学年中の少女たちに聞いて回ったとしても、たいした悪口は聞き出せなかっただろう。そのかわり、モーガンの傍《そば》にいる二人の少女に関してなら、いくらでも悪評を聞くことができたに違いない。

一人は漫画家志望の背の低い女の子で、中一の一学期の初めに、すべてのクラスメイトの誇張した似顔絵をノートに描き散らしていたせいで、真っ先に「ウザすぎる」と仲間外れの対象になった。まだ友達同士の間であだなさえ決まらない時期にハブられたから、どうしてもその子の名を呼んだり書いたりしなければならないときは、「稲垣」という苗字が使われた。

もう一人は一学年上から留年してきた色白の少女だった。苗字は「池辺」だったが、「ダブった池辺」→「ダブる池辺」→「ダブルベ」という心無いあだながついた。カトリック系の女子中学では英語の他に選択フランス語の授業があって、アルファベットの「W」のことをダブルヴェと発音することがわかってから、くすくすといやらしいからかいの笑いと共にそのあだなは広まったという。みんなより年が一つ上だったから、どこか大人びていて、それも周囲から浮き上がる原因になった。やせっぽちで休みがちだというのになぜか胸だけが突出して大きかったので、まだどこか幼さの残る中一女子にとっては、それもキモいということになった。

稲垣とダブルベとモーガンは、どこのグループにも属さないという理由で、いっしょにいることが多くなり、「怪物トリオ」と呼ばれるようになった。少女たちは、自分たちと相容《あいい》れない空気を持った連中にたいしてあからさまに敵対するようなことはなかったし、モーガンの持つたたずまいがそんなことを許さなかった。それでも、三人は一種独特の雰囲気を醸し出していたから、わざわざ近づいていこうという者はなかなか現れなかった。そして、うまくクラスの空気に順応できない者がいると、「怪物っぽい」とか、「怪物化してきてる」という言葉で牽制《けんせい》された。誰もがなんとなく、自らの怪物化は避けたいと思いながら、教室の秩序を保っていた。

クミコは二学期からの転校生で、クラスの雰囲気からいって「怪物たち」には近づかないほうがいいと感づきはしたけれど、どうしようもないままそこに押しやられていた形になる。転校生などというものは、もうそれだけで「怪物」の一種で、父親の転勤に伴ってムンバイから帰ってきたという経歴は、普通の中学生にとって「怪物」以外の何物でもなかった。

だから望まないままに、「怪物カルテット」の一人になったわけで、稲垣やダブルべとは仕方なくいっしょにいただけで親しいわけではなかった。でも、モーガンは違った。稲垣やダブルべはクミコのことを陰で「ムンバイ」と呼んでいた。クラスの、ほかのみんなもそうだった。でも、モーガンは「クミコ」以外の呼び名で呼ばなかった。モーガンは誰の悪口も言わない。モーガンは無口で、何か言うのも稀《まれ》だった。

教室の隅で窓の外を見ているモーガンの目は、いつも何かを見透かしているようだった。学校の勉強とか学級会のテーマとか、そんなものよりずっと重要なもの、哲学的なもの、宇宙みたいなもの、に注がれているように見えた。

なぜ彼女を好きになったのか。なにかきっかけがあったのか。クミコには思い出せない。でも、たとえば中学生女子ばかりのクラスの中に、とても居心地の悪い排他的な空気があるとしたら、モーガンだけはそんなものから超越していた。稲垣もダブルべも淀《よど》んだ空気の中で右往左往していたが、モーガンだけは、そんな空気など存在しない別の空間を生きているようだった。

天使、という言葉が、唐突にクミコの頭に浮かんできたりした。

——ねえ、モーガン？　どうしてモーガンて呼ばれてるの？

クミコがそう訊ねたとき、もしかしたらモーガンはちょっとだけ、その丸い瞳を曇らせたかもしれない。ほんとうを言えば、なぜそのあだながついたかなんて本人に聞かなくてもわかっていたのに、そうしてしまったクミコはちょっと意地悪だったかもしれない。もちろん意地悪をしようと思ったわけではなくて、モーガンと話すきっかけが欲しかっただけだ。あのとき、傍に稲垣もダブルべもいなくて、彼女たちは二人っきりだった。

——車がさあ、イギリスの車があるんだよね、モーガンって。クラシックカーみたいなやつ。すごいカッコいいんだよね。ね、モーガン。

早口でクミコはそう言ったが、モーガンは答えなかった。

——『ワンピース』に出て来るよね。モーガンって海賊。あ、でも違うよね？　ぜんぜん、似てないし。

あわててそんなことを言って、それからどんどん墓穴を掘って行く気がして、顔を真

っ赤にしてクミコは黙った。モーガンは大きな欠伸《あくび》を一つして、

――これからちょっと寝るから、四時限目始まったら起こして。

と、机に突っ伏して寝てしまった。よく寝るモーガン。寝る子は育つ。モーガンは誰よりも大きい。

二人の通う学校は山の上にあるから、毎朝JRの駅を降りたらスクールバスに乗る。帰りも学校からスクールバスに乗る。白地に青く学校名が書かれたバスは、多摩動物公園で猛獣を見るときに乗せられるバスになぞらえて「ライオンバス」と呼ばれている。「ライオンバス」はまっすぐJRの駅を目指す。ふだんは。でも、モーガンが乗ったバスだけ、駅に行く前に街道沿いで一回停まる。

ある日クミコはモーガンに続いてバスを降りてみた。運転手さんが「まだだよ」と言ったけれど、聞かなかった。制服を着て、大きくふくらんだスポーツバッグを通学カバンにひっかけたモーガンは、「山崎拳闘教室」という看板のかかった建物に入っていった。そして数分後に、赤いショートパンツとぴったりしたTシャツ姿のモーガンが、筋肉ストレッチの後で縄跳びを始めるのをクミコは見た。

モーガンは学校の部活には参加していなかったが、ボクシング教室に通っていたのだった。スレンダーな体、しなやかに筋肉がつき、窪みのできたお腹や脚や腕を、クミコは窓越しにうっとりと眺めた。

クミコがモーガンのなにに惹《ひ》かれたのかといえば、それは肉体なのかもしれない。モーガンがぶんぶんと縄跳びを飛んだり、パンチボールを叩《たた》いたりするのを見ているうちに、クミコは生まれて初めておへその奥、斜め下あたりが熱くなってくるような感覚を覚えた。ああ、これが保健体育で習った愛なのかもしれないと彼女は思った。保健体育で先生が「それはほんとうの愛ではありませんが、体がそういうふうに感じてしまう愛です。中学生の、とくに男子はそうした愛を持て余すことから性犯罪に走りやすいので、それがほんとうの心の愛か、それとも体の感じている愛かを見極めることがたいせつです」と言っていた、あの愛。

モーガンは月・水・金と「山崎拳闘教室」に通っていたから、クミコはときどき後をつけた。水曜日はクミコも学校の帰りにピアノ教室に行かなければならなかったから、いつもというわけではなかったけれど、窓越しに見る、汗を飛び散らせるモーガンは中性的で美しかった。

——ちょっと、おかしいんじゃないの？

稲垣とダブルベはある日、モーガンのいない女子トイレでクミコを恫喝《どうかつ》した。

——頭がおかしいんじゃないの？

——なにが？

——モーガンにくっついて歩いて。

――モーガンはそういうの、嫌いだから。そういうことされるの。

――嫌いだって、モーガンが言ったの？

――言わなくてもわかるのがしんゆうでしょう？

しんゆう。という言葉がトイレの壁に吸い込まれていった。

――わかんなくても、いい。

クミコはダブルべと稲垣に言った。

――べつに、モーガンとしんゆうじゃないし。

――あ、そう。じゃあ、なんでランチいっしょにするわけ？

――しんゆうじゃなきゃ、ランチしないの？

――ふつう、しないんじゃない？

――じゃあ、四人全部、しんゆうなんだね？　怪物四人。いっしょにランチしてたから。

――怪物はもともとトリオだったんだから！

――そう、トリオだったんだよ！

――自分で言うの、おかしくない？　怪物トリオだって。

――ムンバイから来たくせに。かわいそうだから食べてあげてたんじゃない。

――もうやめなよ、稲垣。行こう。

――言っとくけど、キモいから。行動が。いちいち。

――ランチしたくなきゃしなくていいから。

――そんなの、言われなくてもしないから。

――帰国って、ちょっと人の気持ちがわかんないとこがあるよね。

――あー、帰国だもんね。

――ダブってる人に言われたくないよ。

――もう、行こう。これ以上話してても日本語通じないから。

――絵描いてもらっても通じないと思う。ド下手だから。

怒った稲垣が走ってトイレから出、次にダブルベが続き、一分ほどしてクミコも外へ出た。

翌日も四人はいっしょにランチを食べた。誰も「しんゆう」についてなにも言いださなかった。ただ、もしこの中の誰かが一人で食事をすることになったら、モーガンは間違いなく他の二人を置いてその一人の傍に座っただろう。そのことを知っているくらいには、怪物たちはモーガンを理解していたのだった。

＊

海に行くにはローカル線にぽこぽこ乗って、お弁当を持って、歌なんか歌って。私は頭の中でそんな妄想を巡らせる。これはもしかしたら私たちにとって、初めてのデートかもしれないのだ。寝たふりをしているのはもしかしたら私だけではなくて、モーガンもいっしょかもしれないのだ。モーガンの肩に置いたはずの頭が少しだけずれて、筋肉質の二の腕あたりに乗っかる形になる。

——ふううん。

小さな声を立てて、モーガンが目を醒《さ》ます。

——いまどこ？

——まだまだ乗り換えまで三十分くらいある。

——じゃあ、もう少し寝る。

寝顔に私はキスをしたくなる。

＊

ボクシングを終えるとモーガンは、徒歩で家まで戻り、着替えて数軒先の古い日本家屋に出かけて行く。そこにはモーガンのおじいさんが住んでいて、散歩に連れ出すのがモーガンの役目なのだった。

ぴったりしたスパッツに派手な色のパーカをひっかけたモーガンの足もとは冬でもい

つでも素足にサンダルで、学校では縛って二つに分けている天然パーマの髪がワイルドになびいている。モーガンのおじいさんは七十を過ぎて少し記憶障害を患っている。頭の病気が空間認識力にも影響するので、モーガンのおじいさんはまっすぐ歩けない。それでもおじいさんは体力が余っていて歩くのが好きなのだ。一人で出かけると必ず迷子になるから、モーガンはいっしょに散歩に出る。

　おじいさんとモーガンが出かけるのは街道沿いにあるサイゼリヤで、二人はここで静かにお茶をするのだった。二人はなにもしゃべらない。ドリンクバーは二七〇円だけれど、食べ物とセットにすると一八〇円になるから、モーガンはいつもきまってドリンクバー二つとフォッカチオやスープをオーダーする。おじいさんは温かいコーヒーしか飲まず、モーガンがスープも飲んでフォッカチオも食べる。二人分の会計は六百円以下になるように周到に考える。お金はおじいさんから出ているけれど、それでも週三日だとけっこうな額になるので、使いすぎないように考える。中学生女子はお腹が空《す》くのである。とくに、ボクシング教室の後であればなおさら。

　クミコはその二人の姿も、サイゼリヤの外から何度か目撃した。

　モーガンはおじいさんとよく似ている。血がつながっているのがわかる。孫娘のモーガンはおじいさんのペースにあわせて、ゆっくりゆっくりフォッカチオを食べる。

　ある日、窓越しに見ているクミコを発見したモーガンは、目を丸く見開いて手招きをした。ただ招き入れて、クミコにいっしょにお茶をしないかと訊ねた。

そのとき初めてクミコは、学校以外の場所でモーガンと会った。スープとドリンクバーをオーダーした。あまりお腹は空いていなかったし、歯列矯正のブリッジに引っかかりそうなものを食べるのは嫌だったけれど、モーガンといっしょの時間を共有したくてそうした。モーガンはクミコになにも聞かなかった。なぜここにいるのかとか、つけてきたのかとか。モーガンはたしかに、ほとんどの時間を食べているか寝ているかで過ごしているのであり、その他の時間は黙っているのであった。

――ねえ、モーガン。好きな人はいるの？

ほんとうはそう聞いてみたかったのに、クミコが訊ねたのはサイゼリヤのメニューでどれが好きかというつまらない話題で、好きとか嫌いとかいうよりも昼の弁当だけじゃ足りないんだよねとモーガンが答えた。

――言うなら、セットにしたときのドリンクバーだよ。

――うん、セットにしたときのドリンクバーはお得だよね。

クミコはブリッジを見せて笑った。

――ちっさかったときは、じいちゃん、元気だったんだ。

モーガンはふと何かが緩んだみたいに話し始めた。

――昔は釣りに連れてってくれたりしたの。じいちゃん、前は茅ケ崎《ちがさき》に住んでたから、遊びに行くと茅ヶ崎や大磯《おおいそ》の堤防釣りに連れてってくれたの。アジとかちっちゃいけど釣れるの。春先にひっかかるのは稚魚だから返してやるんだって。じいちゃんとまた釣りに行きたいけど、もう行けない。危ないからだって。でも、ちっさいときに行っといてよかったよ。じいちゃんとの思い出ができてるから。

モーガンは優しい目でおじいさんを見る。おじいさんはもぐもぐと口を動かしながらコーヒーを飲む。お砂糖はきっちり袋二本分。ミルクも二つ入れる。手が震えて自分ではできないから、いつもモーガンが入れてかき回していた。

――じいちゃんの世話とか、ぜんぜん嫌じゃないんだ。高校卒業したら、介護の専門学校へ行く。

そんなことまでモーガンは言った。

それは夏の終わりで、二人が知り合ったばかりのころだった。

*

――なにを書いているの？

と、モーガンが言う。ううん、なんでもないから、と言って私はノートを隠す。モーガンは不思議そうな顔をして、でもそれ以上追及せずにまた一つ欠伸をした。

男子校の生徒が何人か、ローカル線に乗りこんできた。こんな時間に乗っているのだから、あまりきちんとした生徒ではない。それは見るからに悪そうで、そのうちの一人は猿のように吊《つ》り革《かわ》にぶら下がって大きな声を出す。

眠れなくなったモーガンは、胡散臭《うさんくさ》そうに男の子たちを見るけれど、興味がないので目を外に移す。枯葉が舞って、季節はもう冬だ。海に行っても、そこは少し寒いだろう。

＊

冬休みを迎える前に、クミコはあんまり苦しかったから、しょっちゅう保健室に行った。保健室の熊沢先生は、静かに話を聞いてくれた。

——たしかに女の子を好きになる女の子っていうのもいるわよ。女子校ならではとも考えられるわね。だから、それ自体はおかしいこととは言えない。だけど、クミコの場合がそうなのかどうか、ちょっと先生にはわからないな。

——でも、モーガンを見ていると胸がドキドキするんです。なんだか変な気持ちになってきて、キスしてしまいたくなるんです。

——そうね。もしかしたらそれが、クミコの初めての恋なのかもしれない。でも一方で、まだほんとに人を好きになる前の準備段階なのかもしれない。そういうことはよくあることだから、心配しなくてもいい。キスしたかったらしてみてもいいんじゃない?

――でも、モーガンはびっくりして嫌がると思います。

――それがわかっているなら、やらないほうがいいんじゃないかな。

――でも、それだと胸が苦しいんです。

――好きになってしまったなら、キスしてもしなくても胸は苦しいわよ。したらしたで、もっと苦しいかもしれない。キスしてみて、モーガンが嫌がって、あなたと距離を置くようになれば、苦しいけどあきらめもつくかもしれないわね。

――モーガンが喜んでくれるってことはないんですか?

――そこは先生、わからないけど。ただ、女子校教師を何年もやってきた者の勘から言えば、あなたもモーガンもレズビアンじゃないし、性同一性障害でもないわよ。少し、想像力が豊かなだけよ。

――つまんないこと言いますね。

――教師だからね。

結局、クミコはモーガンに、好きだと言わないまま三学期を迎えている。

だからモーガンに、

――今日の午後は、いなくなることにした。

と打ち明けられたときは、なんだか愛の告白をされたみたいにびっくりした。稲垣もダブルべも傍にいなくて、それはほんとうに二人きりの女子トイレでの会話だったから。

――どうして？

――じいちゃんがいなくなったの。

――モーガンの、おじいさんが？

――家から電話あって、どっか心当たりがないかって言うの。ないって答えたんだけど、ほんとは気になってるところがあるんだよ。

――おじいさんを捜しに行くってこと？

――そう。

――先生には言った？

――言ってない。親も、普通に授業受けて帰ってこいって言ってた。ボクシングは行かなくてもいいから、まっすぐ帰れって言ってたけど。

――でも、どうしても捜しに行くってこと？

――だって、心配じゃん。

――午後の授業はどうすんの？

――出ない。

――いっしょに行くよ。

――どうして？

——だって、心配じゃん。

クミコはおじいさんよりもモーガンが心配だった。なんだか胸騒ぎがした。それと同時に、二人きりになれることがうれしかったのだった。

モーガンは言った。

——ほんとについてくるの？

いつものように、穏やかで悟りを開いたような目で。

クミコは静かにうなずいた。

モーガンはそれ以上なにもきこうとしなかった。

*

電車が駅に停まると扉が開いて、冷たい空気が流れ込んできた。

ひゅっと首をすくめて、わざとモーガンに寄り添った。

——モーガンのことが好き。

私は心の中で囁《ささや》いた。モーガンは円《つぶ》らな瞳を開いて私を見つめてきた。

——ねえ、モーガン、キスしてもいい？

＊

電車の中で騒いでいた男子校の生徒たちは、つまらなくなったのかクミコをチラチラ見始めた。クミコは色が白く小柄で、きれいな長い髪をしていた。短いスカートから伸びた脚は均整がとれていて、人目をひくことがよくあった。ムンバイにいたころは気づかなかったけれど、帰国して二ヶ月も経つと、日本ではカワイイと言われるほうなのだとクミコ自身も気がついた。電車の中でよく痴漢に遭ったし、他校の男子から手紙をもらったこともある。

だから、いかにも頭の悪そうな男子たちがクミコをチラ見するようになり、わざわざ大きな声でしゃべり始めたのを見ると顔をしかめた。

——誰だよ、さいしょに天丼食いに行こうとか言ったの？

——天丼、カロリー高えんだよ。オレ、芋の天ぷらとか超受けつけねえし。

——食いたいって言ったやつがいちばん食ってねえじゃん！

男の子たちは、中でいちばん目立った髪型をした一人にいちゃもんをつけ始めた。

——味噌汁《みそしる》でオレ食う気なくしたんだもん。つーか、味噌汁に納豆入れてんじゃねーよ！

――え？　あれ、納豆じゃなくね？

――納豆は入ってなかったっぽくね？

――なめこのこと言ってんの？　あれ、なめこでしょ。

――こいつ、納豆となめこの区別がついてねえ。

男子たちはそう言って、げらげら笑った。聞けば聞くほど頭が悪そうだったが、彼らはそれを面白いと思い、クミコを笑わせようとしているのはあきらかだった。

バカじゃね？　とクミコは思い、目を閉じてモーガンがこの不愉快な男子たちにボクシングで鍛えたパンチを見舞う様子を想像した。

シュッシュッと繰り出される右フック、左フック。蝶《ちょう》のように舞うモーガンの鍛えられた足運び。一人一人、がつんとノックアウトしたモーガンの腕を、勝者の印として高々と挙げることを想像すると、クミコの口元は緩み、笑みが浮かんできた。

モーガンは相変わらず寝ていた。

――あ、ちょっとウケた。

――こいつ、馬鹿ですよね。

――あ、ウケちゃいましたか。ほんと、オレら、馬鹿ですよね。

男の子たちが喜んで騒ぎ始めたので、クミコは居心地が悪くなった。いますぐ他の車両に移らないと、調子に乗って隣に座ってくるかもしれない。揺り動かしても、モーガンは小さく、ううんと言っただけだった。

――モーガン、モーガン、起きて。あっちへ行こう。

その声がモーガンに聞こえて目を開いたのと、男の子たちが「モーガン」という言葉を聞いたのはほぼいっしょで、だからそのときクミコは失敗したと思った。

――モーガン？

と、騒いでいた男の子の一人が言った。

――え？　まじ、モーガン？　モーガン・フリーマン？

――すげえ。ウケる。たしかに！

――まじ、顔がモーガン！

――モーガンがボディガードだと、ちょっとね。

――モーガンには勝てねえ。

騒ぎ立てる男の子たちを前に、クミコは混乱してどうしたらいいかわからなくなった。モーガンは起きて、あの理知的な目をじっと猿めいた男の子たちに向けていた。クミコはモーガンが立ち上がって、男の子たちを殴るところをもう一度想像した。けれどもそんなことは起こらなかった。

クミコは自分が不用意に、「モーガン」と口にしたことを後悔した。なぜモーガンと呼ばれているのか聞いたときに、一瞬だけ曇った瞳のことも思い出した。友達はあきらかに傷ついていて、その傷を負わせたのは自分だとクミコは思った。いまもそのことを思い出すと、クミコは自分が許せなくなる。

それでもその後にクミコがしたことは、せめてもの慰めだったかもしれない。クミコは座席から立ち上がると、いちばん大騒ぎした男の子に向かっていき、通学カバンで大きな音を立ててその顔をしばいたのだった。

ばしっ。

と音がして、車両が静かになった。

カバンの留め具があたって、男の子の頬が切れ、血が滲《にじ》んできた。

——出るよ！

モーガンは大声で叫んで、クミコの腕を取ると閉まりかけた電車の扉から寒いローカル線の駅に飛び出した。

窓に汚い顔を擦り付ける猿みたいな男の子たちを乗せて、列車は静かに行ってしまう。

＊

ごめんね、ごめんね、モーガン。

大好きなのに。

私はモーガンに抱きついて、何度も何度もごめんねと言う。そしてモーガンは、いつもと変わらない目をする。

　私はすっかり泣きたくなってくる。

＊

——ごめん、モーガン。

　小さな声でクミコは言ったが、モーガンは気にした様子もなく、

——ここ、乗り換え駅だよ。

と言った。

　なるほどそこは私鉄の乗り入れ駅でもあり、海を目指す二人はそこで電車を換えてもかまわないのだった。もう二駅ほど乗って行けばＪＲの大きな駅にたどり着くけれど、どのみち乗り換えないと海には行かれないのだから、このローカル駅で乗り換えてはいけない理由もない。

　二人はぱたぱたと階段を駆け上がり、また駆け下りて乗り換え口の改札を抜け、人もまばらな小さな私鉄の駅に降りたつ。

——おじいさん、見つかると思う？

日はもう西にかなり傾いてきていたので、太陽の方向を見ると強い光が目に入った。チンチンチンチンと懐かしいような踏切の音が聞こえた。

——たぶんね。

と、モーガンはまぶしそうに顔をしかめながら言った。

そして次の瞬間のことを思い出そうとすると、クミコはいまだにどうしたらいいかわからなくなる。

モーガンのほとんど閉じられていた目が開き、驚きが顔面に広がった。声にならない叫びに脳をつんざかれたクミコは、モーガンの動きで異変を察して後ろを振り向く。

背の低い老人が一人、おぼつかない足取りで進み出てきて、ゆらゆらとプラットホームを横切り、線路に落ちた。

モーガンが全速力で線路に飛び込むのをクミコは目撃する。

＊

——ずっと大好きだった。

と言って、私はモーガンにキスをする。私はモーガンの体を抱きとめる。私たちはお互いの髪を撫《な》で、体をさすりあう。頬を寄せて、手を重ねて、

——大好きだよ。

と囁き合う。

そのたんびにおへその奥のほうが熱いようなくすぐったいような感じになって、私たちは愛についてまた考え始める。

＊

モーガンのおじいさんは、モーガンが行こうとしていた海岸沿いの堤防でじっと座っているのを地元の警察に保護されて家に戻った。

おじいさんは戻ったのにモーガンが戻らなかったので、モーガンの家も学校も大騒ぎになった。列車事故を目撃したクミコは、やはり地元の警察から家に戻された。いちばん重要な目撃者だったのに、クミコは泣くばかりでなにも話せず、プラットホームにいた別の客と列車の運転士が事故状況を証言した。

——たしかに老人が線路に落ち、女の子がそれを救おうとして飛び込んだように見えました。でも列車はもう目前に迫っていたので。

——あのタイミングで飛び込まれたら、停車は不可能だと思います。

＊

どうして私はモーガンに好きだと言わなかったんだろう。

もしそれが保健体育で習った愛であっても、あるいは「ほんとに人を好きになる前の準備段階」だったとしても、私はモーガンが大好きだったし、モーガンとキスがしたかったし、モーガンと一日中重なり合って過ごしたかった。モーガンとずっともっともっと話したかった。モーガンといっしょに介護の学校に行きたかった。モーガンといっしょにおじいさんを見つけたかった。

あれ以来私の時間は止まって、モーガンといっしょに同じところをぐるぐる回っている。

＊

その日の午後二人は、スカートをくるくるとパンツに巻き込んでフェンスの前に立った。二人は同じことを考えていた。大きく脚を広げないと、このフェンスは越えきれない。

学校の向こうは山の中だから、フェンスを乗り越えれば人に見つかることはほぼなかったが、乗り越える瞬間を人に見られる危険はあった。二人はほぼ同時に、ガン！　と音をさせてフェンスに飛び掛かった。そして履きこんだＨＡＲＵＴＡの革靴をしならせてフェンスのダイヤモンドにひっかけ、腕に力を込めて上半身を引き上げ、腹をフェンスのてっぺんに載せるようにして一息ついた。

——待って。

いっしょに飛びついたのにちょっとだけ遅れた一方が、もう一方に声をかけた。

次に二人は、せーの、で脚を上げ、フェンスをまたいだ。誰も見ていなかった。もう、こっちのものだ。

二人の通う中高一貫の女子校は多摩の外れにあり、フェンスを越えた向こうにはもうほとんど人の通ることのない、古い街道の名残りが延びるだけだった。一説によればそれは「旧鎌倉街道」と呼ばれる古道につながり、遠く鎌倉時代に武士が幕府の要請に応じて「いざ鎌倉」と駆けつけるときに通った道だということである。二人は誰も見ていないのをいいことに、プリーツスカートをパンツに巻き込んだまま、あたかも君恩に報いたくてひた走る鎌倉武士のように凄まじい勢いで街道を走った。考えてみれば鎌倉武士は馬に乗っていたはずで、自らの脚で走る必要はなかったが、不思議な形に膨らんだ二人の女子中学生のスカートの下から伸びる脚が盛んに山道を蹴り上げていくさまは、どこか江戸時代の飛脚にも似ていた。

街道脇では山桜がつぼみを膨らませ、杉や欅が風に吹かれて葉を揺らし、さわさわと音を立てていた。二人の吐く息と葉ずれの音以外は、ときおり鳶の鳴き声が聞こえるきりだった。

何度もやったことがあるように、二人は、ふいに街道を逸れて斜面を降り始めた。ザザッと落ち葉の上を滑る音がして、HARUTAの靴は泥にまみれた。

車の走る大きな通りが、枝と木の葉の間からグレーの路面を覗かせると、二人はハイタッチを交わして一気に駆け下りた。道の両脇に背の高い銀杏が並ぶ大通りに出ると、巻き込んだスカートを引っ張り出してとんとんと足踏みをした。電車の駅はもうすぐだった。

ローカル線の駅で電車を待つ間に、二人はペットボトルのアイソトニック飲料を真夏のビールのようにくいくい飲んだ。電車は空いていてまるで貸切のようだった。

二人は各駅停車のそのローカル電車で大きなJRの駅まで行って、海の近くへ行く私鉄に乗り換えた。駅を降りるとまっすぐ海岸を目指し、堤防沿いを歩いた。

そこはあの日、モーガンのおじいさんが保護された場所だったが、おじいさんはそこにはいなかった。モーガンのおじいさんはその後、遠い町の介護施設に入所したのだった。だから二人が捜しているのは、もちろんモーガンのおじいさんではなかった。彼女たちはクミコを捜していたのだ。

夕陽が海に落ちかける時刻になって、稲垣とダブルべは堤防に座り込んでいるクミコを見つけた。

——ムンバイ！

と二人はいっしょに叫んだ。

ぼんやりした顔で、クミコが振り向く。

——またこんなとこ来て。

——サボるならもう少し近くでサボってよ。

口々に悪態をつきながら二人は近づいてきて、せーの、で堤防に腰をかけた。

春の海は静かで、波は穏やかに寄せて返した。カモメの鳴き声が聞こえた。

三人はそれぞれ、失《な》くした「しんゆう」のことを思い浮かべて、脚をぶらぶらさせながら日の落ちていく水平線を眺めた。

宗像くんと万年筆事件

中田 永一

中田 永一
なかた・えいいち

1978年福岡県生まれ。2008年『百瀬、こっちを向いて。』で単行本デビューして話題に。他の著書に『吉祥寺の朝日奈くん』『くちびるに歌を』がある。別名義でアニメ映画の脚本なども書いている。

1

小学六年生のとき、その事件はおきた。夏休みがおわって間もない九月初旬のことである。午前中は普段通りの一日だったが、掃除の時間がおわったあたりで、まずひとつめの嫌な出来事があった。

わたり廊下を拭き掃除して教室にもどろうとしていたら、階段のあたりで夏川《なつかわ》さんと井上《いのうえ》さんに遭遇した。夏川さんの手に、見覚えのあるものがぶらさがっていた。私が教室の棚に置いていたタオルとおなじものだった。

「え？　これ？　これがどうかした？」

「私のタオルに似てるんだけど！」

「教室でひろったんだ。雑巾がなかったから、ちょうどいいかなって……。ごめん！

ほんとうにごめん！」

夏川さんがタオルを差し出したので、受け取ると、水気をふくんでべちゃっとした重みが手にかかった。私は彼女から、たまに嫌がらせを受けていた。背中にシールをはられたり、すれちがいざまに足を引っかけられたりという行為だ。

「わざとでしょ！」と私が責めると、「言いがかりはやめなよ」と井上さんが仲裁に入り、「ごめんねえ」と夏川さんがあやまる。

この後の五時間目と六時間目は理科室で実験をおこなう予定だった。階段で口論していたら遅刻してしまう。いそいで教室にもどると、大半のクラスメイトたちはすでに理科室へ移動していた。タオルはひとまず椅子にかけて、机から教科書とノートと筆記具を取り出し、理科室にいそいだ。夏川さんと井上さんの二人組がすこしおくれて教室から出てくる。理科室は校舎の一階にあった。階段を降りて移動する途中、理科室そばのトイレの前に【点検のため使用不可】という掲示がなされているのを見かけた。男子トイレ、女子トイレ、ともに使えないらしく、他のトイレを利用するようにと注意書きがそえてあった。

その日の実験内容はリトマス紙に様々な水溶液をたらして色の変化を見るというものだった。班ごとにわかれて実験がはじまり、ほどなくして、高山《たかやま》くんの声がした。

「あれ？　なんで⁉　なんで⁉」

彼は筆箱をさかさにして中身を机の上にひろげていた。

「どうかした？」

国分寺《こくぶんじ》先生が事情を聞く。国分寺先生は三十代の女性だ。

「万年筆が、どこにもないんです」

彼の万年筆は、誕生日に父親からもらったという大切なもので、海外製の何万円もする品物だった。私もそれを間近で見せてもらったことがある。丸みのある本体はつるりとした黒色で、ところどころに金色の輪っかがはまっていた。ネジのように回転させてキャップを外すと、ペン先も金で、その裏側には溝が入っていた。本体内部のインクが、外側にむきだしの溝をつたってペン先にはこばれてくるという構造は、ボールペンに慣れた私たちにとって不思議に満ちていた。

結局、実験中に万年筆が見つかることはなかった。ほかに起きたおかしな出来事と言えば、友だちがおらずクラスで孤立している宗像《むなかた》くんが、実験につかう食塩水やレモン汁などをなめて先生におこられたことくらいだろうか。国分寺先生はデジカメで各班の写真を撮りまくっていた。色が変化したリトマス紙を、班長にピンセットでつまませてシャッターを切る。後にこの実験をまとめて、写真付きで教室の後ろに貼る予定だった。

五時間目と六時間目を通して実験はおこなわれたが、途中で十分間の休憩がとられた。

何人かがトイレに立ったけれど、私はおなじ班の子たちとおしゃべりをつづけた。

六時間目のおわりのチャイムが鳴ると、一日の授業がすべて終了だった。私たちは理科室を出て教室にむかった。帰りの会と呼ばれるホームルームをおえたら学校から解放されるのだ。家に帰ったら、炊飯器のスイッチを入れて、母が総菜を買って仕事からもどるまで本でも読もうか。ちなみに我が家は離婚して父がいない。窓の外を見ると、雨の降り出しそうな黒い雲が空にひろがっていた。午前中は晴れていたのになあとおもいながら廊下をあるいた。

教室に入ると、私の顔を見て、先に理科室からもどっていたクラスメイトたちが会話を中断した。無言の教室に、はりつめたような空気がたちこめていた。事情のわからない私が戸惑っていると、丸刈りで活発な榎本《えのもと》くんが声をかけてくる。

「山本《やまもと》、おまえのランドセル、見せてもらうぞ」自分にむけられる敵意のようなものを感じ取った。「返事しろよ。ランドセル、見ちまうぞ。中に万年筆入ってんだろ?」

後に判明したことによると、実験がおわって教室にもどってきた高山くんと、彼の友人たちは、なくなってしまった万年筆を探し回っていたらしい。机の中、床、教卓の下、廊下などをしらべているうちに、榎本くんが教室後方の棚にのこされたインクの汚れを発見したのだという。黒板とは反対側のいつもみんなが背中をむけている壁の低い位置に、ランドセルを収納するための棚が設置されていた。縦に三段、横に十二列の棚は、それぞれにランドセルがすっぽりと入るようなサイズである。インクの汚れは、私のランドセルのそばにのこっていた。万年筆につかわれていたブルーブラックと呼ばれる色のインクだ。それを見てクラスメイトたちは次のようにかんがえた。

万年筆は高山くんがなくしたのではなく、だれかが盗んだのではないか？

そこで犯人として疑われたのが私である。棚にのこっていたインクの汚れは、ランドセルの中にかくすとき、ふたがはずれてしまい、ペン先があたって付着したものにちがいない、と……。

「ち、ちがう……。私、やってない……」

「ランドセル見せろよ。勝手に見ても良かったんだけどさ、おまえがもどってくるまで待っててやったんだからな」

うなずいて自分の赤いランドセルを棚からひっぱりだす。棚のインク汚れをそのときはじめて自分の目で確認した。棚板の右端、手前の縁ぎりぎりのところにある。拭ってきれいにしようとしたが、完全にはインクが落ちなかったという印象の汚れだ。

ランドセルをかかえたとき、なかでちいさなものがころがるような気配があり、いやな予感がした。ランドセルをあけると、榎本くんがのぞきこむ。彼はランドセルに手をつっこんで、なかのものをつまんで高山くんに差し出した。

「ほら、あったぜ」

それは黒色の本体に金色の装飾がところどころほどこされた万年筆だった。

その後のことは、あまりおぼえていない。私が盗んだのだというクラスメイトからの追及に首を横にふりつづけた。国分寺先生がやってきて、教室がさわがしいことにおどろいていた。事の顚末《てんまつ》を児童たちから聞いて、先生は私の目を見て質問する。

「高山くんのことがうらやましかったの？」

先生は誤解していた。私の家は父親のいない母子家庭だ。だから、父親から高価な贈り物をされた高山くんに嫉妬して、こんなことをしたのだと、おもいこんでいた。

帰りの会がおわって、私だけ職員室に連れて行かれた。いつまでも自分のやったことを認めないので、先生は業《ごう》を煮やし、母の職場に電話をすると言いはじめた。泣きながらやめてくださいと言うと「じゃあ正直になってお願いだから」と先生は言う。首を横にふりつづけていたら、あきらめたような顔で母の職場に電話をかけた。母は税理士事務所ではたらいているのだが、ちょうど一日の業務を済ませて帰り支度をしていたところだったらしい。タクシーをつかって蒼白《そうはく》な顔で職員室に駆けつけた。母はまず先生の話を聞いて、ハンカチで目元をおさえながら、しきりに謝っていた。先生の話がおわると、母が私の頭をおさえつけて「ほら、真琴《まこと》、あんたも謝りなさい！」としかった。

「わ……、私……、やってない……」

涙と鼻水まじりに、ようやく私は、それだけを言えた。先生は「まだしらをきるの？」という表情をする。私は絶望した。私のことを信じてくれる人なんて、きっとどこにもいないのだ。しかし母は、そんな私の言葉を聞いて、何かを感じ取ってくれたらしい。おそるおそる先生に問いかける。

「うちの子、やってないと、言ってますが……。どういうことでしょう……？」

「でも、お母さん、万年筆は真琴さんのランドセルに入っていたわけですし」

「うちの子にかぎって……。みなさん、なにかおもいちがいをしているのでは……」

　職員室を出るとき、母にむける先生方の視線はよそよそしかった。学校を出たところで雨にふられ、コンビニで弁当とビニール傘を買った。家に帰り、レンジで弁当をあたためて二人で食べているとき、私たちの髪の毛は濡《ぬ》れて波うっていた。

　翌日から私へのいじめがはじまった。最初は陰口だけだったけれど、持ち物をかくされるようになり、机や椅子が教室の外に出されていたり、黒板におおきな字で「ドロボウ山本死ね！」と書かれたりするようになった。

「片親だから泥棒に育ったんだよ、きっとね」「聞いた？　高山くんの家に、謝りにも行ってないってさ」「俺、しってる。モンスターペアレントって言うんだぜ」。みんなの声が聞こえてくる。いや、わざと聞こえるようなおおきさの声で話していたのだ。

言葉を交わしたこともない先生方までが私のことを問題児あつかいし、母のことは要注意人物として話をひろめていた。私へのいじめは自業自得のこととして片付けられ、そのころには国分寺先生までも私を目の敵《かたき》のようにあつかっていた。授業中、集中的に私を当てて問題を解かせたり、質問にこたえさせたりする。先生にとっては、態度の悪い私を更生させる目的があったのかもしれない。質問にこたえられず、顔を真っ赤にしていると、クラスメイトたちが、くすくすとわらった。いつからか親友の鈴井《すずい》さんと福田《ふくだ》さんは私をさけるようになり、休憩時間も、下校時間も、私は一人きりで過ごさなくてはいけなくなった。

母も次第に元気がなくなってくる。母はママ友から叱責にちかいメールをもらっていたようだ。私が心配していると、母は私を抱きよせ、「だいじょうぶだから」と言った。「それより、みんなと仲直りできてよかったね」とも言われた。学校でいじめられていることを母には内緒にしていた。

万年筆盗難未遂事件から一週間が経過した朝、学校に行こうとしたら、途中で気分がわるくなって足がうごかなくなった。教室やクラスメイトや先生のことをおもいだすと、足や手や指先がふるえだして頭のなかが混乱した。通学路の途中でうずくまっていると、校舎の方角からチャイムが聞こえてくる。朝の会と呼ばれるホームルームのはじまる時間だ。完全に遅刻だったけれど、どうしても足がうごかない。ああ、こうやって不登校ってはじまるんだなあ、などとかんがえていたら声をかけられた。

「あれ？　山本さん？」

ふりかえるとクラスメイトの男子が黒いランドセルを背負って立ち止まっていた。

理科の実験中、リトマス紙にたらすはずだった食塩水やレモン汁をなめて先生にしかられていた宗像くんだった。

2

宗像くんは小学五年生のときにうちの学校に転入してきて、それ以来ずっと友だちがいない。彼の嫌われている理由はあきらかで、ちかくによると、ぷんとにおうのだ。何日もお風呂に入っていないらしく、髪の毛は脂でてかっており、爪の間には真っ黒な垢《あか》がたまっていた。服は黄ばんでおり、あきらかに何日も、もしかしたら何週間も洗濯されていなかった。席替えの際、彼のとなりになってしまった女子児童は泣き出してしまい、彼がおろおろと困惑していた。

「おまえ、くせーよ！　風呂ぐらい入ってこいよ！」

クラスの男子が宗像くんに言ったことがある。

「うち、貧乏だから、家にお風呂がないんだ……」

彼がそう言ってぼさぼさの頭をかいたら、白いフケが落ちてきて、周囲にいたクラスメイトたちがわっと逃げだした。

私が宗像くんと最初に話したのは、小学五年生のある冬の日だった。冷たい風のふきすさぶなか、コンビニにむかっているると、地面に腹ばいになっている彼と遭遇したのである。最初は倒れているのかとおもったけれど、よく見ると木の棒で自販機の下の隙間をさぐっているだけだった。彼は私に気づくと、ばっとおきあがり、はずかしそうにうつむいた。のびた前髪が、顔を完全にかくしてしまう。


「何してたの？」

「お、お金を、さがしてたんだ。落ちてないかなって」

彼はふるえていた。上着がひつような寒さだったけれど、穴のあいたいつものトレーナーを着ているだけだ。それ一枚しか着るものを持っていないのかもしれない。袖のあたりが、てかっていた。

「あの、山本さん」。両手の指をもじもじとさせながら宗像くんは言った。「いきなり、こんなことを言うのは、もうしわけないんだけど、十円を貸してくれないかな……」

「……いいよ」

「え⁉　ほんとうに⁉」

「うん、まあ、十円くらいなら……」

その場で財布から十円玉を取り出して彼にわたした。

「この恩は絶対にわすれないから。ちょうど、あと十円、足りなかったんだよ」

ポケットから何枚かの貨幣を取り出し、手垢で真っ黒になった五円玉や十円玉を数えて、彼は満面の笑みをうかべた。それであたたかい飲み物か、甘いお菓子でも買うのだろうと、私は勝手に想像していた。しかし、私に同行してコンビニへ行き、宗像くんが購入したものは、一枚の切手だった。店を出てポケットから茶封筒を出すと、彼は切手をなめてはりつけた。

「それ、なに？」

「手紙。姉ちゃんあての。うちの親、ケチだから、切手代もくれないんだ」

彼の姉は別の町でひとり暮らしをしており、たまに仕送りをしてくれるのだという。お礼の手紙を送りたかったのだが、切手代がなかなか工面できなかったそうだ。ちらっと見えた茶封筒の裏面に彼の家の住所が書いてあった。あまり私が近づいたことのない地域だ。郵便ポストがコンビニの前にあったので、彼はお姉さんあての封筒を大事そうに両手で投函した。

「この十円は、いつか絶対に返すからね」

彼は感謝しながら帰っていった。

それ以来、彼との親交がふかまったかというと決してそんなことはなかった。「このまえはありがとう」と教室で話しかけられたけれど、私は親友とのおしゃべりに夢中だったし、教室で彼と親しくしていたら私まで鼻つまみ者としてあつかわれるかもしれない。だから、よそよそしく聞き流してしまったのである。私はそのことを今でも後悔している。彼と話すことのないまま春になり、夏になり、そして万年筆の事件が起きたのだ。


通学路でうずくまっている私の顔を、宗像くんがのぞきこんだ。

「学校、はじまっちゃうよ?」

「……行きたくない」

私のおかれている状況は、宗像くんもしらないわけがない。

「あんなところ、行きたくない!」

「そ、そう……。わかった」

彼は学校にむかってあるきだす。

しかし途中で方向転換すると私のそばにもどってきた。

「やっぱり、僕もさぼっちゃおうかなあ。給食までに行けばいいや」

彼はいつも給食をがっついて食べていた。可能なかぎりおかわりもしていた。家ではあまりご飯が食べられなかったせいだろう。後に聞いた話だが、給食費を滞納しているくせにおかわりをするので国分寺先生から嫌われていたようだ。

「ここでうずくまってると車にひかれちゃうよ」

彼は手招きして私を川のそばに連れて行った。住宅地を縫うように流れている幅のせまい川だ。しばらく川面《かわも》をながめてから、宗像くんが聞いた。

「……気になってたんだけど、高山くんの万年筆、山本さんが盗んだの？」

「ちがうよ……」

私はくちびるを噛《か》みしめる。

「ほんとうに？　だれにも言わないから」

「とってない！　私、絶対に、とってないから！」

「わかった、信じることにする。十円玉を借りっぱなしだから、十円分くらい信じる」

「安っ！」

と言いながら、彼も冬の日のことをおぼえていたのだなとかんがえる。宗像くんは、ぼろぼろのランドセルからちびた鉛筆としわくちゃのノートを取り出した。

「あの日に起きた出来事を書き出しておこう。記憶がはっきりしているうちに」

「なんで？」

「疑いをはらすためだよ。山本さんが盗んでないって証明すれば、問題解決だもの」

「でも、どうやって？」

「それはね……」。顔にかかった前髪のすきまから彼の目がのぞく。真剣な目の光に私はごくりとつばを飲んだ。「……今から、二人でかんがえよう」

ため息を連発している私に、宗像くんは、事件があった日の出来事をしきりにたずねてくる。おもいだせる範囲のことを彼に話した。そういえば、理科の実験中に彼は食塩水やレモン汁をなめてしかられていたけれど、なぜあんなことをしたのかとたずねたら、「おいしそうだったから」と彼は、はずかしそうに言った。

- 12:15～13:00　給食（このときはまだあった）
- 13:00～13:45　ひるやすみ
- 13:45～14:00　そうじ
- 14:00～15:50　じっけん（ないことにきづく）
- 15:50～　かえりのかい（みつかった）

宗像くんがノートにあの日の午後のスケジュールを走り書きした。かっこ内に書いてある一言メモは、万年筆の状態をあらわしているのだろう。

「ひらがなばっかりだね」と私は感想をもらす。

「メモみたいなものだから、スピードを優先したんだよ」

「どうして【給食】だけ漢字なの？」

「僕、その言葉、大好きなんだよねえ」

「……でも、給食のとき、万年筆がまだあったって、どうしてわかるの？」

「その日ね、国分寺先生が、高山くんのいる班といっしょに食べてたんだ」

うちの学校では班ごとに机をかためて給食を食べる。その際、担任の先生はどこかの班といっしょに食事をすることになっていた。先生用に椅子をひとつ運んできて、机の上の食器をすこしだけよけて、先生の配膳スペースを確保する。

「食べてるとき、先生が班のみんなに質問したんだ。【みんなの宝物をおしえて】って。僕は席がちかかったから会話が聞こえてきたんだよ。高山くんは万年筆を取り出して【これです】って先生に見せてた。だから、給食のとき、万年筆はまだ高山くんの手元にあったんだ。消えたのはそれ以降ってことだね」

「万年筆は、どうして消えたのかな？　高山くんがなくしたの？」

「高山くんがなくしただけだったとしたら、どうして山本さんのランドセルに？」

「落ちてるのを、だれかがひろって、私のランドセルに入れちゃったんじゃないかな?」

「悪意もなくそれをやった人がいたのだとしたら、山本さんが犯人あつかいされてるとき、名乗り出るはずじゃないかな。僕はなんとなく、盗まれたんだろうなっておもう。それがなぜか山本さんのランドセルに入ってたんだ」

しかし、万年筆は高山くんの筆箱にしまいこまれていた。その筆箱は彼の机のなかにあったのだ。万年筆を盗むとしたら、まずは彼の机に腕を突っ込まなくてはいけない。そんなことをしていたら他の人に不審がられるはずだ。私は質問してみる。

「盗まれたとしたら、実験のときにはもうなかったんだから、昼休みか掃除の時間ってこと? 掃除の時間はきっと無理だよ。だって、大勢、人がいたもん」

ふたつの班が教室掃除を受け持つので、十二人前後が室内にいたはずだ。だれにも見られないで万年筆を盗むなんて不可能だ。

「そうだね。盗めたのは昼休みだけだ。その日の昼休み、山本さんは何してた?」

「鈴井さんと福田さんと三人でおしゃべりしてた。場所はたしか校舎の裏」

「鈴井さんと福田さんが、昼休みの間中いっしょだったって、みんなの前で言ってくれたなら、山本さんの容疑もはれるかもしれない」

「そうだけど……」

私を助けるためにみんなの前で話してくれるだろうか。私の仲間だと見なされて、いっしょにいじめられる可能性だってあるのに。

正午すこしまえに宗像くんが立ち上がった。

「もうすぐ給食だから、僕は学校に行くね。だって今日は待ちに待った三色そぼろ丼の日なんだもの」

「よくおぼえてるね」

「一ヶ月分の献立表が頭に入ってるよ」

宗像くんは頭をかいてフケをちらしながら学校にむかってあるきはじめた。

だれもいないしずかな昼下がりの町に、私はひとりでのこされる。行き場がないため、しかたなく来た道をもどり家に帰った。夕方ごろに母が帰宅して「今日、学校ずる休みした？　職場のほうに先生から電話があったよ？」と私にたずねた。学校の近所までは行ったけれど気持ち悪くなって帰ってきたことを説明する。母はすこしやせていた。一週間前の事件について、母を責めるメールが引き続きママ友から届いているようだ。自分は母を心配させている。そのことがつらかった。「ごめんね」と私が言ったら、母はなんだか泣きそうな顔で首を横にふった。翌日も、そのまた翌日も、私は学校に行けなかった。

3

不登校がはじまって三日目の夕方、玄関先で物音がしたので外に出てみると、郵便受けにぐしゃっとまるめられた紙がねじこまれていた。ひろげてみるとそれは学級新聞と宿題のプリントで、クラスメイトのだれかが届けてくれたのだろうとわかった。いや、届けてくれたというよりも、これは嫌がらせにちがい。

万年筆を盗み、私のランドセルに入れた犯人が憎かった。そいつのせいで私は誤解され、クラスメイトから冷たい視線をあびたのだ。でも、どうして犯人はそんなことをしたのだろう？　万年筆を自分のものにしたいのであれば、自分のランドセルにかくしておくはずだ。

もしかしたら犯人の狙いは、私をクラスで孤立させることにあったのかもしれない。私を泥棒に仕立て、みんなに嫌われるよう仕向けたのだ。そうだとしたら、夏川さんが犯人にちがいない。彼女は私にいじわるばかりする。

「夏川さんは海野《うみの》くんのことが好きなんだよ」

「海野くんは、山本さんのことが好きだっていう噂《うわさ》があるからねえ。きっと、嫉妬してるんだ」

いつだったか、鈴井さんと福田さんが、そんなことを話していた。そんな噂が広まった原因は、海野くんがときおり私のほうを見ているという目撃情報だった。海野くんは身だしなみも良くて、清潔な印象のある男の子だ。意識しなかったと言えば嘘《うそ》になる。

玄関先でため息をついて、家のなかにもどろうとしたら声がした。

「山本さん」

ふりかえると、ランドセルを背負った宗像くんが立っていた。

私の家は古い一軒家で、母の生家でもある。宗像くんはずたぼろの靴をぬいで、恐縮そうにしながら家にあがった。私の鼻先を彼が通過したとき、野良犬のようなこうばしいにおいがただよってきて、脂でてかった髪の毛が視界に入る。腕に鳥肌がたち、ついにがまんならなくなった。

「宗像くん！　お願いがあるんだけど！」

給湯スイッチを入れると、彼を脱衣所に押しこんだ。

「石鹸《せっけん》とか好きにつかっていいからシャワー浴びてくれない⁉　話はそれから！」

戸惑っている宗像くんにシャワーの使い方を教えてやり脱衣所の扉をしめた。ほんとうは彼の着ていた服も洗濯したかったけれど、かわりに貸せるような男の子の服がない。父の衣類がのこっていたら、サイズがおおきいけれど彼に着せられただろう。しかし、父が会社の事務員の若い子と浮気して離婚して逃げるように遠くへ引っ越したとき服はすべて母が捨てたらしくシャツの一枚ものこってはいないのだ。

さっぱりした様子で脱衣所から出てきた宗像くんは、服こそいつもの穴あきシャツと汚れた半ズボンだったが、全身にまとわりついていた不潔なオーラが消えていた。

「ここにすわって」

ダイニングの椅子にすわらせてお菓子を出す。コンビニやスーパーで売られているような、目新しくもないスナック菓子やチョコレート菓子だ。

「食べながら話を聞かせて」

しかし彼はなかなかお菓子に手をのばさない。私がスナック菓子の袋を開けてひとくちつまむのを見て、彼もようやく、おそるおそるスナック菓子を口にはこんだ。

下校途中に宗像くんが我が家をたずねたのは、学校でしらべたことを報告するためだった。うちの住所を彼はしらなかったが、プリントを届けるクラスメイトにこっそりついていくことで私の家までたどりつけたらしい。私あてのプリントがまるめられ、郵便受けにねじこまれる場面まで彼は目撃していた。だれがやったのかとたずねると、家の方向がおなじで何度かいっしょに帰ったこともある女子の名前を彼は口にする。

「あの、ところで、これ……」

スナック菓子を口いっぱいにほおばって恍惚《こうこつ》とした表情をしながら、彼はぼろぼろのノートを、ぼろぼろのランドセルからひっぱりだした。ぼろぼろのページをひろげてみると、鉛筆でこまかい文字がならんでいる。

「あの日のこと、みんなに聞いてみたんだ。ちゃんと話してくれないまま、何人か逃げ出しちゃったから、全員には聞けなかったけど……」

私は彼のノートに目を通した。

【給食のときの出来事】
　高山くんがペンをとりだしたのをみんなが見ている。給食がおわると、イスがつくえの上にさかさにのせられて、教室のうしろのほうにさげられた。ペンのはいった高山くんのつくえもうしろに。

【昼休みの出来事】
　教室にはほとんど人がいなかったらしい。みんなは外であそんでいたけれど、たまに何人か教室にもどっていた？　だれがいつもどったのかは、わからずじまい（ちなみにボクは図書室で本を読んでいました）。山本さんは校舎のうらで、鈴井さん、福田さんといっしょにいたらしい（未確認）。犯人は教室にぶらりとはいって、がらんとしてだれもいないのを見て、ペンをぬすもうとかんがえついたのかもしれない。

【そうじのときの出来事】

教室にはおよそ十二人がいた。ふたつの班が教室そうじ担当。高山くんも教室そうじのひとり。だれにも気づかれずに高山くんの机からペンをぬすむことはできないはず（ただし高山くんが犯人の場合は別？）。

山本さんのタオルが、夏川さんの手により、ぞうきんにされる。夏川さん「おちていたタオルをひろった」と主張。教室そうじの竹中《たけなか》さんと牧野《まきの》さんが、山本さんの棚からタオルをひきぬいてもっていく夏川さんを見たらしい。

【理科の実験中の出来事】

五時間目、六時間目をつかって、理科室で実験した。はじまって十分後くらいに、高山くんはペンが見あたらないことに気づく。ボクが食塩水とレモン汁をなめてしかられる（事件にはぜったい無関係）。

【帰りの会の直前におきた出来事】

理科室からもどって、高山くん、榎本くん、来栖《くるす》くん、佐藤《さとう》くんが、ペンをさがす。榎本くんが、棚にのこっていたインクのよごれに気づく。山本さんのランドセルに入ってるんじゃないかと言う。山本さんがもどってきて、なかを見る。ペンが見つかって、山本さんが犯人あつかいされる。


クラスメイトたちに敬遠されている宗像くんが、これほどの情報を得るのは大変だっただろうな。ところで私は、掃除時間の項目に興味をひかれた。

「やっぱり、そうだとおもった。あのタオル、ひろっただなんて、嘘だったんだ。夏川さんが、私の棚からとったんだね」

スナック菓子の次は煎餅をほおばっている宗像くんに、万年筆は夏川さんが盗んだのではないかと話してみる。彼女が私を嫌っていることや、その理由、これまでにも何度か嫌がらせをうけていたことをおしえた。そういえば飲み物を出していなかったと気づいて麦茶を持ってくる。宗像くんは自分のノートをのぞきこんで、たった今、気づいたような顔で聞いた。

「雑巾にされちゃったタオルって、棚に置いてたの？　ランドセルの棚？」

「ランドセルの下にしいてたんだ。横幅が棚のサイズにぴったりだったんだよ」

「え？」

宗像くんがおどろいたような顔をする。もっとくわしくおしえてほしいと言われたので、持ち帰っていた実物のタオルを取り出して見せてやる。「こんな風に折って、棚に置いといたんだ」。タオルを縦に三つ折りにした。横向きには折らない。「これでちょうど、幅が棚とおなじサイズになるんだよ」。タオルを宗像くんにわたす。

「変だぞ……」と、宗像くんがつぶやいた。

「なにが？」

彼は返事をしない。かんがえこむようにだまりこんだ。でも、お菓子にはきちんと手をのばす。窓の外が夕陽《ゆうひ》で赤く染まりはじめたころ、ようやく彼が口を開いた。

「ねえ、山本さん、理科の実験中のこと、なにかおぼえてない？　たとえば、だれかが理科室を抜け出したとか」

「休み時間のとき、みんな自由に出入りしてたよ」

実験には午後の二枠が費やされたのだが、途中に十分間の休み時間がはさまれた。

「休み時間以外の、授業時間に理科室を出入りしてた人はいなかったっけ？」

「トイレに行き損ねた人が何人か、先生に許可をもらって出てったけど……」

宗像くんはかんがえこんで口数がすくなくなった。私がお米を研いで炊飯ジャーのスイッチを入れていたら、彼は立ち上がり「そろそろ帰るね」と言った。

彼の背中を見送ってしばらくすると、母が総菜を買って家にもどってくる。いっしょに夕飯を食べている最中、「お菓子の食べ過ぎはふとるよ」と言われた。ゴミ箱に大量のお菓子の空き袋が押しこまれていたからだ。

翌日も私は一日中家にいた。夕方ごろに玄関のチャイムが鳴ったので、また宗像くんが来たのかなとおもい出てみると、海野くんが玄関先に立っていておどろいた。

「あの、これ」

彼はきれいに折ったプリントを差し出す。欠席者へのプリント配達は、おなじ方向に帰る児童が交代でおこなうことになり、今日は海野くんの番なのだそうだ。彼は宗像くんとちがってきれいな服を身につけていた。頭をかいてもフケを落とさないだろうし、むしろシャンプーのいいにおいがするんだろうなとかんがえる。

「ありがとう」

プリントを受け取って、なんとなく、はずかしくてうつむいた。

「じゃあ、僕は、これで……。今から、塾に行かなくちゃ。……そういえば、宗像くんが、みんなにいろいろ聞き回ってたけど、何かあったの？」

「相談にのってもらってたんだ」

「気をつけてね、宗像くん、前の学校にいたとき、万引きでつかまったことがあるって。国分寺先生に聞いたんだ。あんまり、近づいちゃいけない気がする」

海野くんは玄関先をはなれて、家の前の路地を足早にあるいていった。私は家に一人でのこされる。読書をはじめてみても、海野くんの言ったことがだんだん気になってきて、落ち着かなくなってきた。万引きでつかまったことがあるだなんて初耳だった。

私は決心すると、身支度をととのえて外に出た。宗像くんを問いつめてやろうとおもったのだ。彼の住んでいる地域にむかってあるきだす。その前の年の冬、宗像くんに十円玉を貸した日、彼の持っていた茶封筒に住所が書いてあった。番地まではおぼえていなかったが、住んでいる地区は記憶していた。

しばらくあるくと風景がさみしくなる。彼の住んでいる地域に入ると、ダンプカーが土埃《つちぼこり》をたてながら通りすぎるようになった。工場の煙突から立ち上る煙が空にうずまいていた。今にもこわれそうな共同住宅が、西にかたむいた太陽によって赤色に染められる。郵便ボックスにはられてる表札をチェックしながらあるいていたら、上半身が裸のいかにもヤクザという男の人が道ばたに立って、煙草《たばこ》を吸いながらねめつけるように私を見ていた。こわくなって、あるく速度がはやくなる。

「にいちゃああああん！　これでもくらええええええ！」という子どもの声が聞こえて、うらぶれたせまい路地をのぞきこむと、ちいさな男の子や女の子たちといっしょにあそんでいる宗像くんを発見した。彼はちいさな子どもたちの攻撃を四方八方から受けながら「いたいいたいいたいやめてやめてやめて」と地面をころげまわっている。いじめられているわけではなく、じゃれつかれているだけのようだ。

「宗像くん？」

「あれ？　山本さん？　なんでここに？」

　不思議そうな顔をする彼は、昨日、シャワーを貸したというのにもう泥まみれである。彼とあそんでいたちいさな子どもたちは、私が宗像くんとならんで立ち話をはじめると、勝手に追いかけっこをはじめてどこかに消えた。

「さっき、海野くんがプリントを持ってきてくれたんだけど」

「海野くんが？」

「聞いたよ、万引きのこと。宗像くん、前の学校にいたとき、万引きでつかまったって。それってほんとうのこと？　だんだん、不安になってきたんだけど、ねえ、もしかして、万年筆を盗んだのって、宗像くんじゃないよね？」

　彼はうなだれ、前髪ですっかり顔をかくしてつぶやいた。

「万引きのこと、ほんとうだよ。あまりにおなかがすいてたから、つい……。商店街で、店先にならんでいたお菓子が、いつのまにか服の中にはいってたんだ……。でもね、万年筆は、僕じゃないよ」

「信じていいんだよね？」

「僕じゃない」

「わかった、宗像くんが私を信じてくれたように、私は宗像くんを信じる」

ほっとして、あらためて周囲の建物を見る。我が家も相当、老朽化しているけれど、この地域の建物にくらべたらマシである。目の前の二階建てのプレハブアパートに、錆《さ》びた金属製の階段がくっついており、その二階の一室が彼の自宅だと説明をうけた。

「お父さんが酔って寝てるから案内できないけどね。起こすとうるさいんだ」

「お姉さんは元気？」

「うん。仕事がんばってるみたい」

彼のお姉さんはソープランドで働いているそうだが、そこがどういう場所なのか当時の私はしらなかった。

「いきなり来て、ごめんね」

「いいよ、ちょうどよかった。話したいことがあるんだ」

「なに？」

「鈴井さんと福田さんは、僕と話してくれなかったよ。なんだか、山本さんのことを話したくなさそうだった」

「……そう、しょうがないよね」

今、私に関わると、仲間だとおもわれてひどい扱いをうけるかもしれない。距離を置きたい気持ちは充分に理解できた。

「だけど、ねえ、山本さん、明日、学校に来てくれないかなあ」

「学校!? む、無理だよお!」

宗像くんの足もとにはランドセルがころがっていた。家にもどらないまま近所の子たちとあそんでいたらしい。ランドセルからノートを取り出し、ページを一枚やぶって私に差し出す。

「これ、今日わかったこと、書き出しておいたから」

受け取って夕陽の赤色のなかですばやく目を通す。


【理科の実験中の出来事・追加メモ】

実験中、先生に許可をもらってトイレに行った児童がすくなくとも五人いた。聞きこみしてわかっただけでも、榎本くん（A）、高山くん（C）、海野くん（B）、夏川さん（A）、井上さん（A）。

ところで、海野くんはトイレのついでに保健室に立ちよっていた（ひみつにしていたみたいだけどしらべてみてわかった）。保健の先生にバンソ

ウコウをもらったようだ（保健の先生の証言あり）。「指にケガをしたので
バンソウコウをください」と言ったらしいけど先生は指のケガを見ていな
い。

私は首をひねる。なんだこれ？　実験中にトイレへ行った児童のことがそんなに大事
だろうか？　いったい、どういう関係があるというのだろう？

「名前の後ろについてる（A）とか（B）とか（C）とかってなに？」

「あ、説明書いとくのわすれてた。それは利用したトイレの場所だよ。（A）は二階の
階段付近にあるトイレ、（B）は一階の理科室付近のトイレ、（C）は一階の職員室付近
にあるトイレ」

「じゃあ、海野くんが保健室に立ちよったことは？　なんでここに書いてるの？」

「重要なことだからね」

「どうして？」

「だって海野くんが犯人なんだもの」

追いかけっこをしている子どもたちが、わらいとも、さけびともつかない声をあげな
がら、私たちの前を通りすぎていった。

「……意味が、わからないんだけど」

聞き違いかとおもって、何度か確認してみた。夕陽がしずみ、空が暗くなり、あたりが薄闇につつまれた。

4

目覚まし時計が鳴って目を開けると、カーテンの隙間から朝日が差しこんでいた。母と朝食を食べ、ランドセルと手提げ袋を持って家を出たら、宗像くんが玄関先にいた。

「今日、教室まで来れる？」と宗像くんが聞いた。

「……わからない」と私は正直にこたえる。

「じゃあ、勇気の出るおまじないをしてあげる」

彼はポケットから青色の絵の具のチューブを取り出した。私の背後にまわってランドセルをいじる。ほんの十秒程度で、おまじないとやらはおわった。

「変なことしてないよね？」

「してない、してない。そういえば、タオルは？」

「これに入ってる」

手提げ袋を見せる。前日、別れ際に言われていたのだ。学校に来るとき、雑巾にされたタオルをもってくるようにと。

「よし。僕は先に行ってるから」

宗像くんは学校にむかって走り出す。重たい足をひきずるようにして私も出発した。

何度もくじけそうになりながら、私はすこしずつ学校にちかづいた。途中で川縁にすわったり、うずくまったり、家の前までもどってきたりしているうちに何時間もかかってしまった。やがて前方に白い校舎が見えてくる。すでに十一時をすぎていた。廊下を進み、階段をあがり、吐き気とたたかいながら、教室への扉を開けた。

四時間目の授業がおこなわれている最中だった。クラスメイトの視線がいっせいにむけられる。黒板に算数の計算式を書いていた国分寺先生が手を止めて「あら、来たの」と言った。足がすくみそうになりながら自分の席にむかう。みんながちらちらと私のほうを見て、何事かをささやきあった。親友の鈴井さんと福田さんの顔がある。なんだか泣きそうな表情だ。万年筆の持ち主である高山くんはおどろいている。夏川さん、榎本くん、その他の一部の児童は眉間にしわを寄せてにらんでいた。宗像くんと目があう。ランドセルをおろして、自分の席にすわった。ランドセルはひとまず、手提げ袋といっしょに机の横にひっかける。海野くんが、みんなとおなじようにこちらをふりかえり、私の行動のひとつひとつを観察するように見つめていた。

「山本さん、勇気を出して来てくれてありがとう。みんな、授業を再開しましょう」

国分寺先生はにこやかな顔をしている。

私の机の天板に、鉛筆で落書きされたような跡がのこっていた。すでに消されて、消しゴムのカスがいくつかちらばっている。ピンク色と水色の二種類のカスだ。親友の二人がそれぞれ、そんな色の消しゴムをつかっていたような気がする。

教室を見わたして、後ろの壁の掲示物が変わっていることに気づいた。事件があった日の理科の実験をまとめた紙が班ごとにはられていた。先生が撮影した写真入りである。リトマス紙をピンセットでつまんでいる各班の班長の手元が写っていた。そういえば海野くんも班長だから、彼の班の写真に写っているのは彼の手にちがいない。

教科書を取り出そうと、ランドセルを開けようとしたとき、頭になにかがあたった。まるめた紙が床にころがる。紙をひろって、ひらいてみたら、【どろぼう死ね】と書いてあった。ああ、やっぱり来なけりゃよかったなあ。

「あのう、先生……」

声がして、顔をあげると、宗像くんが立っていた。全員が彼に注目する。

「先生、話したいことがあるんですけど」

「なんですか？」

「万年筆が盗まれた日のことです。僕、ちょっとしらべてみたんです」

胃がきゅっとしぼりあげられるような気がした。やっぱり、もう、やめて。波風を立てないで、と懇願したくなる。しかし、彼はつづけた。

「山本さんが犯人だというのは、やっぱり誤解だとおもうんです」

教室がざわめいた。国分寺先生の眉がつりあがる。

「授業に関係のないことです。宗像くん、座りなさい」

「でも……」

「座りなさい！」

国分寺先生の語気があらくなった。宗像くんは困惑するように頭をかく。まわりの席の児童たちが机をすこしだけうごかして彼から距離をとった。おちてくるフケから逃げるためだろう。

「座りなさい、宗像くん！」

教員用の教科書を教卓にたたきつけて、国分寺先生が、おおきな音をだした。何人かがおどろいて肩をふるわせる。しかし宗像くんは微動だにしない。先生の目を見返し、突然、自分の椅子を踏み台にして机の上に乗った。全員、唖然《あぜん》とした顔で彼を見上げる。二本足で机の上に立ち、高いところから宗像くんは私たちを見まわした。

「山本さんは盗んでない！　僕は、そのことを説明できるんだ！　話を聞いて！」

国分寺先生が彼の席までやってきて力ずくで机の上から引きずり下ろそうとした。彼はそれに抵抗しようと、ぼろぼろの上履きで先生の服に足跡をつけたりするものだから、よけいに先生を怒らせた。周辺の女子児童が悲鳴をあげて逃げだし、乱闘から距離をとった。騒然とした雰囲気は、となりの教室につたわってしまったらしい。国分寺先生が宗像くんをはがいじめにして床におろしたとき、「だいじょうぶですか？」と心配そうにしながらとなりのクラスの先生が様子を見に来た。「ええ、平気です。なんでもありません」と国分寺先生は返事をして追い返す。となりのクラスの先生が行ってしまうと、すこしだけ教室がしずかになった。

「みんな、座りなさい」

国分寺先生は息を切らしながら言った。ほとんどの児童は着席したが、宗像くんは立ったままだった。

国分寺先生がしぶしぶながら宗像くんの話を許可してくれたのは、このままでは授業をつづけられないという判断だろうか。先生は教室前方の窓際に置いた椅子で足をやすませている。宗像くんは教壇にあがって、事件があった日の午後のスケジュールを黒板に書きこんだ。

「掃除の時間には、教室に大勢がいた。だから、高山くんの机の筆箱から万年筆が盗まれたのは、昼休みってことになる。ところで、山本さんの棚にはインクの汚れがあった。

これって変だよね？　だって昼休みには、山本さんの棚にタオルがしかれていたんだもの。そうだよね夏川さん？」と宗像くん。

「え？　なに？　なんで私？」と、夏川さんは、おどろいた顔をしていた。

「掃除の時間、山本さんのタオルを棚から持ち出したよね？　雑巾につかったよね？」

宗像くんは、私がいつもランドセルの棚にタオルをしいていたことや、掃除の時間にタオルが夏川さんの手によって雑巾にされたことなどを、クラス全員に説明した。

「あ、あれは、教室に落ちてたのをひろったんだから……！」

「でも、山本さんの棚から持っていくのを、見た人がいるんだ」

「タ、タオルのことが、これに何の関係があるのよ！」

宗像くんが私の方をふりかえって指示を出す。「タオルを、あのときみたいにしてもらえる？」。私は手提げ袋からタオルを取り出した。みんなの視線がこわかったけれど、立ち上がり、縦に三つ折りにしてランドセルの棚にしいた。横幅がぴったりおなじだったから、棚板にタオルがきれいにかさなる。机にひっかけていたランドセルを持ってきて、いつもそうしていたように棚の中へ収めた。

「あの日も、こんな感じだった？」

宗像くんは夏川さんに聞いた。彼女はふてくされたような顔でうなずく。

「山本さんが無実だという理由はこれです」宗像くんが国分寺先生をふりかえる。「インクの汚れは、この位置についていましたよね？」宗像くんが指さしたのは、ランドセルを載せた棚板の、右端手前の箇所である。しかし今、彼が指さすところはタオルにおおわれている。「もしも、この状態でペン先があたったり、インクの滴が落ちたりしても、タオルが汚れるだけで、棚板にインクなんてつかなかったはずです。つまり、インクの汚れがついたのは、タオルが抜き取られた掃除の時間以降ってことです。山本さんは理科室へ移動する前に、一度だけ教室に立ちよったそうですが、万年筆をランドセルにかくすような時間はなかった。そうですね、井上さん？」

　宗像くんに名前をよばれて、彼女がうなずく。

「うん……。山本さんと夏川さんが喧嘩《けんか》っぽくなってたからよくおぼえてる。教室にもどって、教科書の用意をして、先に山本さんが理科室にむかったんだ」

「それに、山本さんは実験中、一度も理科室を出なかった。おなじ班の子が何人も証言してる。休憩中もずっとおしゃべりしてたって。だけど実験がおわって教室にもどってみたら、彼女のランドセルのなかに、なぜか万年筆が入っていた。棚にインクの汚れもあった。掃除の時間以降、山本さんには、自分のランドセルに万年筆をかくすことなんかできなかったはずなのに」

　宗像くんの言葉が力強く教室に広がった。しかし、教室の静寂が、やぶられる。

「……だれか、ほかの人が手伝ったのかも」

海野くんだった。彼は自分の席に肘をついてじっと教壇の宗像くんを見ている。

「盗んだのと、かくしたのは、別の人だったんじゃないかな？　それに、インクの汚れだって、昼休みについたのかもしれない。たとえば、かくそうとしたとき、ランドセルを棚から引っ張り出して、タオルが引きずられて落ちちゃったんだよ。インクの汚れはそのときについた。拭ったけれど、完全には落ちなくて、また元通りその上にタオルをかぶせて、ランドセルをもどしたってわけ。それなら、昼休みにインクの汚れがつくじゃないか」

教室のそこら中から感心するような声がもれた。国分寺先生もうなずいている。話はふりだしにもどってしまった。しかし宗像くんは主張をつづける。

「高山くんの万年筆はネジ式のキャップだった。どこかにひっかけてキャップが外れることなんてありえない。インクの汚れは、犯人の意図的なものだったはずだ。犯人の目的は、盗むことじゃなかった。だから、わざとインクの汚れを棚板にのこしていったんだ。ここに万年筆がかくされてますよって、だれかにおしえるための目印だったんだ。犯人の罠《わな》だよ。山本さんが泥棒あつかいされるように仕向けたんだ。犯人が昼休みに万年筆を盗んだとき、そのついでに山本さんのランドセルにかくさなかったのはどうしてだろう？　教室にだれかがやってきたんじゃないかな？　作業を見られるわけにはいかないから、万年筆はひとまず持ち歩いて、教室で一人きりになれるチャンスを待ったはずだ。その機会は、掃除の時間以降に訪れた」

宗像くんは、黒板に書いたその日のスケジュールを指さす。【掃除の時間】の次に書いてある項目は【理科の実験】だ。

「実験の合間に十分間の休憩があった。でもこのときは、大勢が理科室を出入りして、教室にもどった人も何人かいた。だから犯人はその十分間にうごくことはしなかったはずだ。となると、それ以外の時間ってことになる」

宗像くんは、みんなを見回して、話をつづける。

「この日、先生に許可をもらって実験の最中にトイレへ行った人が何人かいたんだ。休憩時間にトイレに行き損なった人たちだよ。そのなかに犯人がいたはずだ。みんなが理科室で実験している間、その人物はトイレに行くふりをして教室にむかい、だれも見ていないところでゆっくりと作業をしていたんだ。そうだよね、海野くん?」

話を聞いていた全員が、怪訝《けげん》そうな顔をする。

「海野くん、きみが万年筆を盗んで、山本さんのランドセルに入れたんじゃないの?」

彼の話す言葉を、教室中のだれもが理解できていない様子だった。何を言ってるんだこいつ、という目で彼を見ている。髪も服装も清潔な海野くんは勉強もよくできたしみんなの推薦で学級委員にもなったことがある。一方の宗像くんは不潔で悪臭をまきちらす。まったく正反対の二人である。私は宗像くんを信じているけれど、彼と交流のないクラスメイトたちはどちらを信用するだろう。

当然だけど海野くんはおどろいていた。

自分の席から立ち上がり、国分寺先生にうったえかける。

「せ、先生！　僕、そんなことやっていません！」

先生は宗像くんをにらむ。

「いい加減にしなさい！　どんな根拠があってそんなこと言ってるの！」

しかし宗像くんは先生の言葉を無視する。

「十分間の休憩以外で、理科の実験中、先生に許可をもらってトイレにむかったのは、聞きこみしてわかった範囲で五人いる。このなかにあやしい行動をした人がいる。それがきみだ」

海野くんは立ったまま教壇の宗像くんと対峙《たいじ》している。

「そうだよ、たしかに僕は、その時間、トイレに行った。でも、だからなに？」

「昨日、僕はきみに質問したよね。【どこのトイレに行ったのか？】って。きみは、なんて答えたかおぼえてる？」

「理科室のそばのトイレだよ。当然じゃないか」

その通りだ。理科室でおこなわれている実験を抜け出してトイレにむかったのならそこを利用する。わざわざ遠く離れたトイレに行くだろうか？

「そう、当然だよね。だけど、ほかの四人は、そんな回答をしなかったよ？」

「え？」

海野くんは意表をつかれたような顔になる。

「五人のうち三人は、二階の階段付近のトイレに行ったみたいだし、のこりの一人は一階の職員室付近にあるトイレだ。変だよね、どちらも理科室からはなれてる。どうしてみんな、わざわざそんなところに行ったのかな？　十分休憩の間にトイレへ行った人たちも、たぶんおなじような回答をするとおもうよ。あの日、理科室のそばのトイレをつかったのは、たぶん、学校できみだけだとおもう」

海野くんが困惑したような顔をする。クラスメイトの何人かが、宗像くんの言いたいことに気づいたらしく、息をのむような気配がそこらじゅうにあった。私もようやく、その日のことをおもいだす。

「あの日、理科室にちかいところにあるトイレは使えなかった。それなのにきみは、そこを利用したと言った。入り口に貼られていた【点検のため使用不可】っていう掲示を、きみが読まなかったのは、トイレに行かないで教室にむかったからじゃないの？」

「……言い間違えしたんだ」。海野くんは顔をこわばらせて口を開く。「そうだ、僕もほかのトイレをつかったよ。きみに聞かれたとき、とっさにそう答えちゃったんだ。でも、よくおもいだしたら、あそこは点検中だったたね」

「きみのことを調べさせてもらった。たとえば、ほら、あれのこと」

宗像くんは教室後方の掲示物を指さす。あの日の実験を班ごとにまとめたものだ。全部で六班分、それぞれ画用紙二枚をつなげ、実験の経過や結果などを色とりどりのフェルトペンと写真入りでまとめていた。

「きみの班の写真、リトマス紙をピンセットでつまんでるのはきみだよね？　手元しか写ってないけど、班長が代表であいう写真を撮られてたから、あれはきみの手のはずだよ。指に絆創膏《ばんそうこう》がはってあるけど、怪我《けが》でもしてたの？」

全員が写真に目をこらした。色が変化したリトマス紙を、絆創膏の巻かれた指がピンセットでつまんでいる。巻かれてある部位は、ひとさし指の先端である。爪が絆創膏におおわれていてすっかり見えない。しかし、絆創膏が巻かれているのは、彼の班の何枚かある写真のうち、たった一枚だけである。ほかの写真の指に絆創膏は見あたらない。

「絆創膏の巻かれていない写真は、実験の前半に撮られたものだ。実験の後半に撮られたものには、絆創膏が巻かれている。ためしに保健室の先生にたずねてみたんだ。きみ、理科室を抜け出したとき、保健室に行ってあの絆創膏をもらったらしいね。指を怪我したって、保健の先生には言ったそうじゃないか」

海野くんは、ほんの一瞬、くちびるを噛みしめた。

「……トイレに行くとき、指を怪我しちゃったんだ。馬鹿みたいな話だけど、ころんで、切っちゃったんだよ。だから、トイレのついでに、絆創膏をもらってきたんだ」

「そのときの傷跡はのこってる？　見せてくれないかな？」

「もうすっかりなおってるよ」

「ほんとうに怪我してたのかな？　僕はそうじゃないとおもってる。きみは指先を隠すひつようがあったんだ。あんなふうに写真を撮られちゃうわけだからね、指先がすっかり記録されてみんなに見られちゃう。そうなったら、自分が犯人だとばれてしまうようなものが、指先にのこってたんだ。洗い流そうとしたけど、完全には消えなかったのかな？　インクの汚れが、きみの意図した通りの機能をはたしたじゃないか。【ここに犯人がいますよー！】って」

宗像くんは、ぼさぼさの前髪をかきわけた。目がいやみったらしくわらっている。その様子に私は違和感を抱いた。彼がそんな表情するところをはじめて見た。なんだか海野くんを嘲っているようだ。

「もう、白状しちゃいなよ。きみは、実験を抜け出して、一人で教室に行った。山本さんのランドセルに万年筆をかくす前に、棚にインクの汚れをのこしたんだ。でもそのとき、予想外のアクシデントが起きた。ひとさし指の先端にインクがついちゃったんだ。洗い流そうとしたけれど、なかなかインクは落ちなかった。爪の隙間にも入りこんだのかもしれない。実験にもどれば、自分の指先が写真に写される可能性がある。そうなったら自分が万年筆を盗んだ犯人だと主張しているようなもんだ。だからきみは、絆創膏をもらってかくすことにしたんだね」

「嘘だっ！」

海野くんが叫んで宗像くんをにらみつける。

「ふうん、どこらへんが嘘なの？」

「みんな、だまされないで！　だって、こいつが言ってることは、全部、推測じゃないか！　ひとつも証拠がないよ！　僕は、ほんとうに指を怪我してたんだ！」

「すぐになおるような切り傷で、わざわざ絆創膏を貼るんだね。海野くん、ちょっと繊細すぎるんじゃないの？」

「うるさい！　だまれ！　だまれよ貧乏人！」

海野くんの声が教室中に響く。全員が戸惑いをかくせなかった。海野くんがそんな言葉づかいをするところは見たことがない。国分寺先生も顔を青ざめさせている。

「それがきみの本性？」

宗像くんは冷笑をうかべる。

海野くんは彼に指を突きつけて、みんなをふりかえった。

「こいつはきっと、自分の罪を僕になすりつけようとしてるんだ！　きっとそうだよ！　犯人はこいつなんだ！　だってこいつ、前の学校で万引きしてるんだよ⁉　万年筆を盗もうとしたのも、きっとこいつなんだよ！　売ってお小遣いをかせごうとしたんだよ！　先生、僕を信じてくれるでしょう？」

なんとこたえたらいいのかわからない様子で国分寺先生は硬直している。

海野くんが、なにかに気づいた顔をする。「そ、そうだ！　みんな、わすれたの⁉　インクの汚れが昼休みにできた可能性はのこってるんだ！　犯人は昼休みにかくした！　ランドセルに引っ張られてタオルが落ちたんだよ！　犯人は昼休みにかくした！　実験の最中に僕がかくしたなんて、あいつの言いがかりだ！　夏川さん、それを証明してよ！」。海野くんが夏川さんのほうを見る。彼女は肩をふるわせた。「きみ、山本さんのタオルを持っていこうとしたとき、棚についたインクの汚れを見ただろ⁉　ねえ、そうだろう⁉　きみがそう言ってくれれば、昼休み中に万年筆がかくされたってことになるんだ！　こんな犯人あつかいされることもなくなるんだよ！　おねがいだから、そう言ってよ！」。しかし夏川さんは、おびえるような目で彼を見るだけだ。

「みんなを仲間につけようったってだめだ。きみの相手はこっちだろ。それにね、きみがやったっていう証拠なら、ほかにもあるんだよ。決定的なやつがね」

宗像くんの顔には他人を貶《おとし》めるような笑みがはりついており、それが癪《しゃく》にさわったのか海野くんはさらに激昂《げっこう》する。

「証拠⁉　なんだよ！　見せてみろよ！」

「今回のことで山本さんのランドセルをよーくしらべさせてもらったんだけど、そのときに見つけちゃったんだ」。宗像くんは教室後方の棚にむかった。さきほど収めた私のランドセルを取り出す。「山本さん、借りるね」

海野くんも自分の席をはなれて彼にちかづく。私のランドセルを抱えた宗像くんと海野くんが教室後方で向き合う。

「きみはもっとはなれてて」

「証拠ってなんだよ？」

「きみ、気づいてなかったんだね。ひとさし指の先をインクで汚したまま、ランドセルの、ある部分をさわっちゃってたんだ。そう、インクのついた指の跡がのこってたんだよ。指紋も判別できるようなはっきりしたやつがね。きみのひとさし指の指紋と照らし合わせれば、もう言い逃れできないぞ」

「嘘だ！」

「ほんとうだよ。きみ、間が抜けてるところがあるからなあ……」

海野くんが宗像くんにつかみかかった。教室が騒然とする。もみあった後、彼は宗像くんの手からランドセルをうばって、むさぼるように外側をながめた。証拠らしいものは見あたらなかったようだ。今度は中を確認しようと留め金を外す。さかさに持っていたせいで、私の教科書や筆箱が彼の足もとに散らばった。

「どこだよ⁉」

「ほら、そこだよ。インクの汚れがあるでしょう？」

宗像くんが指さしたのは、ランドセルのふたの裏側だ。端っこのほうに青色の汚れがある。たしかにそれはインクのついた指先でふれたような形だ。そんな汚れがあったことに今まで気づかなかった。いや、いくらなんでも気づかなかったのはおかしい。

朝、宗像くんが玄関先で、私のランドセルに何かしていたことをおもいだす。彼は青色の絵の具のチューブを持っていたはずだ。

宗像くんのしでかしたことを覚《さと》る。彼は証拠をねつ造してしまったのだ。

「は、はは……」。海野くんが私のランドセルを抱えたまま乾いた笑い声をもらしはじめる。「はははは……」。おかしそうに肩をふるわせた。クラス全員、不気味なものを見るような目で彼に視線をむける。「はは、ははは、ははは……、これ、ちがうじゃないか、ははは、ははは、これ、はは、インクじゃないし、はは、ははは、絵の具じゃないか……」。宗像くんの表情が青ざめた。「え、ち、ちがうよ、それは、インクの汚れじゃないか……」。宗像くんが動揺したような声を出す。「ははは、僕を、ひっかけようとしたのかい、はははは、この汚れ、ははは、僕のじゃないよ……」「う、う、嘘だ、きみがさわった跡じゃないか！　きみは、ここをさわったんだろ⁉　そうだと言えよ！」。私は絶望し目を閉じた。もう何も見たくなかった。こんなのつらすぎてもう無理だ。「ははは、あのとき僕、こんなとこ、さわってないし、ははははは、幼稚な嘘だな、ははは、はははは……」

私は目を開けた。暗闇が晴れると、そこに宗像くんが立っていた。

彼は、ほっとしたような顔である。

「今、きみ、なんて言った？」。他人を嘲るような表情もすっかり消えている。宗像くんはクラスのみんなをふりかえった。「今の言葉、聞こえた？　海野くんはこう言ったよ。【あのとき僕、こんなとこ、さわってない】って」

海野くんは笑うのをやめなかった。自分が何を言ったのかわかっていない様子だ。宗像くんの言葉の意味が、ゆっくりと教室に浸透する。そのうちに、海野くんの声がちいさくなってきて、ついには完全に消えてしまった。彼もまた、自分が口にしたことの意味に気づいたようだ。

チャイムが鳴り響き、四時間目の授業がおわった。十二時十五分。廊下を行き交う児童のおしゃべりが聞こえてくる。しかし教室内は無音だった。国分寺先生さえ言葉を発せない。そのなかでひとり、宗像くんだけがうごいて、棒立ちになっている海野くんの足もとから、私の教科書をひろいあつめてくれた。彼はもうすっかりいつもの顔つきだ。他人を嘲るような顔をしていたのは、海野くんをおこらせて自白をさそうための演技だったのだろう。宗像くんがランドセル一式を私の席までもってきてくれた。そのとき私の視界に入った彼の腕や、指や、肩や、足が、がくがくと小刻みにふるえていた。ああ、海野くんが口をすべらせていなかったら、今ごろあなたはどうなっていたの、とかんがえる。証拠をねつ造したことで、あなたは私以上に責められていたかもしれないのに。

「もう、おわったよ……」

私のつぶやきが、しずかな教室に響いた。

彼は目に涙をためた。彼も不安だったのだろう。緊張や重圧と戦っていたのだ。みんなに覚られないように、がまんしていたけれど、たぶん、彼も、こわかったのだ。

5

結局のところ、海野くんの動機はなんだったのか？　どうして私をうらんでいたのか？　そもそも、海野くんは私のことが好きだったはずではないのか？　しかし、そういう噂が広まったのは、彼が私のほうをときおり見ているという目撃情報があったせいだ。みんなはそれを好意によるものだととらえたけれど、実は、そうじゃなかったのではないか。彼は私に憎しみを抱いており、機会があれば罠にはめようと、時機をうかがっていたのではないのか？　真相はよくわからない。彼はすべての理由を説明する前に転校してしまった。私に対する憎しみの原因について、はっきりとわからないままだったが、もしかしたら、私の父のことが関係していたのではないかと今ではおもっている。

彼が転校した後に判明した事実がある。父が浮気した事務員の若い女の子というのが、海野くんの従姉《いとこ》だったらしいのだ。父は母とわかれて、その人を連れて遠くに引っ越してしまった。その二人は、母への慰謝料と、私への養育費で、生活は大変だという噂だ。海野くんが従姉に対してどのような感情を抱いていたのかわからないが、もしかしたら彼にとって大切な人だったのではないか。そうだとしたら、その人を奪った私の父や、その娘である私に対し、良い印象はもっていなかっただろう。

宗像くんが無実を証明してくれて、私はいじめられなくなり、親友ともわらいあえるようになった。何人かのクラスメイトからは謝られて、元通りの日々がもどった。母のところにも、ママ友からの謝罪メールが届いたらしく、以前のように学校のことを素直に話せるようになった。

でも、たまに、みんなから責められる夢を見て、夜中に目が覚めることがある。あれはもう、おわったことなのだと自分に言い聞かせ、ベッドの上で呼吸を整える。それから、宗像くんのことを、かんがえるのだ。

最後に宗像くんと話をしたのは、ある冬の日の夜だった。夕飯の後で母とテレビを見ながら談笑していたら玄関チャイムが鳴らされた。母が出たけれどすぐに私が呼ばれ、行ってみると、宗像くんがどこかでひろったようないつものトレーナー一枚で寒そうにしながら玄関先に立っていた。母は彼を家の中にあげようとした。彼が私たちの恩人であることは母もしっていたし、夕飯に何度も招いてご馳走《ちそう》していた。しかしその日の宗像くんは様子が変だった。

「すぐ、もどらなくちゃいけないから」

彼は私の母にそう言って私にむきなおる。言葉を選んでいるような沈黙がはさまれた。寒さでふるえているせいもあるだろうが落ち着かないみたいだった。ようやく開かれた口から言葉が出てきた。

「さようならを、言いに来たんだ。実は引っ越すことになっちゃって……」

母を家の中にのこして、私は靴を履き、外に出る。宗像くんと二人で、家の前で話をした。吐き出す息が白くなって、冷たい風のなかに消えた。薄着のまま出てきてしまったから、私も彼とおなじくらい寒さでふるえていた。

引っ越すことになった、と彼は言ったけれど、実際は夜逃げだった。彼のお父さんが借金しており、それがどうにも返せなくて、逃げ出すことになったという。

「今晩中に、この町を出なくちゃいけなくなったんだ。だから最後に、山本さんに挨拶しておこうとおもって」

話を聞きながら、胸がつらくなってきて、足もとばかり見ていた。彼は、ぼさぼさの髪で、お風呂に入っていないからにおいもひどいし、垢にまみれていたけれど、私のヒーローだった。どん底の窮地から救い出してくれた。いなくなるのが悲しかった。

「ずいぶん、急なんだね……」

「さっき、お父さんから、聞かされたんだもの」

あの一件以来、彼に話しかけるクラスメイトがふえた。友だちができて、毎日がたのしそうだったのに、ざんねんだなとおもう。

「ところで、これ」

彼がポケットから何かを取り出す。

「自販機の下をさがして見つけたんだよ」

彼の手のなかにあったのは薄汚れた十円玉だった。

それを受けとり、ながめているうちに、涙があふれてきた。

「ありがとう、宗像くん、ほんとうに、ありがとう……」

涙と鼻水まじりに、私はその言葉をくりかえした。宗像くんは、ただ私のそばに立ってうなずいていた。何度も、何度も、その言葉をくりかえした。粉雪が降ってきて、そのなかを、彼の背中が遠ざかった。涙のせいで外灯の白い光がにじんで見えた。

私が手をふると、彼も手をふりかえして、泣きながら「元気でね！」とさけんだ。

彼が学校に来なくなって、何ヶ月たっても、クラスメイトたちは彼のことをわすれなかった。小学校を卒業し、中学生になっても、それから高校生になっても、当時のクラスメイトと顔をあわせれば、彼が教壇に立って事件を解決した日の話で盛り上がった。みんなで彼のことを語った後、私はいつも、すこしだけさびしくなった。大人になった今でも、彼のくれた十円玉は私の手元にある。へこんだときに、それをじっとながめて、彼のことをおもいだし、今はどこで何をしてるのかなとかんがえるのだ。

haircut17

加藤 千恵

加藤 千恵
かとう・ちえ

1983年北海道生まれ。立教大学文学部日本文学科卒業。2001年、短歌集『ハッピーアイスクリーム』で高校生歌人としてデビューし、話題に。短歌以外にも、小説、詩、エッセイなど、さまざまな分野で活躍。主な著書に『ハニー ビター ハニー』『誕生日のできごと』『さよならの余熱』『あかねさす——新古今恋物語』『その桃は、桃の味しかしない』『ラジオラジオラジオ！』など。

十七歳は中途半端。

十六にはまだ甘い響きが残ってる感じだし、十八ならぐっと大人に近くなる。間に挟まれて宙ぶらりんだ。奇数はただでさえ半端なのだ。そのうえ素数だし。

「十七歳って中途半端だよね」

「うーん、わかんないでもないけどね」

向かいに座っている楓《かえで》が同意の言葉を口にする。まあ予想どおりだった。他の二人はさっきから、彼氏の話で盛り上がっていて、あたしのどうでもいいつぶやきを気にする雰囲気はない。それだって予想どおり。

お弁当は四人で食べているけれど、たまたま相席になったようなもので、実質は二組だ。二人きりで食べない理由は、一人が休んだときに一人きりになってしまうと困るから。はっきりと言葉にしたわけではないけれど、他の二人も同じことを思っているのだろう。高校二年生になったときから、お昼だけは一緒にいる。

「早く二十歳《はたち》になりたい」

そう言ってみたものの、自分が本当にそう思ってるのかわからなくなる。二十歳になったところで、劇的に何かが変わるのだろうか。

「えー、若いほうが絶対に得だよ」

楓に言われて、途端にそんな気もする。でも、得ってなんだろう。

お昼休みの教室は騒がしい。それぞれにみんな話したいことがあったり、おもしろがったりすることがあるのを、どこか不思議に感じている自分がいる。人っていろいろなんだなあ、と思う。でもこれは、たいていのことを同意してくれる楓にも、当たり前じゃん、何言ってるの、と冷たく言われてしまいそうだから、口にしない。あたしの思考などもちろん気づかずに、楓が言う。

「でも、早く大人になって、給料もらえるようにはなりたいな。欲しい服にかぎって高いし」

うなずいてから、こう言ってみる。

「誕生日プレゼントに買ってもらえば。侑《ゆう》くんに」

楓には侑くんという彼氏がいるのだ。あたしの言葉に、楓は首を横に振る。

「無理無理。お金ないし。最近はバンドの練習に夢中だし」

嘆くような内容でありながら、楓の口元はゆるんでいる。侑くんの話をするときはいつもそうだ。ノロケであっても、愚痴であっても、どこか嬉《うれ》しそう。自分がどんな顔をしているのか、楓は気づいているのだろうか。

「え、なに、もうすぐ誕生日なのー？」

「彼氏と祝うんだ？　いいないいなー」

他の二人が会話に加わってくる。そんなに珍しいことじゃない。きっと自分たちの話が途切れたのだろう。楓はいやがる素振りもなく、うん、そうなんだ、と明るく返す。

誕生日プレゼントに何を買ってもらうつもりなのかという質問に答える楓を見ずに、お弁当を食べることに集中した。

自分から振っておきながら、侑くんの話をする楓に苛立《いらだ》っていた。最近はいつもそうだ。これが誰に対する嫉妬なのかわからない。楓と付き合う侑くんに、なのか、彼氏のいる楓に、なのか、恋愛している二人に、なのか。そもそも嫉妬なのかどうかも。でもサイズの合わない靴を履いているような不快感はあたしの中に満ちていき、どうすることもできない。

彼氏作ったほうがいいのかな、と思うとき、頭をよぎるのは倉野くんのことだ。目鼻が細く、唇も薄い、全体的にぼんやりとした印象の倉野くん。かっこいいともかっこ悪いとも言いがたい、映画やドラマなら確実に脇役キャラになりそうな倉野くん。あたしに付き合おうよと言った倉野くん。

告白されても嬉しい気持ちにならないというのは、やっぱりその人のことが好きじゃないってことなんだろうか。だけど自分を好きな人がいるっていうこと自体は、お守りみたいに思える。大げさに言えば、許されたり、認められたりしている感覚。倉野くんのことを思うと、ささやかな安心感が生まれる。

「優希《ゆうき》はー？　彼氏作らないの？」

突然話を振られ、飲んでいたバナナオレを噴きそうになった。一階の自販機で買ったバナナオレは、やたらと甘いと知っているのに、なぜかしょっちゅう買ってしまう。黄色いバナナが描かれたシンプルなパッケージ。同じようなデザインの、イチゴオレとカフェオレもあって、それぞれ赤いイチゴ、茶色いコーヒー豆が描かれている。

「作らないとかってわけじゃないけど」

あいまいに答えて口ごもる。いつもと変わらないはずの楓の視線が気になってしまう。楓は倉野くんがあたしに告白したことを知っている。あたしがまだ彼に返事をしていないことも。

「優希、理想高そうだもんね」

「うんうん、高そうー」

どうだろうねー、とまたもあいまいな返答をして、バナナオレを口にする。やたらと甘いバナナオレ。

十七歳は中途半端、とまた同じことを思った。

机に置かれた一枚のプリントの空白を埋めることができない。

今日、学校で渡された進路志望書。今週中に提出することー、と担任は退屈そうな声で言っていた。

希望する大学名を、第一志望から第三志望まで。一番下の枠には、希望する職業。四つの枠は、ただ書き込まれるのを待っている。

何になりたいのかわからない。そもそもあたしは何になれるんだろう。勉強ができないので、医者や弁護士は無理だろう。とりたてて綺麗《きれい》なわけでもないので、女優やモデルも無理。スポーツ選手も無理。科学者も無理。漫画家も無理。そんなふうに消去法で残るものが、あたしの夢なのだとは思えない。

十年後、あたしはどこで何をしているのだろう。もっと近い将来でもいい。たとえば五年後は。三年後は。

明日や来月や来年は、高校で過ごしているってわかるけど、それは希望や願いじゃなくて、現状をふまえた簡単な予測。

輝くような才能があればいいのに。一つでいいから。

他の科目が全部1になったとしても、何か一つ、人に負けない光があったら、迷わずにそれを活《い》かした道に進むのに。

何か新しいこと——たとえば体育の時間に初めてやるスポーツとか——に挑戦するとき、あたしはよく想像する。やったことのないそれを、誰よりも上手にやることができる自分を。周囲にいる人たちが驚くくらい上手に。

でも想像が現実になったことなんて、一度たりともないし、これからもきっとないだろう。現実のあたしは、何かを無難にこなすのが精一杯で、時には足手まといになるくらい、不器用で無能だ。才能のカケラすら持ち合わせてない。

突っ伏して、机に頬をつける。少しだけ冷たい。中学校に入学するときに買い換えてもらった机は、シールをベタベタと貼ったりはがしたりしたせいで、表面がところどころ汚くなっている。最近は中のものを整理していないせいで、引き出しをあけるときに引っかかるようになってきた。中身はほとんど、もう必要のないプリントだから、早く片付けてしまえばいいのだと知りつつも、なかなか行動に移せない。こんなふうに、無駄な時間ばかり過ごしている。

楓は教員になりたいと言っているし、迷わずにそう書き込んでいるのだろう。同い年、正確には二ヶ月年下の楓は、あたしよりもずっとお姉さんっぽい。彼氏がいて、やりたいことが決まっていて、少なくとも自分の才能について悩んだりすることはないような気がする。

侑くんは特別かっこいいわけじゃないし、正直理想の彼氏って感じではないけど、優しいし、勉強もできるらしいし、問題は全然なさそうだ。楓のことを好きなのが見ていて伝わってくるし。

入れ替わりたい、とまでは思わないけど、楓はいいな、と思うことならしょっちゅうだ。

机に頬をつけたまま、片手でプリントをなぞってみた。埋められない空白。楓は全部埋めたのだろうか。

プリントの上に、一本、自分の髪の毛が落ちる。

これから冬になって寒くなるし、伸ばすつもりでいる、今は肩を少しだけ超えたくらいの長さの髪。だけど伸びたら伸びたで手入れが面倒くさそうだ。はねるし。かといってショートにするのもなんだかためらわれていて、つまるところ、あたしは自分の髪の毛一つとっても持て余しているのだった。

もうあらゆることが面倒くさい。

「優希ー、ごはんー」

母親の声がする。はーい、と答えて、ゆっくりと立ち上がった。落ちた髪の毛はつまんでゴミ箱に入れ、まだ名前欄すら埋めていないプリントは置き去りにする。

なんとなくグラタンとかドリアとか、そういうものが食べたい気分だけど、ダイニングからの醤油《しょうゆ》の匂いがここまで届いている。なんの煮物だろうな、と一瞬思ってみたものの、ほんとはどうでもよかった。

退屈な授業中は時間が経つのが遅いけど、週末はあっというまにやってくる。

組み合わせを考えるのが面倒くさくて、昨日の夜まではワンピースを着るつもりでいたけど、結構動いたりするのかな、と思い直した。一度考え始めると、組み合わせがちっとも決まらなくて、同じ服を何度も着てみたり、タンスの奥からしばらく着ていない服を引っ張り出したりした。

結局、もともと着る予定だったワンピースにレギンスを合わせる、というシンプルな発想に落ち着いたのは、しばらくしてからのことで、服選びだけで既に疲れてしまっていた。やるつもりだった部屋の片付けは後回しにして、ライブハウスに向かうことにした。

待ち合わせ時間の五分前。楓はもう到着しているだろうか。きっとしている気がする。

やけに急な階段を降りて、受付と呼んでいいのか、簡素なテーブルと椅子が置かれただけの場所で名前を告げた。ワンドリンク付千五百円。

重たい扉を開けて入った会場は、思いのほか狭かった。ステージは奥行きはあるものの、幅は教壇くらい。会場も教室を少し広げた程度に感じられた。そしてけむたい。中にいるほとんどの人がタバコを吸っている。頭が痛くなりそうだ。

楓はすぐに見つかった。壁にもたれて、所在なさげにしていた。あたしが気づくより先に向こうが気づいて、こちらに向かって少し手を上げていた。

「けむたいね」

近づいて、小声で言うと、ね、と眉間に皺《しわ》を寄せた。楓はキャミソールとカーディガン、それに七分丈のパンツを合わせた格好をしている。背が高いのもあって、パンツスタイルが似合う。

「飲み物、換えてきたら？」

そう言う楓の手には、既にプラスチックコップがあった。色からしてウーロン茶だろう。うなずいて、カウンターに向かった。同じようにウーロン茶を頼み、チケットと引き換えに受け取ると、また楓の横に戻った。

「もっと近くで見なくていいの」

あたしは聞いた。あたしたちは真ん中より後ろの端にいる。

「どっちでもいいけど」

楓は本当にどっちでもいいのだというふうに言ってから、でも逆に緊張させそうだから、と少し口元をゆるませて付け加えた。侑くんのことを指しているらしかった。緊張するようじゃだめじゃん、と突っ込もうかと思ったけど、必要以上にきつい言い方になりそうだったので、ウーロン茶ごと飲み込んだ。

何か話そうと思ったけど、侑くんがらみの質問しか思いつかない。黙っていると、逆に質問された。

「こういうとこって来たことある？」

こういうとこ、は、狭いライブハウス、を指すのだろうか。

「あるよ、一回だけど」

正直に答えた。来る途中に思い出したことだった。中学時代、友だちがファンだというバンドのライブがあるということで、誘われて一緒に行ったのだ。今日と同じで、自発的にではなかった。いつ、と聞かれたら、詳しく答えるつもりでいたけど、そうなんだ、と楓は言っただけだった。

「楓はある？」

なんとなく聞いたほうがいい気がして聞いた。初めてだと思う、と答えられて、それ以上話すことはなくなった。

侑くんと倉野くんたちがやっているバンドの、初ライブ。あまり深く考えずに、観に行く約束をしたものの、そんなに楽しみにしていたわけではなかった。断りそびれた、という感覚のほうが近い。

開演の時刻が迫っても、会場はさほど埋まらない。普通に見渡すことができる。もっと人がいっぱいになるものだと思っていたので、大丈夫かなと心配になった。楓に気にする様子はない。あるいはそう見せてるだけかもしれない。

ステージの近くに、一人で立ってるおじさんがいる。この空間の中で唯一のスーツ姿だ。カバンを足元に置き、両腕を前で組んで、首を動かしたりしている。表情までは確認できないけれど、格好のせいか、ここにはそぐわない感じがする。

あの人、音楽プロデューサーで、スカウトに来てたりするのかな。

楓にそう話しかけようとしたときに、ステージ上で動きがあった。男の子三人が出てきたのだ。それがバンドのメンバーで、侑くんと倉野くんだということにはすぐに気づいた。知らないのは坊主頭のドラムの男の子だけ。みんながあまりにも普通に出てきたことにはちょっと戸惑った。司会的な人もいないんだな、と思った。

普通に出てきた彼らは、普通に楽器を鳴らし出して、音を確認すると、ギターボーカルである侑くんの、ワントゥースリー、の掛け声で、演奏を始めた。

思っていたよりもずっと激しい曲調だった。侑くんも、普段の穏やかな感じとは異なり、怒鳴るように歌っている。楽器の音が大きいせいもあって、歌詞はあまり聞き取れなかったけど、雨、という言葉が入っているみたいだった。

しばらく曲に集中していたけれど、二曲目の途中からはちょっと飽きてきて、ステージの細かなところに目がいった。

ドラムにはCANOPUSと書かれていた。カノプス？　カノパス？　意外と、キャンオパス？　考えているうちに、シナプスという単語を思い出したけど、それが何を意味するものなのかわからない。遺伝子とかそういうものが関わってる、理系の言葉だとは思うけど。

ステージ上で一番動いているのは、ドラムの男の子の手だ。ドラムって叩《たた》くところがいくつもあるんだな、と思った。シンバルを直接触って音を止めたりする。スティックを握りながら、シンバルを素手で調節するのがおもしろく感じられて、少しのあいだ眺めていた。

バンドが演奏したのは全部で五曲で、どれも似ていた。もしあとで感想を聞かれたら、一曲目が一番好きだったと言おう、と考えていた。

ライブハウスを出ても、まだ耳が変だ。ぼわっとしている。あー、あー、と声を出してみた。いつもよりも遠くに聞こえる。

「変だよね、耳」

楓も自分の耳に指を出し入れしながらそう言う。

あたしたちはファミレスで向かい合っている。四人がけのソファ席。あとで侑くんと倉野くんが合流する予定だ。そしたら、倉野くんがあたしの隣に来ることになるのだろう。普通に考えると。

二番目のバンドの演奏が始まってすぐに、ステージ横のドアから出てきた侑くんたちは、まっすぐにあたしたちのところに来た。最後までいるかを聞かれ、楓が、出ようかな、と即答してくれたのはありがたかった。正直、既に退屈しはじめていたし、足も痛くなりそうだったから。

二人は最後までいて、ライブハウスのスタッフや他のバンドにも挨拶していくということだったので、終わったら合流する約束をして出てきたのだった。外に出ると、ものすごく解放感をおぼえて、自分がちっとも馴染《なじ》めていなかったのを知った。ファミレスに着いて、ソファに座ったときには、妙に安らいだ。

あんまりおいしくないけどデトックス効果があるというハーブティーを飲みながら、なぜかライブの話はそんなにしなかった。最初に軽く、ちょっと疲れちゃったよね、と言ったくらい。多分楓も、侑くんたちのバンドをいいと思ってるわけじゃないんだろうとわかったので、特に突っ込まなかった。

あたしたちは仲がいいけれど、全部を話すわけじゃない。言いたいことや思ったことを全部言うのが友だちだなんてちっとも思えない。話したくないことを取り除いていったって、あたしたちの間にはいろんな話題が残ってる。

「そういえば、誕生日プレゼント、欲しくないものある?」

あたしは訊《たず》ねた。欲しいものを質問するのは直接すぎて、サプライズ要素がないから、欲しくないものを質問しようよ、と決めたのは去年のことだ。

去年の四月、同じクラスになったときから、あたしたちは仲がいい。出席番号順の座席の並びが近かったから、という単純な理由により、よく話すようになった。お互い、中学時代の友だちとはクラスが離れてしまったことも共通していた。去年は一応五人のグループだったけど、今年あたしたちだけがクラスが一緒になったことで、二人だけで仲良くするようになった。

「んー、ブレスレット買ってもらうことにしたから、それ以外」

欠けている言葉が、侑くんに、なのはすぐにわかった。じゃあブレスレットにするね、と冗談めかして言った。ささくれみたいな苛立ちを隠して。あたしたちは少し笑った。

楓と侑くんが付き合いだしたのは、二年生に進級する直前の春休みだ。もともと塾が一緒で、たまに連絡を取っていたのだと聞いていたし、倉野くんも含めて何人かで遊んだこともあったから、驚きはなかったけど、寂しさは想像外だった。

楓に彼氏ができたからといって、劇的に変化があるわけじゃなかった。話題は確かに彼氏のことが増えたけれど、二人がデートするのは基本的に学校が休みの週末だし、デートを理由に何かを断られたり、ないがしろにされたと感じたこともない。あたしが勝手に距離を感じてしまっているだけの話なのだ、きっと。

楓がちらりとテーブルの上に置いた携帯電話に視線をやる。一瞬だけどあたしはそれを見逃さなくて、また自分の中のささくれを増やす。そのくせ、早く侑くんと倉野くんが来ればいいのに、と矛盾したことも思う。どうしてなのか自分でもわからない。

楽器を抱えてやって来た二人に、一曲目が一番好きだったと伝えてから、気になっていたことを聞いてみた。

「今日叩いてたドラムってどこの？」

二人して眉間に皺を寄せ、不思議そうな顔をする。

「ドラムに書いてあったんだけど。ＣＡＮＯＰＵＳ。カノプス？」

「わかんない」

なんだ、とあたしは思う。

「おもしろいとこ見てるんだね」

「優希は天然だから」

「天然じゃないよ」

楓の突っ込みでバカにされた気がして、ちょっと真面目《まじめ》に言ったけど、かえってみんなの笑いにつながった。天然じゃないけど、となおも思いつつ、他にも気になっていたことを聞いた。

「ドラムの男の子、坊主だったね」

「あー、あれはね、ちょっと理由があって」

二人が、ふっ、と軽く噴き出す。

「なにそれ、教えてよ」

あたしよりむしろ楓が興味を持った様子だった。

「あいつ、中学のときに野球やってて、結構うまかったんだよ。だから高校入学した途端に、知ってる先輩からずっと勧誘されてたりして。で、もう面倒だったらしくて」

倉野くんはそこで一旦コーラを飲んだ。言葉の続きを待つ。

「あいつ、ある日坊主にして、先輩のとこ行ったの。で、その先輩としては『お、野球部に入る気になったか』って思ったところで、『サッカー部に入ることに決めました』って宣言して、サッカー部入ったんだよ。一ヶ月もしないうちに辞めてたけど。でもなぜか坊主頭だけは続けてるの」

「なにそれ。超意味わかんないんだけど」

楓がなぜか怒るみたいに言う。

「知らないけど、あいつなりの筋の通し方だったんじゃないの」

「えー、それって通ってるのかな」

不満げな楓に対し、あたしは、おもしろいじゃん、と思っていた。筋と呼んでいいのかはわからないけど、確かに何かの決意がある行動だと思った。でもそう言うと、楓を不機嫌にさせる気がした。

四人で会って話していると、みんながみんな、お互いにちょっとずつ気を遣っている感じがする。それぞれに与えられた役割がぼんやりとあって、そこから外れないように話しているみたい。

それでもなんとなく、あたしが気遣われがちに思えるのは、単なる自意識の問題なんだろうか。さっきの天然キャラ扱いもそうだけど、四人でいるとき、他の三人はあたしだけを、幼くて守るべきもの、というように接している気がする。いつからそんなふうになったのかはわからない。四人で会うようになったのは、あたしたちが二年生になってからだ。

多分、侑くんと倉野くんや、侑くんと楓が二人きりで話すときは、もっと違った空気なのだろう。あたしと楓が二人きりで話すときに流れている雰囲気が、今ここでの雰囲気と、確かに違うものであるように。もし色があったなら、四人でいるときの空気は何色になるんだろう、と答えのないことを思う。もちろん口にはしなかった。

送るよと言われて、断る理由はなかった。てっきり途中の交差点までだと思っていたし。

けれど交差点を過ぎても、倉野くんは隣にいる。触れてしまうほど近くはないけど、間に人は入れないくらいの距離を保って。

「遠回りになっちゃうんじゃない？」

「いいよ、別に」

「でも、これも重いんじゃないの？」

「慣れてるし大丈夫だよ」

黒いソフトケースに包まれたベースを肩に掛けたまま、きっぱり言い切られてしまうと、もう言えることはなくなった。

黙りがちなあたしたちは、同じことを考えているのだろうとお互いに察している、こともわかっている。

倉野くんのスニーカーの足音まで、何か言おうとしているかのように感じられる。けれどあたしからは言えない。

「あのさ」

なにげないように言ったのかもしれないけれど、倉野くんの言葉は重たく響いた。うん、というあたしの返事も。

「こないだのって、返事、まだ無理かな」

来た、とあたしは思う。一気に口の中が渇いた気がした。とぼけるのはあまりにもしらじらしいだろう。

「ごめんね、待たせちゃってて」

「いや、いいんだけど」

いいってこともないいんじゃないのかな、と思う。でもそんなのあたしが言えることじゃなかった。

定期試験後、夏休み前。お昼ごはんを食べて、映画を観て、お茶をした帰りだった。

倉野くんがあたしに告白したのは。もう、二ヶ月が経つのだと気づいて時の速さに驚く。時間は待ってくれない。退屈な授業中は、あんなに居座っているくせに。若いほうが絶対に得と言い切った楓は、時間の流れにおびえたりはしないのだろうか。

倉野くんのことを、あたしはどれくらい好きなんだろう。付き合ったら楽しいのかな。どんどん好きになって、一緒にいることに幸せを感じるのかな。

何も言えないまま、家が近づいてくる。どうしよう。口の中がどんどん渇いていく。お茶が飲みたいと思った。ファミレスであんなにいろいろ飲んだくせに。

「ごめん」

口を開いたのはまたしても倉野くんだった。

「せかしちゃって」

さらに付け足す。

「ごめんなさい」

あたしも慌てて謝った。どう考えたって、倉野くんが謝ることはないのに。

「ここまででいいかな。気をつけて帰ってね、じゃあまた」

「ありがとう」

突然の言葉に、そう返すのが精一杯だった。倉野くんは一瞬だけ薄く微笑《ほほえ》むと、すぐに背中を見せた。あたしも家に向かって歩き出す。

これはやっぱり、傷つけてしまったということなのだろうか。

傷ついた気持ちになりながら、そう考えた。


月曜四限の授業は世界史。担任の担当だ。

チャイムが鳴る直前に授業を終えて、そのまま職員室に行くかと思いきや、担任はあたしの苗字を呼んだ。

宿題なんてなかったはずだし、テストだって問題になるほどひどくはないはずだ。疑問に思いながら教卓に近づくと、志望書提出してないだろ、と言われた。

すっかり忘れていた進路志望書の存在が頭に浮かぶ。名前欄以外はいまだ空白のままの、家の机に置かれた志望書。そうだ、先週末までに提出って言われてたんだ。

「お前だけだぞ、明日持ってこいよ」

はーい、と答えつつも、内心、未提出なのが自分だけだということに戸惑っていた。何も考えていなさそうなあの女子も、テストで赤点だらけのあの男子も、提出済みということだ。

教室にいるみんなに、なんて書いたのか教えて、と問いたい気分だった。みんな、あたし以外みんな、第一志望から第三志望の学校があって、希望する職業があるなんて、信じられないし、信じたくない。どうやって見つけ出しているというのか。

「出してなかったんだね、進路志望」

やり取りを聞いていた楓に話しかけられ、うん忘れてたよー、と明るく答える自分の声が、やけにからっぽに聞こえる。本当の自分だけが、どこかに置き去りにされたみたい。

「今日、中庭でお弁当食べない？」

さらに訊ねられ、いいけど、と答えた。どうしたの、という残りの言葉は、どうせすぐにわかるはずだった。

楓はそのまま、他の二人に、今日はちょっと外で食べるね、と言って教室を出た。あたしもお弁当と携帯電話と財布だけを持って後を追う。

昼食は各自教室でとること、という決まりを、基本的にはみんな守っている。言われなくても、教室で食べるほうがラクだし、気温も快適に保たれている。決まりをふまえると、中庭で昼食をとるのは禁止ということになるけれど、注意された話は聞いたことがない。先生もわざわざ昼休みに、用もなく中庭に立ち寄ったりはしないのだろう。上履きのままで中庭に出た。これももちろん禁止らしいけれど、律儀に靴を履き替えてる子なんて見たことがないし、自分もそうしたことはなかった。

曇り空のさほど広くもない中庭には、あたしたちだけだった。他にもう二、三組いるかと思ったけれど、さらに誰かが来る気配は今のところない。

教室から歩いてくるあいだに、前に中庭でお弁当を食べたのは、二年生になりたての頃だったな、と思い出していた。付き合って早々、侑くんが浮気しているのではないかという疑惑が持ち上がり、楓があたしに相談してきたのだ。あのとき、楓は半泣きだった。結局それは勘違いや誤解が重なっていたものだったとわかった。楓の半泣きの表情を見たのは、あの一度きり。

まさかまた浮気疑惑、と思い、ドキドキしながら座ってお弁当を開いたあたしに楓は、倉野くんのことなんだけど、と切り出した。

「うん」

あたしは話の続きを待った。何を言われるのかと思いながら。

「侑とも話したんだけど、倉野くんの告白、断るならちゃんと断ってあげてほしいの」

じっと見つめられ、あたしは多分眉間に皺を寄せていたと思う。一気にいろんな感情がやって来る。どれもいいものとは言えなかった。どうして倉野くんとあたしのことを、楓と侑くんが話し合い、あたしに提案するのか。倉野くんはあたしのことをどういうふうに侑くんに伝えたのか。断って「あげる」という言い方はおかしいんじゃないのか。楓は今どんな気持ちであたしに話しているのか。

あたしの表情の変化を見て、楓は慌てたように言う。

「おせっかいでごめん。でも、このまま中途半端な状態が続くのは、多分二人にとってもよくないと思うし、あたしたちも望んでない。気まずいなら、これから四人で会うのをやめてもいいんだし、ちゃんと優希の正直な気持ちを優先してほしい」

言い終わった楓の表情は、硬いものだった。唇の端に力が入っているのが見てわかる。

「楓、ごめん」

あたしは言った。口を開いただけで泣きそうになっている自分を情けなく思いながら。

「少しだけ一人にしてもらってもいいかな。すぐに戻るから」

楓は何か言いたそうな顔をしながら、それでも黙ってうなずいて、開いたばかりのお弁当をまた元のようにしまい、校舎内に戻っていった。あたしはお弁当を膝に置いたまま、しばらくぼんやりとしていた。

中庭で一人ぼっちのところを知り合いに見られたらどうしよう、と一瞬思ったけど、すぐに別のことで思考は満たされた。

中途半端な状態、と今さっき楓は言った。確かにそうなのだろう。中途半端な状態。中途半端な好意。中途半端な仲の良さ。中途半端な言葉。中途半端な思い。中途半端な願望。全部、中途半端だ。勉強、運動、進路、恋愛、友情。十七歳は、中途半端。

理由のわからない涙をこらえながら、中途半端なあたし、とあたしは心でつぶやく。結局のところ、あたしなんだ。中途半端なのは、あたしなんだ。

お弁当箱をひっくり返さないように気をつけながら、あたしは上を見る。校舎に囲まれて切り取られた空は曇り。少しだけ晴れ間が覗《のぞ》いている。

涙が流れてこないことを確かめてから、あたしは視線を今度は下にうつした。中庭の隅っこに、一つだけ野球のボールが落ちていることに初めて気づく。どうしてこんなところに、と思いつつも、昨日倉野くんが話していたことが頭の中でよみがえる。筋を通すために、坊主頭にしてサッカー部に入ったドラムの男の子。野球部には入らなかった男の子。

今日、髪を切ろう、と思った。

髪を切ってから倉野くんに、昨日はごめんなさい、よかったらもう一度二人で会って話したいです、ってメールをする。帰ったら空白の進路志望書を埋める。ショートカットのあたしが。できないかもしれないという予感を、この中途半端な長さの髪の毛と一緒に切ってしまうのだ。

今この瞬間、あたしは何も決められていない。倉野くんのことも、進路のことも。本当はもっといろんなことも。でも髪を切って、何かを決める。無理やりでも決めていく。

「絶対に」

あえて声に出してみた。風が吹いただけでも飛ばされて消えてしまいそうな決意を、確かなものにするために。まずはお弁当を食べる。食べたら、明るく楓のところに戻ろう。ケースから取り出したお箸で、ほうれん草の入った卵焼きをつまんだ。

薄　荷

橋本 紡

橋本 紡
はしもと・つむぐ

1967年三重県生まれ。97年『猫目狩り』で電撃ゲーム小説大賞金賞を受賞。『半分の月がのぼる空』『流れ星が消えないうちに』『ひかりをすくう』『空色ヒッチハイカー』『月光スイッチ』『彩乃ちゃんのお告げ』『九つの、物語』『葉桜』『イルミネーション・キス』『今日のごちそう』など著書多数。

わたしたちの通う学校は、川のそばにある。南側の教室からは、そのきらきらした輝きが、よく見える。川といっても小さなものだ。水が減る冬には、幅は三メートルくらいになってしまう。両岸は急な土手で、冬のあいだは茶色に枯れた草に埋め尽くされるけど、四月になった今は、新しい草が芽吹き、土手全体が淡い緑に染まりつつあった。黄色い花が見えた。ああ、芽吹くというのは、いい言葉だ。響きがすばらしい。

そんなことを考えていたら、

「なにしてんの、有希《ゆき》」

とヨッちゃんが声をかけてきた。

曖昧に首を振っておく。考えていたのは、わざわざ口にするほどのことじゃない。

「ぼんやりしてただけ」

「こんな時期はさ、なんだか眠いよね」

「うん、眠い」

頭の芯に、うとうとしたものが宿っている。さっきみたいに、とりとめもないことを考えるのは、たいてい眠いときだ。放課後の教室に残っているのは、わたしと、ヨッちゃんだけだった。いくらか傾いた太陽が、教室の奥まで明るく照らし、まるで教室全体が光をいっぱいに溜《た》めた箱のようだった。

「有希、帰らないの」

「武藤待ち」

「なんだ。彼氏を待って、思いを募らせてる最中だったのか」

「募らせてないってば」

「武藤、どうしたの」

「体育委員会の集まりだって。なんかさ、いろいろやることが増えて、時間かかるかもって言われた」

「じゃあ、一緒に待とうよ」

「ヨッちゃんは誰を待ってるの」

「塾が始まる時間」

言ってから、ヨッちゃんはため息を吐《つ》いた。

「この差はなによ」

「差って……」

「有希は彼氏待ちなのに、わたしは塾待ち。すごく悲しい。泣いちゃう」

「男相手でも泣かされるかもよ」

「なにそれ。武藤にひどいことでもされたわけ」

「違うけど」

武藤の名誉のために、ちゃんと言っておこうと思ったら、ヨッちゃんは軽く手を振った。わかってるっていう感じ。からかわれたわけだ。なによ、と笑ってしまう。別に、とヨッちゃんも笑う。

前の席から椅子を引っ張り出すと、ヨッちゃんは足を開いて腰かけた。短いスカートが広がって、下着が見えそうだ。男の子が今、教室にいないからいいけど。ヨッちゃんはわたしの机に両腕を置き、上半身を伏せた。教室の昼寝スタイル。彼女の髪は細く、癖がまったくない。さらさらと肩を滑っていく。生まれながらの髪質らしい。髪だけなら、シャンプーのコマーシャルにだって出られるだろう。心底からうらやましいと思う。わたしは癖毛で、うまくカットしてもらわないと、毛先が跳ねて大変なことになる。毎朝がドライヤーとの格闘だ。

「ねえ、有希」

「なに」

「飴《あめ》、どうぞ」

プラスチックの、かわいい容器を差し出された。カラン、と音がした。

「じゃあ、ありがたく」

「薄荷《はっか》だよ。大丈夫だったっけ」

「ちょっと苦手だけど、思い切って挑戦してみる」

「挑戦って……そんなすごいことじゃないでしょうに」

「まあね」

「ほら」

受け取ったのは、楕円形《だえんけい》の白い粒だった。それを口に放り込むと、さわやかな香りが広がった。

「薄荷はどう」

「ううん。やっぱり苦手かも。出そうかな。ヨッちゃんには悪いけど」

「いいよ、別に」

「でもやっぱり、もう少し頑張ってみる」

「我慢しなくていいのに」

「あと少しなんだよね」

「なにが」

「好きになれそうな感じなの」

「わかるような、わからないような」

ああ待って、とヨッちゃんは言った。

「なんか今、頭に引っかかった」

わたしたちが喋《しゃべ》っているのは、どうでもいいことだった。世界にちっとも影響を与えない。喋っているわたしたちだって、話したそばからすぐに忘れてしまうようなことばかりだ。家に帰って、ヨッちゃんとなにを話したのか、お母さんに尋ねられたら、まったく答えられないだろう。さあ、と首を傾《かし》げるに違いない。

こういう時間が、わたしは大好きだった。

熱く議論するなんて滅多にないし、授業の大半はつまらないし、朝は眠いし、部活はしてないし、なぜ学校なんかに通ってるんだろうかと思う。勉強だけなら塾で十分だ。卒業証書を貰《もら》って、大学受験の資格を得るためというのが一番大きいけど、そのために費やしているものはあまりに大きい気がする。

中学時代の仲良しグループの中に、ものすごく頭のいい子がいた。ナラオカジという変な名前だ。どこまでが苗字で、どこからが名前なのかわからないので、カタカナでフルネームを覚えてしまっている。

ナラオカジは中学を出ると、どこの高校にも行かず、予備校の大検コースに入った。ナラオカジはとんでもなく頭がいいから、そんなことができたんだろう。わたしには絶対、無理だ。高校という安全策を取ってしまう。それとも、わたしだって、頑張れば大検くらい受かるのかな。

「ああ、わかった」

　ようやくヨッちゃんが顔を上げた。

「村田のことだ」

「え、村田って……委員長のこと……」

「そう」

　いかにも優等生という感じの男の子で、銀縁の眼鏡をかけている。フレームが太く、レンズは厚い。とはいえ、村田、顔は悪くないんだ。いい加減にしてる髪を整えて、眼鏡をはずすか、あるいは白山《はくさん》眼鏡なんかのに変えれば、けっこうな洒落男《しゃれおとこ》になるような気がする。誰かが……たとえば彼女が、アドバイスしてあげればいいのに。ああ、彼女がいないから無理か。今のままじゃ、できないだろうし。

「村田のどこが引っかかってるのよ」

「ううん」

「なによ」

「どうしようかな」

ヨッちゃんはちょっとだけ顔を上げ、わたしを見た。すぐにまた突っ伏した。ただ、その一瞬の視線で、彼女が話したがっていることはわかった。

「話してよ。だったら、わたし頑張る」

「頑張るって……なにを……」

「この薄荷を舐《な》めきってみせる」

右手を上げ、宣誓のポーズ。わたしはキリスト教徒じゃないけど。

なにそれ、と言って、ヨッちゃんは笑った。伏せたままなので顔は見えないものの、声でわかる。くすぐったい感じ。わたしもまた笑った。雲が流れてきたせいか太陽が隠れ、日差しもなくなった。少し寒さを感じる。雲はすぐに流れてしまい、ふたたび日差しが戻ってきた。

「話していいのかな」

「大丈夫だって」

「恥ずかしいよ、だって」

顔を横に向けると、教室中が橙色《だいだいいろ》の光に染まっていた。わたしと、ヨッちゃんの影が、床に長く伸びていた。

「村田君が好きだとか」

ええ、と声を上げ、ヨッちゃんはいきなり体を起こした。

「なんでわかるの」

「わかるでしょう。今の話の流れは、それ以外ないよ」

「そうかな。ばれないように気を遣ってたんだけど」

「ばればれだったよ」

「わたし、演技力ないのかな」

「ないね」

「困ったな」

「で、いつからなの」

「この前」

「具体的に」

「先週の火曜日」

恋の話は楽しい。自分のでも、他人のでも。なんだかどきどきする。たとえ片思いの話でもかまわないんだ。というわけで、恋愛刑事と化したわたしは、もちろん追及の手を緩めなかった。

ちょっと前、ナラオカジと会った。学校の帰りに、わざわざ遠まわりして川沿いの遊歩道を歩いていたら、いきなり話しかけられたのだった。

「おい」

すごく大きい声だった。

「有希」

いきなりだったので、びっくりした。振り返ると、自転車に跨《また》ったナラオカジがいた。遊歩道は、散歩してる人や、ジョギングしてる人が、たくさんいた。春になってから、そんな姿が増えていた。彼らはみな、わたしと、ナラオカジを見ていた。なにごとかという感じ。恥ずかしさに顔が赤くなった。

「声が大きいってば」

「いや、久しぶりだったからさ」

「そうだけど」

話しながら懐かしさを覚えていた。そういえば、彼はこういう喋り方をする男の子だった。言葉を風に流すふう。なぜか優しい感じがする。彼のことがちょっとだけ気になっていた時期があった。すぐに過ぎてしまったし、そのころの思いは、もう残っていないけど。

彼は自転車に跨ったまま、よろよろと後ろに下がってきた。おもしろいので、わたしからは歩み寄らず、じっと待った。つい笑ってしまう。

「有希、なんで笑ってるんだよ」

「ナラオカジってさ、すごく頭がいいでしょう。校内模試はずっと一番だったしさ」

「まあな」

「なのに、どうして自転車でいちいちバックしてくるのかなって。降りたほうが早いよ。そんなふうじゃ、こけるかもしれないよ」

「なるほど。有希は頭がいいな」

本気で感心してるのがおもしろい。ようやくナラオカジは自転車を降りた。そのとき、ちょっとした違和感を覚えた。なんだろうと考え、すぐに気付いた。

「ナラオカジ、背が伸びたでしょう」

「え、そうかな」

「高くなったよ」

「自分じゃわかんないな」

「計ってないの」

「俺、学校行ってないから。予備校にも保健室みたいなのはあるけど、身長を計る奴《やっ》なんかないんだよ。そもそもあんなとこ、滅多に行かないし」

「身長計、ないんだ」

「どこかで座って話そう」

「そうだね」

ベンチもあったけど、それだと肩を並べて座ることになってしまうので、芝生のほうに腰を下ろした。剝《む》き出しの足がチクチクする。ナラオカジは自転車を倒すと、どっかりと座った。

「自転車、なんで倒すの」

「スタンドが壊れてるんだよね」

「それ、直さないの」

「乗れるからいいだろう」

背は伸びたけど、こういう大雑把なところは、ちっとも変わっていない。頭に思い浮かぶナラオカジは、いつも髪がボサボサで、シャツの裾が中途半端に出ていて、右足と左足の靴下が違う。この、両足の靴下が違うというのは、ほとんど毎日のことだった。お洒落でやっているのかと思ったら、そうではなく、そもそも揃《そろ》えるという考え……いや概念かな……それがなかったらしい。二年か三年のとき、揃えるものだと教えられ、十代後半にしてようやく、ナラオカジは同じ靴下を穿《は》くようになった。それでも、たまに違ってたけど。

「なんだよ」

靴下をじっと見ていたら、ナラオカジが尋ねてきた。彼はちゃんと、同じ柄の靴下を穿いていた。

「ナラオカジ、お洒落になったね」

「彼女がうるさくてさ」

「いるんだ、彼女」

「うん。ふたつ年上。俺がいい加減な格好してるのが我慢ならないらしくて。いろいろ買ってきて、着させられている」

ちょっと参るよ、とナラオカジは愚痴った。

「いいじゃないの。似合ってるよ」

「そうかな」

「彼女のセンス、悪くないと思う」

羽織っているジャケットは、たぶんビームスだ。二カ月くらい前、武藤と買い物に行ったときに見た覚えがある。武藤が欲しい欲しいと繰り返していた。確か二、三万円したはずだ。パンツもきれいなラインをしてるから、上等なものなんだろう。ふたつ年上か。大学生かな。社会人かな。わたしたち高校生と違って、それなりにお金があるんだろう。ナラオカジは、わりと女子に好かれる。あまりに変なので、それが魅力になっているのだ。顔がきれいなせいもあるかな。中学時代、何人かに告白されていた。ちゃんと付き合った子もいるはずだ。ただ、どの子とも長続きはしなかった。傍《はた》から見てると魅力的だけど、いざ付き合うと大変なことも多いらしい。

「有希、学校はどんな感じなんだよ」

「面倒くさい」

「たとえば、どういうところが」

「爪の検査があるの。長く伸ばしちゃいけないんだって。伸ばしてるのを見つかると、その場で切られる」

「どれくらいまで許されるわけ」

「先生によって違うんだよね。白いところが二ミリで切る先生もいるし、三ミリまで許してくれる先生もいる」

「どれどれ」

ナラオカジが首を伸ばしたので、わたしは手を広げてみせた。

「二ミリもないな。健全だな」

「いちいち、みんなの前で切られるのなんて恥ずかしいし、面倒くさいでしょう。だから、ちゃんと自分で切ってる」

「すごい。大人だ」

「まあね」

「スカートの長さも決まってるのか」

「もちろん。学校にいるあいだは、みんな伸ばしてるよ」

「校門を出たら、腰のところで巻いてるんだろう。ぐるぐるぐるって」

「巻いてるね」

「面倒くさいな」

「まったくだよ」

風が吹いていった。勢いを増しつつある緑が揺れた。真っ黒の犬が、飼い主を引っ張るようにして、歩いていく。ナラオカジが手を伸ばすと、犬は匂いを嗅いだ。犬はすぐ、ナラオカジになつき、右腕をひょいひょいと動かした。

「この子、お手ができるってアピールしてるんですよ」

飼い主のオバサンが教えてくれた。

おお、そうか、おまえはお手ができるのか、と大声で言って、ナラオカジは右手を広げた。犬の前に差し出した。

お手、と命じた途端、犬は従った。

「偉いぞ」

ナラオカジは犬を抱きしめた。大袈裟《おおげさ》なほどの愛情表現だ。犬はとても幸せそうだった。愛犬をかわいがってもらっているオバサンも嬉《うれ》しそうだった。

「じゃあな」

「さよなら」

わたしたちが手を振るうち、彼らは去っていった。

また、わたしたちだけになった。

「わたし、ナラオカジがうらやましいよ」

「なんで」

「だって頭いいしさ。予備校の大検コースでもトップクラスなんでしょう」

「まあな」

「あれって、どういう仕組みなの」

「単純に言うと、九科目受けて、基準になる点数をクリアすれば大学の受験資格が得られるって感じ」

「九科目もあるんだ」

「前より減ったから、ずいぶん楽になったらしいよ」

「ナラオカジはいくつパスしてるの」

「全部」

「え……」

「最初の試験で全部、クリアした。だからもう、予備校にも通ってないし、今はただのプータローだな」

「すごいね」

「勉強だけはできるんだ」

気取った感じで、ナラオカジは言った。ちっとも厭味《いやみ》に感じないのは、彼が変人だと知ってるからだろうか。違う世界の人なのだ。それに彼は、頭の良さと引き替えに、いろいろなものを失っている。たとえば右と左の靴下が違うこととか。

「じゃあ、もう大学に入れるのね」

「無理」

「なんで」

「それがさ、変なシステムなんだよ。飛び級は認められてないわけ。合格しましたって紙を貰うんだけど、十八になるまで大学には入れませんって書いてあるんだ。なんのための制度なんだかな」

「じゃあ、ナラオカジ、このあとはどうするの。一年以上あるよね」

「外国でも行こうかと思って」

「え、外国……」

「そういうわけで、ただいま、駅前のファストフードでバイト中」

彼は無料チケットをくれた。たまに友達と喋りに行ったり、塾の時間待ちをするために使っているので、実にありがたい贈り物だった。

「ナラオカジ、あそこでバイトしてたんだね。わたし、たまに行くけど、ちっとも気付かなかった」

「キッチンのほうだから」

「ああ、なるほど」

「ひたすらハンバーガーを作ってるよ」

「外国に行くんだ。アメリカなの。それともヨーロッパかな。アジアン・ジャパニーズもいいよね」

「全部、はずれ」

「じゃあ、どこ」

「南米。パタゴニアって知ってるか」

「ううん」

「国の名前じゃないんだ。地域っていうか。チリとアルゼンチンにまたがった乾燥地帯のことだよ。世界の端っこだって言った作家もいたかな」

ナラオカジはパタゴニアについて教えてくれた。昔、羊毛産業で栄えたこと。気候の変動で農場の大半が倒産したこと。最近は大手資本が入って、灌漑《かんがい》設備を作り、再生しつつあること。

「このセーターもパタゴニアの羊毛を使ってるよ。ただ、昔の、よきパタゴニアは消えつつあるんだって。それを見ておきたいんだ。時代の終焉《しゅうえん》というか。ああ、だけど、本当は遠くだからかもしれない。世界の果てって言われてるから、行きたいだけって気もする」

熱心にパタゴニアのことを語るナラオカジは、いかにも男の子って感じだった。わたしは別に、世界の果てなんか見たくないけどな。変な生き物だ。男の子って。彼の話を聞き続けるうち、わたしはふと、彼と寝てみたいと思った。どんな感じがするんだろうか。きっと楽しいんじゃないかな。

もちろん、そんなことを口にする勇気はなかった。実行するなんて絶対に無理。わたしはまだ、男の人を知らない。武藤に許したのだって、キスだけだ。一度、ブラジャーをはずされそうになったことがあるけど、うまくかわした。そうなってもいいかなと、心のどこかで思ったけど、なんだか恐《こわ》かった。越えてしまったら、自分の中のなにかが、大きく変わってしまうような気がした。きっと、わたしにはまだ、準備ができていないんだろう。武藤には悪いけど。決して、もったいぶってるわけじゃない。焦《じ》らしているわけじゃない。

わたしにはまだ、早いんだと思う。

「村田に告白すべきでしょう」

「ええ、無理」

ヨッちゃんは首を振った。きれいな髪が左右に流れる。

「絶対、無理」

「村田の性格だと、待ってても絶対来ないよ」

「そうだけど」

「じゃあ、ヨッちゃんのほうから行くしかないでしょう」

「だから無理だって」

嫌がるヨッちゃんの背中を押す。ぐいぐいと。こういうのはためらっていたって、どうしようもない。運命なんて自分で摑《つか》むものだ。誰もお膳立てなんかしてくれない。相手が村田だと、本当に片思いのままになってしまうだろう。

ヨッちゃんはわりとかわいいので、告白したら村田は断らないという、わたしなりの考えもあった。

なんとなく、ナラオカジのことを思い出した。あそこまでは無理だけど、村田だって、服さえどうにかすれば、いい線まで行くはずだ。馬子にも衣装っていうか。ちょっと違うか。とにかく、ヨッちゃんが服を選んであげたら、思った以上に格好よくなるかもしれない。

「付き合ったらさ、村田のこと、改造しちゃいなよ」

「改造って……」

「村田はきれいな二重なんだよね。顔立ちも悪くないし。髪とか、眼鏡を変えたら、けっこう格好よくなるよ」

うんうん、とヨッちゃんは首を振った。

「わたしもそれは思う」

「けっこう見栄えする彼氏になるって」

「そうでしょう」

なんだ。わかってるんじゃないの。

「だったら行くしかないよ」

「やっぱりそうかな」

「そうだよ」

たまに太陽が雲に隠れるけど、風が強いせいか、すぐに日差しは戻ってくる。ぽかぽかと暖かい。

「いいねえ、太陽」

「素晴らしいね」

「ビバ太陽」

「ビバってスペイン語だっけ。イタリア語だっけ。それともポルトガル語だっけ」

「あの辺、元はラテン語だから、どこも似たようなもんじゃないの」

「太陽はなんだっけ」

ああ、とヨッちゃんは言った。

「聡太がレイソルにいたんだけど。レイソルってチーム名は太陽の王なのね。だからレイかソルが太陽じゃないかな」

「ソウタって……」

「プロのサッカー選手。格好いいんだ。高校選手権で優勝してる。ディフェンダーだから、あまり目立たないけど」

「ファンなんだね」

「ずっと追いかけてる」

ヨッちゃんは顔の向きを変えた。髪が一房、頬に垂れた。とてもきれいだと思った。

「言っちゃおうかな」

「え、なにを」

「村田を好きになった理由」

「なに」

「聡太に似てるんだよね。顔とか、話し方とか。だから、本当は前から気になってたの。クラス替えでさ、席が隣だった。すごく嬉しかった。胸がどきどきした」

「じゃあ、ずいぶん長く思ってたんじゃないの」

「まあ、そうかな」

「切ないね」

「うん」

「キュンキュンだね」

「やめてよ」

からかったら、ヨッちゃんは顔を真っ赤にして、肩を叩《たた》いてきた。

「決まりだよ。告白しちゃいなよ」

「大丈夫かな」

「うまく行くから」

「ええ、保証してくれるの」

「するよ」

これはけっこう自信がある。

「頑張ってみようかな」

「うまくいったら、シェイクを奢《おご》って」

「わかった」

鞄《かばん》から下敷きを出し、ヨッちゃんはそのサッカー選手の切り抜きを見せてくれた。下敷きは透明で、あいだに紙を挟めるタイプだった。

確かに格好よかった。村田に似ていた。

「あれ」

「なに」

「薄荷、溶けちゃった」

「どうだった」

「好きじゃなかったかも。食べられるけど」

「無理して食べなくていいんじゃないの」

そうなのかな。時には嫌いなものも食べてみるべきなんじゃないんだろうか。だって、好きなものだけを、好きなように食べていたら、新しい味を知らないままになってしまう。気楽だけど、それが正しいことだとは思えない。

ねえ、ナラオカジ。君に比べると、わたしはずいぶん遠まわりをしてるのかもしれないね。君みたいには早く走れないし、君みたいに遠くまで行けないと思う。自分がどの程度の人間かは、なんとなくわかってるよ。全部、受け入れてるわけじゃないけどね。ただ、思うんだ。そんなに悪くないんじゃないかって。だって、わたし、こういうふうにヨッちゃんと話す時間が大好きなの。すぐに消えちゃうよ。意味なんてないよ。わかってるよ。それでも好きなの。わたしはナラオカジみたいに、世界の果ては見られないかもしれないけど、こういう瞬間があるんなら、それでもいいって思うんだ。

「お待たせ」

だいぶたってから、武藤は教室にやってきた。体が大きく、髪はやや短めだ。実はタイプじゃないけど、わたしのことを好きだと言ってくれる。その言葉を聞くたび、体の芯が痺《しび》れる。たまらない感じ。

ただ、たまに思う。

わたしは武藤のことを本当に好きなんだろうか。好きだと言ってくれるから、こっちもそんな気になってるだけなのかもしれない。確かに彼は格好いいし、優しいし、一緒にいても恥ずかしくない男の子だけど。

武藤といつか、寝ることになるんだろう。彼はずっと求めているし、わたしも興味がある。好きだから寝たいというわけじゃなくて、どんなものなのか知りたい。愛する人と、自然に結ばれると信じるほど、わたしは子供ではなかった。とりあえず体験しておくのもありなのかなって思う。男の子がどんなふうなのか知りたいし。

だけど——。

心のどこかでは、別のことも同時に考えてる。今も夢を追いかけてるっていうか。興味だけで、そういう行為をしてしまうことに疚《やま》しさを感じる。だから、わたしはまだ、武藤に許してない。

「なんだよ。女同士で話してたのかよ」

「武藤のことも話したよ」

「え、なんだよ」

ヨッちゃんの言葉を聞いて、彼はわたしに顔を向けた。さあ、と首を傾げておく。たいしたことは話してない。もったいぶっただけだ。

「おい、帰ろうぜ」

「うん」

鞄を持って、立ち上がった。ヨッちゃんは座ったまま、手を振った。

「わたし、もう少し待ってるから」

「じゃあ、明日」

「またね」

女友達と別れ、男に向かって走る自分。誇らしいことであるはずなのに、なぜか悲しさが走り抜けていった。それは決して摑まえられず、いつか消えてしまった。

「待たせて悪かったな」

「ヨッちゃんと話してたから、暇はしなかったよ」

「おまえら、よくそんなに話すことあるな」

「あるよ、いっぱい」

「さすが女」

昇降口で、武藤は靴を履き替えた。その仕草は、いかにも男の子らしい。わたしはできるだけ上品に履き替えた。

「中学時代の友達のこととか」

「誰だよ」

「ナラオカジとか」

「変な名前だな。男か」

武藤は眉をひそめた。右の眉は剃《そ》りすぎだった。男の子がよくやるミスだ。正直にナラオカジのことを伝えると、武藤は不機嫌になった。気持ちはわからないでもない。女の子に人気があって、大検に一年で受かるなんて、スーパーマンみたいなものだ。同じ男の子としては、おもしろくないのだろう。

なんだか気まずくなったけど、そのまま歩き出した。

「おい、有希」

バス停の手前で、武藤が言った。

手招きした。

意味を理解しつつ、わたしは歩み寄った。大きな手で強引に引き寄せられる。荒っぽさに戸惑いつつ、決して嫌がっていない自分がいる。そのギャップに、心が揺れ動いた。

ごめんね、と思う。ありがとうね、と。ああ、どういうことだろう。心から好きだったら、こんなことは考えないのかな。どちらが本当の自分なのか、わたしにはわからなかった。わたしは今、大切にされている。とても幸せなことだった。

なのに、ちょっと悲しかった。なんでかな。

きよしこの夜

島本 理生

島本 理生
しまもと・りお

1983年東京都生まれ。2001年「シルエット」で群像新人文学賞優秀作を受賞しデビュー。03年『リトル・バイ・リトル』で野間文芸新人賞、15年『Red』で島清恋愛文学賞を受賞。著書に『ナラタージュ』『イノセント』『あられもない祈り』『アンダスタンド・メイビー』『よだかの片想い』など。

早朝のホームで、長いまばたきをすると、一瞬で風景が切り替わる。

目の前にいた乗客の背中が、もう車内に消えている。

私たちは、普段、まばたきで繋《つな》ぎ合わされた日常を見ていて、断片をとらえるだけで精一杯だ。運命なんて大きなもの、見えるはずもないままに時は流れていく。

赤いマフラーが外れそうになったので、巻き直して、白い息を吐いた。

もうじき、お姉ちゃんが死んで、一年が経《た》つ。


多枝《たえ》ちゃんと廊下を歩いていたら、武田君が後ろからやって来た。

彼は、多枝ちゃんを見て
「もう、帰り？」

と尋ねた。

多枝ちゃんが、そっちは部活じゃないの、と訊《き》き返した。

「いや、柔道部が使うから今日はない。その代わり、明日朝練」

「武田って、まだ空手部続けてんの？」

「当たり前だろ。わざわざ陸上部から入り直したのに、簡単にやめないって」

多枝ちゃんは悪びれることなく
「どうだかね」

と笑った。

「前埜《まえの》さんは、部活？」

武田君が急にこっちを見て、尋ねた。

私は頷《うなず》いてから、ふと疑問に思って、質問した。

「どうして陸上部から、空手部に変えたの？」

彼はちょっと面食らったように、人差し指で軽く鼻を擦《こす》ると
「一番、苦手だと思ったから」

と答えた。

「苦手なのに？」

「そのほうが、強くなれる気がしてさ」

「武田は小心だから、体くらい鍛えないとね」

彼はすかさず、多枝は内面を磨いとけ、とやり返した。

音楽室でトロンボーンを組み立ててマウスピースに唇を押しつけながら、私はさっきのやりとりを思い出して、ちょっと微妙な気持ちになっていた。

先輩の合図に合わせて、チューニングが始まる。がさがさと割れた音が、次第に綺麗《きれい》なまとまった音色になる。

「文化祭終わって、すっかり気が抜けてると思うけど、冬休み明けにはコンクールだってあるんだからね」

顧問の先生に見つめられて、私は、はい、と力強く頷いた。

高校に入学してすぐの頃、吹奏楽部の演奏会を見て、入部を決めた。

いろんな音が少しずつ寄り集まって一つになる瞬間、わっという感じに魅了されて、自分もあんなふうに吹けるようになりたい、と思った。

だから、一番苦手だから始めたという理由は、ちっともぴんと来なかった。

武田君とは、高校二年生になって、初めて同じクラスになった。

すっきりした顔立ちと髪型は、今時の男の子という感じ。空手部に入っているからか、細身のわりに肩や腰回りがしっかりしていて、一見近寄りがたい雰囲気だけど、気さくだし、誰にでも親切なので、男女共に友達は多かった。

良い人だけど、なにを考えているのかは、よく分からないな。

それが私の、武田君に対する感想だった。

二学期の終業式の後、クラスの子たちと原宿に遊びに行った。

代々木公園のトイレに寄って、真っ暗な外に出ると、みんなは遠くのほうまで歩いていってしまって、夜に溶け込んでいた。

武田君だけが、売店の明かりの下で待っていた。

びっくりした私は、ハンカチで手を拭いながら、待たせてごめんね、と謝った。

彼は、ううん、と首を横に振ると
「俺もトイレ行ってたら、誰もいなくなってた。みんな薄情だよな」

と苦笑した。相槌《あいづち》を打ってから、二人で並んで歩き出した。

うっそうとした木々の道は、冷たい風に武田君のコートの匂いが紛れて、なんだかどきどきした。

武田君はジーンズの後ろポケットから携帯電話を取り出すと、ぱっと見て、またすぐにしまい込んだ。雪がちらついて、少しだけ早足になった。

大きな道路に出ると、ヘッドライトに照らされて、無数の雪が闇夜に浮かんでいた。

「降ってきたね。あいつら、駅まで行ったみたいだけど」

「そっか。まだだいぶ歩くね」

私は髪についた雪を払いながら、呟《つぶや》いた。指先に冷たさが染みた。

「風邪《かぜ》ひいたら大変だし、とりあえず、そこのファミレスでも行く？」

武田君が提案して、私は頷いた。

暖房のきいた店内に入り、席に着いて、おしぼりを広げて手を拭うと、その温かさに指先が溶けそうな気がした。

二人ともドリンクバーを頼んで、紅茶とコーラを交互に飲みながら、共通の話題を探した。

私がコーラでむせたり、昨夜見たテレビ番組の冗談を一生懸命喋《しゃべ》ると、武田君はお兄さんみたいに、大丈夫、と尋ねたり、短い笑い声をあげた。

でもすぐに話題は尽きてしまって、武田君は時間を持て余したように左手首をさすっていた。

きっと私といてもつまらないんだろうな。そんなことを思いながら、コップの水滴の広がったテーブルを見下ろしていたら
「そういえばさ、文化祭のとき、吹奏楽部の演奏、すごかったね」

武田君が言ったので、私はちょっとびっくりして
「一カ所だけ、間違えちゃったんだけど」

と声を小さくして答えた。

「全然、分かんなかった。前埜さんのトロンボーンてさ、なんか大変そうだね。女の子

が持つには大きいし、ぼーっていう低いけど勢いある音も、鳴らすのが難しそうでさ」

「うん。ほかのパートと違って、先輩と二人きりだから、よけいにがんばって音を出さないといけなくて。でも、ルパン三世のテーマとか、定番の曲が盛り上がって、嬉《うれ》しかった」

「タイタニックのテーマもさ、良かった。あの、サックス吹いてた一年の男子がいきなりアカペラで歌い出したから、俺、思わず噴いちゃったけど」

「うん。あれは、がんばって、みんなで笑わせようって考えて」

そう言い終えたとき、武田君の目が、ふっと鋭い光をこぼした気がした。

「あのときの前埜さんの真剣な顔、なんか、感動した」

私はびっくりして、なんだか恥ずかしくなった。

それをごまかすために
「武田君は、楽器とか、興味あるの？」

と訊いた。

「ああ。俺、もともと父親がジャズとか好きで、趣味でペットやってたから。小さい頃は地元のライブハウスで演奏するのを、見に行ったり」

ペットというのは、トランペットの略だ。私たちもよく同じ言い方をする。

「そうなんだ。素敵なお父さんだね。今もやってるの？」

「うちの親父《おやじ》、死んだから」

まばたきしかけて、できなかった。

「今はもう、母親も再婚して、そいつは音楽とか全然興味ないから。ライブとか見に行くこともなくなったけど」

淡々とした言い方に、胸がちくっと痛んだ。

言葉を選んでいたら、母のおさがりのヴィトンのショルダーバッグの中で、携帯電話がふるえた。

二本届いたメールのうち、一本は母親からの
『何時頃に帰るの？　駅まで車で迎えに行くから、連絡ください。』

という内容で、もう一本は多枝ちゃんだった。

『道迷ってる？　あと、武田ってそばにいる？』

という多枝ちゃんのメールを、ちょっと考えてから、武田君にも見せると
「悪いけど、俺がいることは内緒にしてくれる？　どうせすぐ来いとか言われるから」

と彼はしかめっ面で片手を振った。

私は笑って頷いてから、嘘《うそ》のメールを返した。

『違うよー。親が心配してメールしてきたから、まっすぐ帰ると思う。ごめんね。』

すぐに、多枝ちゃんからの返信が届いた。

『二人で消えたと思った。これ絶対言わないでほしいんだけど、武田、望《のぞみ》のこと、好きだよ。望の真剣な表情がツボらしい！』

耳まで火照《ほて》るのを感じていると、彼がなにかを察したように
「どうしたの？」

と問いかけてきた。

私は首を横に振ったけど、武田君が何度も訊いたので、ごまかしきれずに、携帯電話の画面をつい向けてしまった。

武田君は唖然《あぜん》としたように目を見開いてから、勢い良く椅子の背もたれに倒れ込んだ。

「……あいつ、最悪だな」

「あの、あの、ごめんなさい」

「前埜さんはなんも。むしろ、ごめん。勝手なこと言って」

私は首を横に振った。

「武田君」

「……うん」

「私、武田君と、そこまで話したことない、けど」

なんで、と本当に分からなくて尋ねると、武田君は姿勢を正して、言った。

「文化祭のときに、がんばってる姿を見てたら、なんか。それに授業や行事で、いつも

一生懸命だし。真面目《まじめ》な良い子だって、ずっと思ってたよ、俺」

でも、と心の中だけで呟いた。どうして私なの。

質問するよりも先に、武田君は両手で顔をぞうきんがけみたいに強く擦ると、私を見て
「俺と、付き合ってください」

と言った。

しばらく自分の両膝を見下ろしてから
「ちょっとだけ、考えさせてください」

と答えた。

武田君はがっかりするわけでもなく、むしろ意外そうに、あ、うん、と頷いた。

帰りの電車の中で、ドア近くの銀色のポールに摑《つか》まりながら、武田君のことを考えていた。

がんばってる姿を見てたら。

真面目な良い子だって。

打ち切るように目を閉じると、電車の振動が、嵐の夜みたいに響いた。

夢を見た。

真夜中のベランダにいた。

暗闇の中、強い風の音が鳴っていた。鉢植えがすべて倒れて、割れていた。しゃがみ込んで、散らばった土や葉をすくっていると、いきなり雨がきた。

びしょぬれになりながら、途方に暮れていると、背後に人の気配を感じた。

振り返ると、窓ガラス越しに、武田君がじっとこっちを見ていた。

その口が、ふっと動いた。

「前埜さんが、やったの？」

私は首を横に振ろうとしたけれど、できなかった。本当に、私じゃないのだろうか。

記憶はおぼろげで、確信が持てなかった。

黙っている私に、武田君が失望したように言った。

「前埜さんが、そんな悪い子だと思わなかった」


そこで目が覚めた。

薄いカーテン越しに、朝の光が透けていた。窓の外で、小さく鳥が鳴いていた。

全身が、ひどく強張《こわば》って、しばらく身動きが取れなかった。

ようやく息をつくと、私は額に手を当てながら、違う、と呟いた。私は武田君が思ってるような子じゃない。お願いだから、なにも期待しないで。

その日のうちに、教えてもらったばかりのアドレスに、やっぱり付き合えません、という内容を送った。

今日から冬休みだということに心底ほっとしながら、私は携帯電話を閉じて、電源を落とした。

食卓の上には、新鮮なお刺身や伊達《だて》巻《ま》き、かまぼこやぷつぷつとした数の子のお皿がぎっしりと並んで、箸を置く隙間もないほどだった。

「ほら、望。そろそろ飲める年頃だろ」

祖父がそう言って、障子にぶつかりそうな勢いで日本酒の一升瓶を揺らした。母がすかさずそれをさえぎった。

「まだ高校生ですよ」

「正月の酒は、酒じゃないよなあ。俊二君」

いきなり話をふられた父は、齧《かじ》りかけのかまぼこを口からのぞかせながら、ええあそうですね、と曖昧な笑顔を返した。

「ほら。かあさん、望の分のおちょこも持ってきて」

祖母は呆《あき》れたように皺《しわ》を寄せて笑うと、小さなおちょこを取り出した。

私は両手でおちょこを持って、瓶から注がれる日本酒を受けた。金箔《きんぱく》が、二枚、ひらりと浮かんでいて、綺麗だった。

口をつけると、きついお酒の匂いが手加減なしに上がってきた。すぐにおちょこを置いてオレンジジュースを飲むと、皆が一斉に笑い、私は正座した足を崩した。

「望は真面目なんだから。最近の高校生の子たちと一緒にしないでよね。お父さん」

母が言い切り、祖父は満足そうに頷くと、目の前の黒豆の器に視線を落として言った。

「真希《まき》は早いうちから酒飲みだったよなあ。そのわりに黒豆好きだったよなあ。甘くて、しっかり硬くて、美味《うま》いなんて」

「お父さんが飲ませてたんじゃないの。本当に、女の子が日本酒なんて、ねえ」

同意を求められた父は、チェックのシャツに包まれた左腕をさすりながら、うん、としみじみ相槌を打った。

私は黒豆をスプーンですくって、取り皿にのせた。黒いお汁がすうっと広がって、先に取っていた数の子まで甘くなってしまうのを、あわてて箸の先で避《よ》ける。

お姉ちゃんが死んでから知ったこと。

大人たちは、意外とお姉ちゃんの話をする。今も生きていて、たまたま用事で席を外しているだけみたいに。でも、けっして核心には触れない。

お姉ちゃんは高校三年になってすぐに不登校になって、家から出なくなった。私はそのときまだ高校に入学したばかりだった。

そして一年前の冬の夜に、ベランダで首を吊《つ》って死んだ。

茶色くて長い髪が綺麗だった。背が高くて、いつも流行《はや》りの服を着て、どこへ行っても目立つから、男の人からしょっちゅう告白されていた。

そんなお姉ちゃんが自殺した。遺書一つ残っていなかったから、今でも死んだ決定的な理由は分からなくて、でも本当は私だけが知っている。

私の、せいだ。


三学期が始まって、しばらくした朝、喉がガラガラとして痛かった。

何度かうがいをしてみたけれど、おさまらなかった。

食卓につき、母の焼いてくれたトーストに苺《いちご》ジャムを塗って、のろのろ食べていたら
「大丈夫？　熱があるようなら、休んだら」

と心配そうに訊かれたので、私は、大丈夫、と首を横に振った。

普通に振る舞っていても、帰りが遅れると一気に増えるメールや、ささいなことへの過剰な心配で、母が弱っていることが分かる。

私は甘いトーストとスクランブルエッグとサラダをなんとか完食して、痛む喉に、紅茶を流し込んだ。

午後になったら、頭がぼんやりしてきて、授業にも集中できなくなってきた。

ＨＲ《ホームルーム》が終わると、やって来た多枝ちゃんが
「望、顔、赤いよ」

と指摘して、額に手を当てた。うん、と私はうつろな目で、答えた。

「熱っぽい気がする。ね、武田。望、顔赤いよね」

いきなり呼ばれた武田君は、びっくりしたように、振り返った。

ちゃんと向かい合うのは告白以来だったので、緊張して、とっさに目を伏せた。

武田君はじっと、こちらを見てから
「うん。たしかに赤い気がする」

と誠実な声で、言った。

また母が心配しても困るし、今日は部活しないで帰ろう、と私はさすがに思った。

多枝ちゃんと昇降口まで下りてから、音楽室に新しい楽譜を置きっぱなしだったことに気付いた。

「土日に、家で読み込んでおきたいから、取りに行ってくる」

「分かった。ごめんね、待っててあげたいんだけど、今日バイトで、ちょっと時間ぎりぎりだから」

多枝ちゃんが申し訳なさそうに言った。私は手を振って別れを告げてから、廊下を引き返した。

音楽室へ向かう廊下の途中で、私は足を止めた。

防音扉の前に、人影があった。後輩の加藤さんと、なぜか武田君がいた。

武田君がなにかの本を差し出すと、加藤さんはひどく気がすまなさそうに、受け取った。

彼が片手をあげて立ち去ろうとしたら、その袖口を、加藤さんの小さな手が摑んだ。

黒く切りそろえた前髪の下から、懇願するような目が、見上げた。

武田君は困ったように、そっと手を払った。私は気付かれないように、柱の陰に身を隠した。

彼が去ってしまっても、加藤さんはその場に立っていたので、私は迷いながらも、なにも見なかったふりをして
「あ、加藤さん。もう練習始まってる？」

と訊きながら、近付いた。

振り向いた彼女の目には涙が溜《た》まっていた。内心困ったものの、さすがに気付かないふりはできない。

「どうしたの。なにか、あった？」

「失恋です。ふられました」

加藤さんは手の甲で鼻を擦りながら、存外、はっきりと言った。

「それは、ショックだね。彼氏？」

「分かんない、複雑です。最初はむこうから好きって言ってたのに、ちょっと思ってた感じと違うって言われて。でも忘れられなくて。告白したけど、やっぱりダメでした。すみません、練習前なのに」

「いいよ、いいよ。そういうときもあるから。落ち着くまで、となりの教室にいよう、ね」

私は軽く咳《せ》き込みながらも、加藤さんの背中をさすって、となりの教室へと移動した。がらんとした教室の椅子に腰掛けて、しばらく話した。

彼女の口から武田君の名前は出なかったので、私もあえて訊かなかった。

話し終えると、加藤さんはようやくすっきりしたように言った。

「感謝です。前埜先輩に聞いてもらって、少し元気が出ました」

「良かった。急には忘れられないかもしれないけど」

「いえ、忘れます。その人、前に言ってて。相手をそこまで知らないうちに、自分からぱっと好きになることが多いって。でも、それってただの思い込みですよね。私は、私」

加藤さんがきっぱりと言い切って、ポケットティッシュで鼻をかんだので、私はあっけに取られてしまった。

それから、内心ちょっとがっかりしている自分に気付いた。

私だけじゃなかったんだ。

武田君の手のひらや、肩の広さにどきどきしていたことが、急に虚《むな》しくなった。

楽譜を手にして、薄暗い廊下を一人で帰った。


日曜日に、多枝ちゃんが遊びに来た。

両親とも外出していたので、日当たりの良いリビングで足を伸ばして、二人でお菓子を食べながら、喋った。

「そういえば、春休みに武田の試合を応援に行くんだけど、望も行かない？」

私が迷っていると、多枝ちゃんは、望が行けば張り切ると思うんだよね、と付け加えた。

彼女がトイレに立とうとして、ふと視線を動かした。奥の部屋のドアが開いていたことに気付いた。

「ちゃんと仏壇があるなんて、珍しいね。おじいちゃんかおばあちゃんの？」

と多枝ちゃんが尋ねた。

私は、お姉ちゃんの、と呟いた。

多枝ちゃんはびっくりしたように、ごめんね、と謝った。

「そんな、多枝ちゃんが謝ることじゃないよ」

多枝ちゃんはおそるおそる質問した。

「事故？」

「自殺」

「あ……」

言葉に詰まってしまった多枝ちゃんから目をそらした瞬間、泣けてきた。多枝ちゃんはティッシュを引き抜いて、こちらに差し出した。

私は涙を拭きながら、ごめんね、と言った。プラズマテレビの黒い画面に、くしゃくしゃの顔が映っていた。

ようやく落ち着くと、多枝ちゃんはサイダーを慎重に飲んでから訊いた。

「どうして、自殺しちゃったの？」

「ずっとひきこもってたから」

と私は答えた。

「いじめとか？」

「一つ上の先輩と付き合ってて。でも、その先輩が二股かけてたみたいで。彼女と、その女友達から、あいつが割り込んできたって言われるようになって」

お姉ちゃんは、びっくりするほどモテた。それを分かっていて、ちょっとだらしのない付き合い方をしていたこともある。そういうのが、日頃から同性の反感を買っていたのだろう。そして一つのきっかけで、いじめは一気に加速した。長かった髪を、耳たぶが出るくらいの散切《ざんぎ》りにされて帰ってきた日を最後に、お姉ちゃんは高校へ行かなくなった。

「二股かけられた上にいじめって……なんかもう、やりきれないね」

と多枝ちゃんが心の底から苦しそうに、呟いた。

「多枝ちゃん、これ、一応」

と小声で言いかけたら、多枝ちゃんははっきりとした口調で
「もちろん、言うわけないじゃん。二人の秘密ってことで。あ、でももし望に好きな人ができたら、言ってもいいからね」

そのずれた配慮に、私はようやく微笑《ほほえ》んで、頷いた。

昼間の日差しはすべてを浮き上がらせる。

フローリングの床や、白いソファーやテーブルの上まですっきりと片付いた室内にも、口にできない言葉は消えることなく、漂っていた。

武田君の試合を見に行くことになった。

春風の吹く心地好い午後で、市営の体育館内にも、光が溢《あふ》れていた。

ぐるりと囲んだ観客席から見下ろされて、武田君はいくぶんか緊張した面持ちで他校の対戦相手と向かい合った。

武田君の足が浮き上がるたびに、息が詰まって、相手の選手の足が空気を切るたびに、手のひらに汗をかいた。

判定の基準がどうなっているのかよく分からなかったけれど、相手のほうが背も高くて体も頑丈そうで、一つ一つの動きがずっしりとして見えた。

武田君は負けてしまい、最後に悔しそうに張り詰めた表情で、深々と頭を下げた。

試合が終わると、多枝ちゃんはあっさりと両手を上に伸ばして言った。

「残念。でも武田にしては、健闘してたよね」

私は上手《うま》く口をきくことができなかった。彼女は切れ長の目をすっと細めると

「ねえ、望ってさ、武田のこと、実際、どう思ってるの?」

黙り込んだ私の鼻を、つぶすように人差し指で押した。

私の顔立ちは、そこまで太ってるわけじゃないのに、目も輪郭も鼻も丸っこくて、お父さんに似ている。お姉ちゃんはお母さん似だったから、全然似ていないとよく言われてた。

「嫌いじゃない、けど。いつも、なにを話せばいいのか、全然、分かんないかも」

「えー、あいつ、あほだもん。べつに芸能人とかテレビの話題で良くない?」

私は困って言葉をにごす。武田君がまっすぐに退場していく。白くて広い背中。でもどこか淋《さび》しげに見えるのは、負けたせいだけじゃない気がした。

多枝ちゃんと会場を後にして、コンビニであんまんを買って、公園へ行った。子供たちがボール投げをして遊んでいるのを見ながら、隅っこのベンチに腰掛けた。梅の花がこぢんまりと咲いていた。枝の間から青空が透けている。

あんまんは、齧るたびにふわっと湯気が溢れた。

「もう春だねー」

と多枝ちゃんがお茶のペットボトルに口をつけて、呟いた。

「そういえば昨日のニュース見た？　付き合ってた彼女にふられたからって刺し殺しちゃったやつ。あの犯人、うちらと同い年だよね」

私は頷いて、信じられないよね、と返した。

「だよね。小学校時代の友達とかさ、昔は大人《おとな》しかったとか証言してたけど、あんなの絶対に仲良くなかったよね。もし武田がなんかしたとして、私だったら絶対に気安くテレビで喋ったりしないし」

多枝ちゃんはそう言うと、両手で目を覆《おお》い隠して、ちらちらと指を前後に動かした。ニュース番組で目だけにモザイクがかかっているやつの真似《まね》だ。

それから、ちょっと声を高くして

「武田君があんなことをするなんてー、思ってもみませんでした」

不謹慎だと思いつつも噴き出してしまった。

「本当に普通の真面目な子でー、高校時代は空手部で。空手は正直いまいちだったけど、母親想《おも》いな、すごく良い子だったんですー」

「おまえさ、なにしてんの」

振り返ると、武田君がスポーツバッグを担いで立っていた。

多枝ちゃんはすっと手を下ろして、もう解散したの、と意外そうに訊き返した。

「うん。うちの学校のやつら、全員、負けたから。今日は現地解散」

私は眩《まぶ》しくて目を細めた。

傾いた西日に、武田君の背中ごと飲み込まれていく。

「前埜さん。せっかく来てくれたのに、勝てなくてごめん」

武田君は黒いジャンパーを羽織っていて、風が吹くたびに、がさがさと鳴った。

「そんなこと。惜しかったよ」

「もっと強くならなきゃ、と思うのに。かっこ悪いよな」

私が返事に困っていると
「そうだよ、武田。あんまり望をがっかりさせるなよ」

多枝ちゃんが容赦ない言葉を投げつけ、武田君は明るい顔で、おまえをいつか絶対にみかえしてやるからな、と威勢良く宣言した。

黄緑色の鉄棒やすべり台の間を、子供たちが砂を蹴り上げて走っている。多枝ちゃんが残りのあんまんを口に押し込むと、立ち上がった。

「子供の頃にさ、高鬼ってやったよね」

「あ、あの高いところにのぼったら、タッチできないやつ」

武田君がジャンパーのポケットに手を突っ込んだまま答えた。私は、二人の顔を交互に見上げた。

「そうそう。あと、どろけい。泥棒と警察で、捕まると刑務所に入れられるやつ」

「仲間がタッチすると、また逃げられたっけ」

「そうそう。あとなんかあったっけ、ほかに遊び」

「けんけんぱとか？」

私が言うと、二人は、そうそう、と同意した。その相槌が優しくて、なんだか守られているような気持ちになった。まだ胃のあたりにあんまんの熱が残っていて温かい。

そのとき、野球のボールが飛んできた。

目をつむった瞬間、ボールが砂の上を転がる音がした。

びっくりして目を開けると、武田君が荷物ごと振り上げた右腕を下ろしたところだった。

「すげ、武田、やるじゃん」

多枝ちゃんが珍しく素直に感動していた。私は圧倒されながら、お礼を言った。

武田君は野球のボールを拾い上げると、遠くで両手を合わせて謝るポーズを取る少年たちに、気をつけろよ、と大声で言いながら、投げ返した。

「あんな球ぶつかったら、望なんて小さくて華奢《きやしや》なんだから、骨折れちゃうよ」

多枝ちゃんが真顔で言ったので、私は笑って、そんなわけないよ、と答えた。

「えー、私にくらべれば、小さい、小さい。いいなあ、私、昔から背の順でずっと後ろだったし。小さいほうが絶対に可愛《かわい》いよ」

「私は、多枝ちゃんは可愛いし、素敵だと思うよ」

彼女は恥ずかしそうに表情を崩して、なに言ってんの、と強く吹き飛ばすように笑った。

春休みになって髪の毛を茶色く染めた多枝ちゃんは、ちょっとだけお姉ちゃんに似ていて、ふいに懐かしさが溢れ出してとまらなくなる。

武田君が、そろそろ行こうか、と切り出して、多枝ちゃんがあっけらかんと、お腹空《なかす》いたからマック行こうよ、と誘った。

さっきのあんまんがもう消えたお腹を触って頷きながら、守られてばかりじゃなくいつか私も誰かを守れるようになりたいな、と思った。

四月の雨の朝、高校に駆け込むと、下駄箱の前で多枝ちゃんと織田さんが喋っていた。

「あ、望。おはよ」

私は、おはよ、と笑い返した。三年生はクラス替えがないので、あいかわらず私たちは同じクラスだ。

織田さんが、染めた髪を指先でくるくるしながら
「じゃあさ、多枝。多摩川とかで良くない？　近いし」

と早口に告げた。

織田さんは、三年になってから、多枝ちゃんによく喋りかけてくるようになった。仲の良かったグループの女の子たちが理系コースに進んで、授業がばらばらになってしまったからだ。

「そうだねー。あるいは秩父《ちちぶ》とかなら、電車で一本だよね。あ、望。良かったら、G《ゴールデン》W《ウィーク》に武田たちとキャンプいかない？」

「え？」

びっくりして訊き返したら、多枝ちゃんは明るい笑顔で
「昨日の放課後、みんなで残って喋ってたときに、そんな話になったんだよね。武田と、あと村井君と皆瀬君で」

私はちらっと織田さんの顔を見た。

彼女はとくにどちらでも良さそうに、上履きの踵《かかと》に指を入れて、足を押し込んでいた。

「たぶん、行けると思う」

「良かった。じゃあ、詳しいことは、また放課後ね」

三人で教室に向かっている間、織田さんはほとんど多枝ちゃんに喋りかけていた。

それを多枝ちゃんがこちらに伝えてくれるのだけど、伝言ゲームというよりは、私一人が気遣われているみたいで、居心地が悪かった。

足を踏み出すたびに、靴下からかすかに水が滲《にじ》んだ。


「キャンプなんて、日帰りで十分じゃない」

母はお茶碗を置きながら、当たり前のように言った。

「日帰りじゃあ、ばたばただよ」

と私は控え目に反論してから、いただきます、と両手を合わせた。

母と二人きりの夕食は、未《いま》だにぎこちない。ご飯を嚙《か》む音まで、お互いに聞こえてきそうで、口を開きかけたとき
「高校生が外泊なんて、早すぎる」

と断言されて、さすがにむっとした。

「お姉ちゃんのときは、もっと甘かったのに」

「真希は、言っても、全然聞かなかったでしょう」

「聞かないほうが、勝ちなの？」

そんなことは言ってない、と母もムキになって反論した。

私は仏頂面のまま、山盛りの煮ものに箸を伸ばした。

「がんも、味が染みてるから。美味《おい》しいわよ」

仕方なく、がんもを口に入れた。本当はがんもの食感も味も苦手だった。鰹節《かつおぶし》と醤油《しょうゆ》の味が滲《し》み出して、口の中いっぱいに広がる。腹立たしくて泣きたくなった。

「真希のことは、後悔してるのよ。自由にさせすぎたって。望は真面目な良い子だし、危ないことはしないって分かってるけど、でも、なにがどうなるかなんて、分からないでしょう」

私は、そんなこと言ったら、と呟いた。

「なにも、できなくなっちゃうよ」

「二十歳すぎてからだって、いくらでも好きなことはできるわよ。でも、今はまだ親元でしょう」

なにも分かってない、と思った。私には私の付き合いや世界があることなんて。

私が行かなかったら、織田さんはもっと多枝ちゃんと仲良くなろうとする。武田君たちとも一つのグループみたいになってしまう。

GWが明けて、教室に入ったら、いきなり一人ぼっちになっていることだって、学校生活には十分ありえることなのだ。

ばらばらの髪を振り乱し、革靴の踵を踏みつぶして、半泣きのまま玄関に逃げ込んできたお姉ちゃんを思い出した。ぞっとするほど、痛々しかった。

私もあんなふうになったら、どうするの。責任取ってくれるの。

心の中で叫んだけど、望は真面目な良い子、という言葉に喉を塞《ふさ》がれて、言えなかった。

晴れ渡った空の下、河原に二つのテントを張った。

女子だけで組み立てていると、時折、強い風が吹いて、何度も崩れそうになった。きゃあきゃあ言ってたら、武田君がやって来て、ぱっと押さえてくれた。手のひらが大きくて、なんだか妙に意識してしまう。

私が目を伏せると、多枝ちゃんがすかさず言った。

「ありがとう。ねえ、ついでにそこの紐《ひも》、縛ってくれない」

「はいはい。織田さんと前埜さんが押しつぶされたら、大変だもんな」

武田君がテントを張ってから、水を汲《く》みに行ってしまうと、織田さんが多枝ちゃんの腕を突《つ》いた。

「前から思ってたけど、多枝と武田ってさ、なんで付き合わないの？」

多枝ちゃんが長い髪をゴムでくくりながら、なに言ってんの、と笑って、言い返した。

「武田、多枝といるときが一番楽しそうじゃん」

「小学生のとき、同じ塾に通ってた頃からの友達だからねー。今さら付き合うとか、ありえないって」

「多枝がそんなふうだから、むこうも意識できないだけだって」

私は薄暗いテントの中に潜り込んだ。しっかりとした骨組みを見上げながら、じっと息を潜めていた。多枝ちゃんと織田さんは、まだ外で楽しそうに喋っている。

携帯電話が鳴っていたけど、無視していたら、今度はメールが届いた。

『泊まりでキャンプはダメだって言ったはずだけど。場所を教えてくれたら、夜には車で迎えに行くから。』

私は携帯電話の電源を落とした。すっきりするどころか、罪悪感で押しつぶされそうになりながら。

夜になると、あたりは真っ暗になった。

バーベキューが終わって、花火に火をつけると、暗闇に沈んでいた顔が一斉に浮かび上がった。

武田君と多枝ちゃんは、ふざけて火の先を近付け合っていた。そこに織田さんが飛び込んでいって、もう大騒ぎだった。

花火を使い切る頃には、河原いっぱいに煙と火薬の匂いが立ち込めていた。

みんなは岩に腰掛けて、缶酎ハイを飲んでいた。私も、多枝ちゃんのを一口もらったけど、すぐに具合が悪くなりかけて、あきらめた。

織田さんは男子二人に過去の恋愛話をしていて、いつの間にか、盛り上がっている。

私だけが、闇の向こうから響く、川の音を聴いていた。

ずっと遠くに目をこらしていたら
「なに、トイレ?」

多枝ちゃんが訊いたので、私はとっさに、うん、と頷いてしまった。

「暗いから、一緒に行こうか」

「大丈夫、すぐに戻るから」

私は仕方なくそう言って、竹藪《たけやぶ》の裏の公衆トイレまで、歩いていった。

スニーカーの裏で、砂利《じゃり》が鳴る。足を取られそうになりながら、公衆トイレへとたどり着いた。

中に入ると、ひび割れた白い壁にはたくさんの落書きが残っていた。

永遠に愛してる、の走り書きが、なんだか悲しかった。

外へ出てから、私は大きく天を仰いだ。

天の川さえも見えそうな夜空。無数の星屑《ほしくず》が、どこまでも広がっている。ひんやりした夜風に、ちょっとふるえた。

片手を伸ばしかけたとき、前埜さん、と声がした。

振り向くと、武田君がいた。少し酔ったような、赤ら顔で。

「なに、してんの」

「星がすごかったから」

と私は答えた。

武田君は、ほんとだ、と夜空を見上げた。

「もしかして、ちょっと酔ってる？」

私の質問に、彼は照れ臭そうに笑った。

「多枝のやつ、自分が強いからって、いつも人にどんどん飲ませてさ」

「よく、一緒に飲んだりするの？」

私はびっくりして訊き返した。多枝ちゃんにお酒なんて、誘われたこともなかったから。

「俺たち、同じ塾に通ってたから、そのときの仲間で。馬鹿ばっかりだから、前埜さんはかかわらないほうがいいよ」

武田君は笑ったけど、揶揄《やゆ》の中に親しみが滲んでいた。

なんだか胸が痛くて、でもそれが誰に対しての痛みで、嫉妬なのか、定かじゃなかった。

「武田君、加藤さんと付き合ってたって、ほんと？」

彼はびっくりしたように、片手で口元を押さえてから
「付き合ってたわけじゃ、ないよ」

と慎重に答えた。

「加藤さんから、聞いたの？」

「うん。二人は前から知り合いだったの？」

「去年の入学式の後、部活紹介で、俺と何人かが、空手部の代表で出て。そのときに、声かけられて。マネージャーやりたいって言われて、もう足りてるからって断ったんだけど。それから何度かメールしたり、出かけたりね」

私が黙っていると、武田君が気まずそうにしていたので
「変なことを訊いてごめんね。気になったから、つい」

「なんで？」

びっくりして見返すと、武田君はふと眉を寄せた。

「前埜さん……もしかして俺が告白したこと、疑ってる？」

彼がゆっくりと足を踏み出しながら訊いた。

「だって、武田君、私のこと、なにも知らないし。多枝ちゃんのほうがずっと仲良いし。しかも加藤さんって、それって、吹奏楽やってる子なら誰でも」

いきなり片腕を摑まれて、口をつぐんだ。

武田君の手の力は強かった。射竦《いすく》められて、身動きが取れない。

「俺、前埜さんのこと、今でも好きだよ」

「そんなふうには、見えない」

と言った直後、無理やり抱きしめられた。一瞬で、視界が真っ暗になる。

キスされた。鼓膜が張り裂けそうなくらい、心臓の音が強く響いた。

武田君に肩を抱かれて、なにも考えられないまま、暗がりまで誘導された。

茂みの中に座ると、顔を覗《のぞ》き込むようにして、ふたたびキスされた。今度はもっと遠慮のないやり方で。

溶けそうに柔らかい舌が滑り込んでくる。吐く息が荒くなっていく。恥ずかしさに頭の芯が痺《しび》れて、ぼうっとなった。

解放されると、私は目を伏せた。

「ごめん」

「……ううん」

と私は首を横に振った。

「俺、ちょうど去年の今頃、前埜さんを見たよ」

私は、え、と小声で訊き返した。

「部活帰りに、花屋でカーネーションを買ってて。母の日の前日だったかな。大事そうに花を抱いた姿が、親孝行だな、て思って。なんか、すごい印象的だった」

彼は嬉しそうに話していたけれど、きっと私の顔は青ざめていたと思う。

「俺、前埜さんになにかあったら守るし、つらいときは一緒にいたいよ」

頭の端から、ゆっくりと覚めていくのを感じた。

私は声を、絞り出した。

「それは、無理だと思う」

だって私は、武田君が思ってるような良い子じゃないから。

その途端、彼はしぼんだようにうつむいて、なにか誤解したように、ごめん、と謝った。

どういう意味、と訊き返す間もなく、武田君は立ち上がって、去ってしまった。

途方に暮れて片手で口元を覆うと、唇が濡《ぬ》れていた。

家に帰って、両親に叱られている間も、武田君のことが頭を離れなかった。眠る前になると、携帯電話を開いて、何度もアドレスを見返した。高ぶった気持ちは、時々、はち切れそうになって、だんだん腹さえ立ってきた。あそこまでしたんだったら、と枕を抱きよせて泣きそうになりながら、思った。言ってほしかった。前埜さんがどんな子でもいいって。

もう武田君のことが好きなのか嫌いなのかさえ、分からなかった。お姉ちゃんに相談したかった。明るい笑顔でさばさばと、そういうときの男心はさ、と教えてくれたら、と思った。

バレンタインデーに初めて男の子にチョコをあげたら突っ返されたときも、友達とけんかして気まずくなったときも、お姉ちゃんの部屋に飛び込んで

「もう、死にたい」

とうなだれたら、なに言ってんの、と呆れたように笑い飛ばしてくれた。二人でだらだらとお菓子を食べながら、悩み相談をしているうちに、重い気持ちがなんでもないことに変わる。あれは、お姉ちゃんの魔法だった。

放課後、部活が終わって、日の暮れかけたホームに立っていると、反対側のホームに同じ高校の制服を見かけた。髪型と肩の広さで、もしかして、と目をこらしたら、まったくの別人だった。

私は電車に乗り、広い座席の真ん中に、一人、腰掛けた。

難しく考えすぎているのかもしれない。もしかして付き合ったら、案外、上手くいくかもしれない。

そう思ったら、だんだん前向きな気持ちになってきて、私は携帯電話を取り出した。

緊張しながらも武田君にメールを打つ。

『あれからずっと、色々考えてました。良かったら、私と付き合ってもらえませんか』

今にも心臓が壊れそうで、携帯電話をしまおうとしたら、すぐに返信が来た。

予想もしていなかった答えだった。

『でも前埜さんは、俺のこと、好きじゃないよね？』

動揺した私は、とっさにメールを打ち返した。

『そんなの、武田君には分からないよね？』

次の返信は、すぐには来なかった。

じわじわと失敗したことを感じ取りながら、窓越しに夕方の景色を見ていた。

茜色《あかねいろ》の空を渡る電線が、どこまでも続いていく。

降りる駅が近付いてきた頃、ようやく届いたメールを、開いた。

『前埜さんのことを嫌いになったわけじゃないけど……ごめん。この前のことは、忘れてください。』

たぶん私は告白されていたことで、無意識のうちに、優位に感じていた。恥ずかしくて息苦しくて、消えてしまいたい気持ちを、なんとかこらえた。一面の夕暮れが、足元まで広がっていた。

雨が上がったばかりの土曜日の午前中に、母親とお墓参りに行った。東京の外れにある墓地は広く、緑にかこまれ、羽虫や蝶《ちょう》が飛び回っている。放っておかれっぱなしのお墓もあれば、いきいきとした花に彩られたお墓もあった。枯れた花を取り除いて、お線香を立てた。空は薄曇りで、まとわりつく湿気が重たかった。

「すっきりしない天気だね」

背筋を伸ばして、言うと

「そうね。でも、あんまり晴れ渡ってるのも、切なくなるから。お墓参りには、ちょうどいいくらいかもね」

と母が言った。

片付けを終えて、飛び石の道を引き返していたら、母が訊いた。

「夏休みは、さすがに友達と泊まりに行ったりはしないわよね？」

途端に後ろめたくなりながらも、しないよ、と素っ気なく答えた。

「受験生だし」

「そっか。あのときは突然だったから、私もびっくりしちゃって。真希は、あんまり人の言うことを聞かずに、どんどん自分で決めて、しかもわりあい上手くいってたから、私たちも安心しきって。親として、信頼することと、安心して怠けることが、ごっちゃになってたのね。今になってみれば」

私は、怠けてはいなかったと思うよ、と否定した。

お姉ちゃんが不登校になった日から、母は何度も高校へ足を運んだ。先生たちに詰め寄って、最終的には同級生の両親たちに謝らせた。

それを知ったお姉ちゃんは、でも高校は辞める、と言った。むこうも謝ってくれたなら、これは、これでもう終わったことにする。来年の春になったら、私立の高校を受験し直すと。

私は顔をあげた。景色は濃淡をなくして、ぼんやりとした空気に覆われていた。濡れた樹木の葉だけが、静かに輝いていた。

「お母さん」

「ん？」

「お姉ちゃんが、どうして死んじゃったのか、知りたいと思う?」

母はあっさりと、なんとなく分かるのよ、と言った。

「人生って、一日一日が、晴れか雨じゃなくて、こんなぐらいのお天気でしょう。でも真希は、眩しいものに慣れすぎてたから。あの子、小さな頃から、どこへ行っても目立って、注目されるようなところがあったでしょう。ただ、性格の強さや明るさとは関係なく、昼間の日差しの中から、いきなり真っ暗な穴の中に入ったら、一時的に目が見えなくなるに決まってる。それに気付いてあげられずに、私やお父さんは、あの子はなんだかんだで強いから大丈夫だって思いすぎたのね。そうだ、望」

「え、うん?」

「お腹空かない? お昼、食べて行こう。なにがいいかな」

「あ、じゃあ、さっき通り過ぎた洋食屋とかは。赤いチェックのカーテンが掛かってた」

「ああ、いいわね。店の外に出てたオムライスの写真が、美味しそうだったし」

私は頷いた。

お墓参りの後に、オムライスを目指して歩く私たち。今は地中にひっそりと埋まっている、骨だけのお姉ちゃん。あんなに激しいキスの後で、離れていった武田君。

ちっとも繋がらず、矛盾に満ちてばかり。

本来は、どんなに小さなことでも、想いが叶《かな》うこと自体が、奇跡にすぎないのかもしれない。

墓地を出ると、ふっと土の匂いが薄れて、たくさんの想いも、午後の街の騒々しさにかき消された。

夏休みになると、夏期講習が始まって、たしかに泊まりで遊んでいる余裕なんてなかった。

昼間、ダイニングテーブルで、一人、必死に問題集を解いていた。

扇風機を最強にしていたけど、それでも暑さに耐えかねて、私は椅子から立ち上がった。

西瓜《すいか》を切っていたときに、インターホンが鳴った。

あわてて手を拭いてから、はい、と受話器越しに答えると、返事はなかった。

いたずらかと思い、怖くなっていたとき
「あの」

という、か細い声が聞こえた。

「はい」

「突然すみません。私、真希さんの、高校の後輩で。豊島波子といいます」

私は玄関へ走っていって、ドアを開けた。

ショートヘアの女の人が、顔を汗だくにして、両手いっぱいに向日葵《ひまわり》を抱いていた。

彼女はあわてたように、頭を下げた。

「妹の、望です」

「豊島です。いきなりすみません。連絡先が分からなかったけど、このマンションに住んでることは、同級生に教えてもらってたので。葬儀も、身内の方だけだったので。せめて真希先輩に、お線香をあげられたらと、ずっと思っていたんです」

とても必死な口調だった。

私は、どうぞ、と中へ招き入れた。

彼女は、部屋に入ると、力が抜けたように仏壇の前に座り込んだ。目を大きく開いて、遺影に見入っていた。

私はこめかみを流れる汗を拭うこともせずに、彼女の横顔を見つめていた。

豊島さんはお線香を手向《たむ》けると、じっと手を合わせた。

それから、ふっとこちらを向いて
「ありがとうございます」

と深々と頭を下げた。

お焼香が終わると、私は台所で、西瓜をしゃりしゃりと切って、運んだ。

彼女とダイニングテーブル越しに向かい合い、花瓶に挿した向日葵を眺めながら、冷たい西瓜を齧った。

豊島さんは、喉が渇いてて、と呟くと、西瓜を小さく齧った。片頰にえくぼができて、可愛い人だな、と思った。

「姉とは、生前、親しかったんですか?」

彼女は西瓜をお皿に置きながら、首を横に振った。

「私が一方的に憧れてたんです。入学して間もない頃に廊下で見かけて、綺麗な人だなって。文化祭の日に、クラスで喫茶店をしていたウェイトレス姿の真希さんに声をかけて、一緒に写真を撮ってもらったくらいで。あとは、ほとんど話したことはなくて」

彼女が鞄《かばん》から、手帳を取り出した。

一枚の写真が目の前に差し出された。私は、ああ、と短く頷いた。

髪に白いリボンを結んで、エプロンを着けたお姉ちゃんがピースサインをして、屈託なく笑っていた。となりには、今よりもちょっとふっくらした豊島さんが、照れ臭そうに微笑んでいる。


望、今日、学校で文化祭だったんだけどさ。

女の子に写真頼まれちゃった。すごい、女子高みたいだよね。

「自殺、の話を聞いたときには、頭の中が真っ白になりました。私なんて、全然、親しかったわけでもないのに、こんな言い方、おこがましいと思います。でも、つらくて」

彼女が涙声になりながら、言葉を切った。私は首を横に振った。お姉ちゃんはなんてもったいないことをしたのだろう、と強烈に悔やむ気持ちでいっぱいになりながら。

こんなに想ってくれている人がいたのに。

お姉ちゃんを取りまく世界は変わらず眩しかったのに。

「ありがとうございます。姉も、きっと嬉しかったと思います」

今度は、私から深々と頭を下げた。

家族のアルバムを持ってくると、彼女はとても嬉しそうに一枚一枚の写真を見ていた。

豊島さんをマンションの下まで見送ってから、私は戻って、台所で西瓜の皮を捨てた。流しのゴミ箱に、二人分の緑色の皮。幼い頃、お姉ちゃんと競い合って食べた日のように。


夏休みが終わったら、武田君に、彼女ができていた。

正門へ向かう並木道を、二人で歩いて登校する姿を見た。

二人が喋っているのを、私は少し離れたところから見ていた。すらっと脚が長くて、ショートヘアの、かっこいい感じの女の子だった。

残暑の厳しい光の中で、軽く着崩した武田君のワイシャツの感じが生々しくて、ちょっとだけ妬《や》けた。

昼休みに、教室でお弁当を広げながら、多枝ちゃんに話を訊いた。

「D組の子だよ。夏期講習が一緒だったんだって。一度、一緒に遊んだけど、良い子だったよ。さばさばしてて。親が共働きで、病気のおばあちゃんがいるから、あの子が介護してて、普段はあんま会えないらしいけど」

私はおにぎりを口に運びながら、一つ一つの言葉に納得して、頷いた。

「あんなにがんばってる子は珍しいから、少しでも役に立ちたいんだって」

私が思わず、少女漫画みたいだね、と呟くと
「ねー。アホだよね。ほんと、武田のことは分かりすぎて、嫌になる」

多枝ちゃんは、短いため息をつくと、苦笑した。

私は軽く笑ってから、そうだね、と言った。やっぱり多枝ちゃんは、武田君のことが好きなんだろうな、と心の中で呟きながら。

色々分かってて大事にしているから、私みたいに簡単に壊してしまったりしないで、なに一つ変えようとしないで、見守り続けてる。

「それにしても、ついこの前まで二年だったのに、卒業まで、あっという間だね」

「えーっ。望って、意外とのんきだね。私なんて、大学に合格できるかどうかが心配で、卒業のことなんて考えられないのに」

彼女が嫌そうに顔をしかめたので、私も真顔になって、たしかに、と同意した。

武田君とは、多枝ちゃんを挟んで、また少しずつ喋るようになった。付き合っている彼女がいると思うと、なにかを期待したり緊張しなくていいからか、急に肩の力が抜けて、気が楽になった。

動物ものの映画を見て泣いたという話を聞いて
「武田君って、けっこう単純だよね」

とからかえるくらいに、いつの間にか、打ちとけていた。

寒くなる頃には、高校の授業もなくなって、ほとんど一日中、家で勉強した。

夕方近くになると、暖房を強くしても足元から冷えてくるので、分厚い靴下を履いてセーターを着込んで、熱いコーヒーを入れた。

白く霞《かす》んだ窓の外を見ながら、コーヒーを飲んだ。消しゴムのカスが、セーターの袖口からぽろぽろと落ちた。

多枝ちゃんからメールが来たのは十二月二十三日の夜だった。

『クリスマスぐらい息抜きしない？　25日の夕方から、クラスのみんなでカラオケに行って、その後、ご飯食べようー。』

ひさしぶりの遊びの誘いに心がはしゃいで、行く、とすぐに返事をした。

新宿にある食べ放題の店内は、大にぎわいだった。

ピザやパスタやケーキが山ほどお皿に盛られては、あっという間に消えていく。

もうお腹いっぱいだと思っても
「望、カルボナーラのパスタ、美味しかったよ」

と教えられたら、ついつい取りに行ってしまう。

みんなで競い合うように食べながら、ちょっとした冗談にも笑い転げた。受験と卒業間近の高揚感が、よけいに今を楽しもうという連帯感を生んでいた。笑っている合間に、気を緩めると、なんだか泣きそうにさえなった。

会計を済ませると、エレベーターにみんながどっと押し寄せたので、当たり前だけど、全員は乗れなかった。

同時に遠慮して降りたのは、私と武田君だった。

ドアが閉まると、とっさに二人で顔を見合わせて、すぐにそらした。

取り残された私たちは、静かになったフロアで、エレベーターが戻ってくるのを待った。

「時間、かかってるね」

と武田君が階数ランプを見上げながら、呟いた。

「そうだね」

と私も頷いた。それから思い出して、尋ねた。

「今日、クリスマスだけど、彼女とは約束してなかったの？」

「クリスマスは、毎年、家族と過ごすからって」

と武田君は言った。

「前埜さんは、大丈夫だった？」

私は、うちは昨日ケーキ食べたから、と言った。武田君がちょっとだけ淋しそうに、
そっか、と笑ったので、少し気にかかった。

「イヴに、デートとかはしたの？」

「うん。飯食いに行ったよ。家の人に頼まれ事してるからって、すぐに帰ったけど。むこうはすごい家族仲が良くて、俺は正直、入り込めないな、て思うときがある」

上手く言葉が出ずに、困って視線を泳がせたら、非常階段の緑色が目に飛び込んできた。

「階段があるから、そこから、下りちゃおうか」

気まずさを振り切るように言って、ドアを開けたら、急に強い風が吹き抜けて、びっくりした。

「外階段だったんだ。て、すごい、夜景がきれい！」

私は黒い手すりにつかまって、地上を見下ろした。

クリスマスのイルミネーションが、街中に広がっていた。

凍える真冬の夜を、色鮮やかに映し出し、通行人や車や電車の往来が、くっきりと見渡せた。

「ほんとだ……すげえな」

武田君もやって来て、圧倒されたように、言った。

地上から夜空へと視線を移す。星々が、かすかにふるえていた。

武田君が突然しゃがみ込んだので、私はびっくりして、どうしたの、と訊いた。

「ごめん。じつは俺、高いの、ダメで」

「そうだったのっ、ごめんね。すぐ戻ろう」

彼は下を向いたまま、大丈夫、と片手をあげた。

それからふいに
「前埜さんは、優しいね」

と言った。

「いつも俺、かっこ悪いところばかり見せてたのに」

ちっともそんな印象を持っていなかった私は

「そんなことないよ」

と否定した。

彼はなにも答えなかった。なにかが喉に詰まっているような沈黙だった。

私はそっとしゃがみ込んで、向き合うと
「武田君、なにかあった？」

と慎重に尋ねた。

しばらく間があってから、彼は顔を伏せたまま答えた。

「じつは、うちの母親が病気になって。先月、手術したんだ」

途端に胸がぎゅっとして、大変だったね、と告げた。家族を失う悲しみが、生々しくよみがえってきた。

「その後の、経過は？」

「幸い、順調。でも、ずっと無理してきたんだと思って。父親が死んでから、母親に一生懸命育ててもらって。でも俺は、どうしても新しい親父と仲良くできなかったから。俺のせいで、うちの母親は、新しい家庭で安心して幸せになれなかった」

私はコンクリートに膝をついたまま、言葉をなくしていた。

武田君はいつだって、強くなろうとしていた。どこか無理しているくらいに。

おそるおそる手を伸ばして、彼の頭をそっと抱き寄せた。

びっくりしたように息を詰めた彼に、私は呟いた。

「それは、武田君のせいじゃないよ」

その瞬間、胸の中で、真っ白な光が散った。

お姉ちゃんが自殺する三日前、私たちは同じバイトの面接を受けていた。

二人とも好きなケーキ屋が、近所に新しく支店を出してオープニングスタッフを募集していたのだ。

それを伝えたら、お姉ちゃんは久しぶりに乗り気になった。二人で働けたらいいね、と言い合って、一緒に受けることになった。

翌日の夕方に、結果を告げる電話がかかってきた。

私だけが採用で、お姉ちゃんは不採用だった。

それを知ったお姉ちゃんは、良かったじゃん、と笑って、すぐに暗い部屋に引っ込んだ。

そのときの淋しそうな後ろ姿を、一生忘れない。

私がバイトに誘わなければ。面接に行かなければ。そのせいで、お姉ちゃんは死んだ。

あれから、ずっと自分を責めて、誰にも言えなかった。

私は、武田君を抱きながら、もう一度、くり返した。

「武田君の、せいじゃない」

彼が顔を上げた。大きな手が伸びてきて、頭の上にぽんと置かれた。

「ありがとな」

苦しかった時間の終わりを、感じた。

誰かに言って欲しかった言葉。もらうのではなく、あげることで、救われることもあるなんて。

夜の街はいっそうにぎわい、二台の携帯電話がふるえていたけど、私たちはうずくまったまま、それぞれの想いを重ねた。

イエスタデイズ

村山 由佳

村山 由佳

むらやま・ゆか

1964年東京都生まれ。立教大学卒業。93年『天使の卵――エンジェルス・エッグ』で小説すばる新人賞を受賞。2003年『星々の舟』で直木賞を受賞。09年『ダブル・ファンタジー』で柴田錬三郎賞、島清恋愛文学賞、中央公論文芸賞をトリプル受賞。著書に人気シリーズ『おいしいコーヒーのいれ方』『天使の卵』ほか、『遥かなる水の音』『放蕩記』『花酔ひ』『La Vie en Rose　ラヴィアンローズ』などがある。

〈何をやってもうまくいかない〉とか。

〈一生懸命やっているのに認めてもらえない〉とか。

そんなしみったれたことを言う女にだけはなるまいと思っていた。

でも、私にだって弱気になる時くらいある。とくにこんな、六月の雨の夜は。

濡《ぬ》れた傘を玄関ドアの脇に立てかけ、バッグの奥をまさぐる。鍵が見つからない、ただそれだけのことで何もかも投げだしてしまいたくなる。

と、左隣の部屋のドアが開いた。見たことのない人たち、それも男ばかりが数人わらわらと吐きだされてきたので身を硬くしていたら、その後からようやく〈彼〉が出てきた。洒落《しやれ》たチェックのシャツにジーンズ。私と目が合うなり、にこりと会釈する。

「すいません、騒がしかったでしょう」

私は首を振り、たったいま帰ってきたところだからと言った。

エレベーターホールへと向かう彼らを見送り、ちらりと隣の表札に目をやる。へたくそな右上がりの字で「小鳥遊修一」と書かれ、苗字《みようじ》の横に小さく「たかなし」とフリガナがふってある。

ちなみに私のほうの表札は「沢野」だけだ。女が一人で住んでいると知られるのは何かと物騒だから、あえて苗字だけにしてあった。

私がここへ越してきたのは三か月くらい前だ。その間にお隣について新しく知ることができたのは、彼が革のバッグや財布などをオーダーで作る職人をしていて、昼間もちょくちょく家にいるということくらいだった。

いいな、才能のある人は、と思ってみる。他人に使われることがなくて。きっとそういう仕事にはそういう仕事なりの苦労があるのだろうけれど、できることなら私もそっち側の人になりたかった。

やっと見つけた鍵でドアを開け、灯《あか》りをつけると、上がりがまちのところで待ちくたびれた小鉄がまぶしそうに目をしばしばさせた。彼のためにリビングの小さいスタンドだけはいつもつけて出かけるのだけれど、私が帰ってきてドアを開けると、必ずと言っていいほど暗い玄関にちんまり座って待ちかまえているのだ。

「ごめんね、遅くなって。さびしかった？」

訊《き》けば知らんふりをするくせに、廊下を歩く私の足の間をかすめるようにして先に立ち、キッチンではすり寄ってきて甘える。

「わかったわかった、いま缶詰開けたげるから」

小鉄は、子猫のときに拾った。狭い側溝にはまりこんで動けなくなっていた白灰色のかたまり。みゃうみゃうと騒がしいその毛玉を抱き上げて、目が合ってしまったらもう駄目だった。前に住んでいたマンションは彼が原因で出なくてはならなかったけれど、後悔なんかしていない。小鉄のいない生活なんて考えられない。

スーツを脱いで楽な服に着替え、約束通り缶詰を半分ほぐしてやると、小鉄はすぐさま鼻面を皿に突っこんだ。あんぐあぐあぐ、という満足げな声を聞きながら、私は生成りのベッドカバーの海に思いっきりダイブした。部屋履きのバブーシュが赤いキリムの上に落ちる。

明日は土曜日。久しぶりに迎える二日続きの休日だ。いっそのこと正体もなく酔いつぶれてしまいたいのに、飲みものを取りに立つ元気もない。

東京近郊だけで十店舗以上あるセレクトショップ、私はそこの企画部に勤めている。中心となる品物は洋服だけれど、それぞれの店舗が独り暮らしの女性の部屋を模しているので、パリやロンドンで買いつけたアンティーク家具とか食器とか、インテリア雑貨なども扱っている。私自身、時にはバイヤーとして海外出張もする。何日か家を空ける時は、信頼のおけるペットシッターさんに頼んで小鉄の様子を見に来てもらっていた。

小鉄の首輪についている迷子札が、食器のふちに当たる音がする。

寝返りを打ち、天井を見あげた。足がだるい。雨の中、今日もたくさん歩きまわった。混んだ地下鉄の中で、ふくらはぎにべったり押しつけられる濡れた傘ほど不快なものはない。体の栓が抜かれて、なけなしの気力が全部だらだらと漏れていく心地がする。

天井の模様をぼんやりと目でたどっていたら、耳の奥に数時間前の上司の怒声がよみがえり、そのとたん、悔しさと恨めしさで鼻の奥がじんと痺《しび》れた。

そりゃ、私の側に一ミリグラムの非もなかったとまでは言わない。でも、だからってこちらの人間性まで根こそぎ否定するようなあの言い方はないと思う。はっきり言って今回の行き違いは九割がた店舗サイドの連絡ミスなのに、正論ばかりを言いつのるわけにもいかない給料取りの立場が腹立たしい。どうしてこのところ何をやってもうまく……。

いけない。こんなネガティヴなことばかり考えていると、ますます自分を嫌いになってしまいそうだ。

無理やり起きあがると、ベランダに続くサッシを開け、網戸越しの風を入れた。夜の木立の間を渡ってくる風までが、雨にしっとりと湿っている。

深呼吸とともに部屋を見まわす。吐く息がそのままため息に変わる。散らかった部屋にはどうやら強い負のパワーが宿るらしく、見るだけで否応《いやおう》なくダウナーな気分にさせられるのだ。

とはいえ、うんざり嘆いていても仕方がない。独り暮らしの部屋は、自分で片づけない限り永遠に片づかない。

床に積み重なった雑誌を大きさ別に分類しては積みあげて縛り、脱ぎ捨てたままの服を拾い集めて洗濯機にほうりこむ。流しにたまった食器を洗い、しおれかけの観葉植物に水をやり、ぞうきんを絞って棚の上の埃《ほこり》を拭く。

そうしながらふと思ってしまった。

こんなことをして何になるんだろう。たまに来るペットシッターさん以外、どうせ誰に見せることもない部屋。呼ぶ相手なんかいない。前の彼氏と別れて十か月、セックスに至っては一年以上していない。ちょっとはいいかなと思っていた同僚の石井くんにも、今夜、思いきり幻滅させられた。

〈飯でも食っていかない？〉

まわりに誰もいない隙を見計らって、石井くんは言った。一緒に残業した日など、二人で食事するのはそう珍しくもないのに、今夜の彼は誘うときから心なしか緊張気味だった。

よく行く居酒屋で焼き魚やチヂミなどを適当に頼み、二杯目の焼酎に突入したあたりで、彼は言った。

〈沢野さんってさ、ほんとは仕事とか向いてないんじゃないの？〉

〈え、どういう意味？〉

〈そのまんまの意味だよ。今日もそうだけど、いっつも貧乏くじ引かされて、自分の責任でもないことで叱られてばっかじゃん。立ち回りがへたっていうか、無器用っていうかさ。べつに、あれでしょ？　キャリア志向ってわけでもないんでしょ？　いっそのこと会社なんか辞めて、俺の嫁さんになっちゃえば？　なーんつって〉

あれでも石井くんなりに慰めてくれたつもりだったのだろうとは思う。もしかすると冗談めかしてはいても、本気で付き合おうという申し出のつもりだったのかもしれない。

でも、私は、とても傷ついたのだ。

たとえ人より要領が悪くて無器用に見えたとしても、私はいつだって、自分の精一杯で仕事と向かいあっている。その一点においては一度もズルをしないできたという自負があるし、キャリア志向というほどではなくたって、健康で働ける限りは自分で自分の食《く》い扶持《ぶち》くらい稼ぎたいと思っている。父に捨てられた後、まともな働き先を見つけられなかった母がどれだけ苦労したか、十代の頃から間近に見て思い知らされているからだ。

石井くんには、いつだったかその気持ちを打ち明けたことがある。だからこそ仕事は一生続けたい、という話もだ。

それなのにあのタイミングであんなことを言うなんて——慰めなら的外れもいいところだし、本気でくどいたつもりならあまりにもデリカシーがなさ過ぎる。デリカシーがないというのはつまり、想像力がないということだ。そういう人間は、ひとの痛みを理解しない。そう、母と私を置いて出ていったあの男のように。

いろんな腹立たしさが一緒くたになって、大きな袋の上で逆さにしたゴミ箱の底をつい乱暴にボコボコと叩《たた》いた時だった。その音に重なるように、ノックの音が響いた。

(……こんな時間に、誰?)

無邪気に鳴く小鉄をしっ、と黙らせ、玄関へ行ってドアの穴から覗《のぞ》くと、襟ぐりののびたジャージに着替えたお隣さんがコンビニの袋をぶらさげて立っていた。

少しためらったものの、内鍵をはずし、ドアを開ける。

「夜分にすみません」

ぼさぼさの髪をかきあげて、彼は言った。

「あのうこれ、よかったら食べてくれませんか。悪くなっちゃってももったいないんで」

ぬっと差しだされた袋を覗いてみれば、中にはまだ開けていないシュウマイやキムチなんかのパックが入っていた。

「野郎が集まると、飲むばっかりであんまり食べないんですよね。わかってるのにたくさん買い過ぎちゃって……おおっと、元気だったか、お前！」

いきなりの大声にぎょっとなって視線をたどると、いつのまにか私の足もとに小鉄が来ていた。

ここへ引っ越してきてすぐの頃、網戸をうっかり閉め忘れていたら、ベランダに出た小鉄が仕切り板の下からするりとすり抜けて隣の部屋にまで入りこんでしまい、慌てて迎えに行ったことがある。思えばお隣さんとはそれをきっかけに言葉をかわすようになったのだ。といっても、せいぜいエレベーターで一緒になった時にお天気の話をする程度で、こんなふうに物をもらうのは初めてだった。

頭の片隅をほんの一瞬、別の言葉がよぎったけれど、結局は御礼だけ言って袋を受け取った。

こちらがドアを閉めたあと、何拍かおいて、隣のドアの閉まる音が聞こえた。

＊

沢野、というのは母方の姓だ。中学一年の秋に両親が離婚して、私は〈原田美佐〉から〈沢野美佐〉になった。

夫婦仲がうまくいかなくなり始めたのは、ふり返ると小学校五年生の終わりくらいからだった気がする。どうせ別れるのなら中学に上がる前にしてくれればクラスの友だちから変な同情の目を向けられることもなかったのにと思ったら、父だけでなく離婚を渋った母までが恨めしかったのを覚えている。

ずっと、ふつうに仲のいい親たちだとばかり思っていた。自分の両親が別れることがあり得るだなんて、想像してみたことすらなかった。

何しろ、休日の夜に連れだって出かけるような夫婦だったのだ。どちらもボサノヴァとジャズが好きで、出会いも誰だかの来日コンサートで隣り合ったのがきっかけだった。父は毎晩ちゃんと家に帰ってきていたし、料理上手な母は家のことをしながら音楽をかけ、よく鼻歌も歌っていた。掃除機をかけるときや洗濯ものを干すときは、ジョアン・ジルベルトやナラ・レオン。本を読んだり夫婦で晩酌をするときなどは、ヘレン・メリルやサラ・ヴォーン。そう、いささか気取ってはいたかもしれないけれど、それでもどこにでもある平和で平凡な家庭だったのだ。そして私は、親たちの失敗から学んだのだった。平和で平凡であり続けるためには、よほどの非凡さか鈍感さのどちらかが必要なのだということを。

ともあれ——小学校の高学年にさしかかる頃、つまり、〈原田美佐〉であることにまだ何の疑いも懸念も抱いていなかった時代、私は近所の子どもたちのリーダー格だった。女だてらに腕っぷしも気も強く、曲がったことはまっすぐにしなければおさまらない性格だったので、一度など、地域でも有名ないじめっ子だった六年生の男子と取っ組み合いのけんかをしてとうとう泣かせてしまったことまであった。

お母さんたちの中には我が子を私と一緒に遊ばせたがらない人もいたみたいだけれど、慕ってくれる友だちが何人かいれば他はどうでもよかった。小学校から帰るなり玄関にランドセルを放り投げ、女の子ばかりか男の子たちまで子分のように引き連れて、暗くなるまで遊びほうけるのが常だった。

その〈子分〉の中に、スーくんという男の子がいた。二つ年下だった。

あの年頃の二歳の差は大きい。それでなくとも女子のほうが男子より成長が早いし、私はとくに発育がよかったので、スーくんとの体格差は歴然としていた。彼はといえば本当にやせっぽちで、手足ばかりがひょろひょろと細長いカマキリみたいな子どもだった。

スーくんの家は木工所を営んでいた。広い前庭には屋根付きの作業場があり、平日の昼間は電気ノコギリやカンナの音とともに芳しい木の香りが漂っていた。額にてぬぐいを巻き、日灼《ひや》けした右耳に鉛筆をはさんでいる親方が、スーくんのお父さん。その下で働く若い職人が何人かいて、そのうちの一人は、母屋の二階に間借りしていた。

近所のみんなで遊ぶときは缶蹴りや野球やサッカーなんかをしたけれど、私とスーくんは二人で遊ぶときもけっこう多かった。彼は〈子分〉の中でもとくべつ私になついていたし、彼のお母さんとうちの母親も仲がよかったので、お互いの家を行き来する機会は自然と多くなった。

二人だけのとき、私たちはあまり喋《しゃべ》らなかった。うちで一緒に絵を描いたりパズルをしたり、公園まで犬の散歩に出かけたり、あるいは餌を運ぶ蟻《あり》の行列をしゃがんで眺めたりしているうちに日は暮れた。

今でも強く記憶に残っている出来事がある。あれはスーくんの家の二階で遊んでいた時のことだ。

外の作業場から木を削る音が聞こえている限り、間借りしている部屋の主は戻ってこない。それを知っていたスーくんと私は当時、しばしば内緒で二階の四畳半に忍び込んでは入口のふすまをそっと閉め、万年床の枕元に積まれた少年ジャンプや少年マガジンを盗み読みしていた。

あの日も――着ていたカーディガンや日射《ひざ》しの感じからするとたぶん春だったように思う――私たちはこっそり二階へ上がった。スーくんが最新号のジャンプを見つけて、さっそく前の週の続きを読み始める。

横から一緒に覗きこもうとした私は、ふと、ゴミ箱の脇に何冊もの雑誌が積みあげられているのに気づいた。古紙回収に出すつもりなのだろうか。ジャンプやマガジンのような四角い背表紙ではなくて、ときどき母が読む女性向けの雑誌みたいに、ざっくりとホッチキスで綴《と》じてある。

膝立ちでにじり寄って見ると、いちばん上の表紙にはアニメっぽい女の子のイラストが描かれていた。猫みたいな耳としっぽをはやして、はにかんだような上目遣いでこちらを見ている。うるんだ瞳、浅黒い肌。あらわなおっぱいがゴムマリみたいに丸くて大きい。

中身なんてはっきり知るはずもないのに、そうっと手をのばしたときにはすでに脈が疾《はや》くなっていた。

ちらりと背後を窺《うかが》う。スーくんは『こち亀』に夢中だ。

おそるおそる表紙をひらいて、私は息をのんだ。

……裸。冒頭のカラーページはもとより、どれだけめくってもめくっても、裸の女の子があふれていた。どの女の子も、ものすごくせつない表情をして何かを欲しいと訴えていた。何かを――何なのだろう？　何であるにせよ、きっとそれは私には想像がつかないくらい素晴らしいものに違いなかった。そうして、彼女たちにそれを与えて気持ちよくさせてあげられるのは、どうやら大人の男の人だけなのだった。

わけもわからないままに、私はその女の子たちに対して、羨ましいような、妬ましいような感情を抱いた。同時に、うっすらと怖かった。それほど欲しがっていたものを与えられた瞬間、彼女たちが見せる表情が、嬉《うれ》しそうなのに苦しそうでもあるのが怖かった。頭のねじが全部飛んでしまったようなうつろな目つき。こんなにも遠くの世界へ行ってしまったら、もう二度とこの世に戻ってこられないんじゃないだろうか。

「ミサちゃん、なに見てんの」

ぎょっとなって表紙を閉じたけれど、遅かった。

スーくんは、雑誌と私の顔をじっと見比べると、肩越しに手をのばし、積んであった山から別の雑誌を取って、ひらいた。

こんどは漫画じゃなかった。セーラー服をめくりあげて胸を見せた女の人の写真。二人して、食い入るように見つめる。私の喉が勝手にごくりと鳴る。スーくんが乱暴にページをめくる。素っ裸の女の人が、雨に濡れた林に転がされている。背景に写っているその林がいつもスーくんと行く公園の林とよく似ていて、そのせいか、白昼の裸がものすごく生々しく見える。まるで、裸に剝《む》かれているのが私であるかのように。

いたたまれなくなって、

「帰る」

私は立ちあがろうとした。と、スーくんが一瞬早く立ちあがり、両手を大きく広げて通せんぼした。入口のふすまを背にして私をにらむ。

「帰っちゃだめ」

「やだ、帰る！」

「だめだってば」

声が、低い。目がへんに光っていて、いつものスーくんじゃない。生まれて初めて、スーくんを怖いと思った。この子、男の子なんだ。私とは違うんだ。

とっさに、彼の横をすり抜けるようにしてふすまに飛びつく。開けさせまいとする彼の腕を押しのけ、体格でまさるのをいいことに力ずくで引き開ける。廊下へまろび出たとたん、

「なんで帰っちゃうのっ？」

後ろでスーくんが叫んだ。いつもと同じ、情けない声だった。

返事をせずに階段を駆けおり、運動靴のかかとを踏んだまま外へ走り出た。日の光のまぶしさに、あの部屋がどれだけ薄暗かったかを知る。

木工所からは例によって電ノコの音が響いていたけれど、私は親方に挨拶もせずに庭先を駆け抜けた。

何ごともなく外へ出られて、スーくんもいつものスーくんで、怖がることはなくなったはずなのに、どうしていつまでもそんなにドキドキするのかわからなかった。

＊

ようやく部屋の掃除が終わると、十時半を回っていた。

あたりはやけに静かだった。ゴミも全部仕分けして、自分の部屋とは思えないくらいきれいになったのに、相変わらず気持ちがざらついたままなのが苛立《いらだ》たしい。網戸越しに忍びこむひそやかな雨音が、耳にからみついて離れない。

何か別の音が欲しくなって、私は本棚に手をのばし、コンポのスイッチを入れた。艶めく木肌におおわれたオーディオセットは、この部屋に引っ越してきた頃、ちょっとばかり思いきって買ったものだった。見た目が美しいだけじゃなく、なかなか本格的な音がする。

棚に並べたCDの列を指先でなぞり、ふと、なつかしい一枚が聴きたくなった。丸いCD盤をなめらかに飲みこんだオーディオから、やがてピアノとサックスの音と、甘くかすれた歌声が流れだした。

床に足を投げだし、ベッドにもたれかかると、待っていたかのように小鉄が膝に乗ってくる。なめらかな毛並みをそっと撫《な》でながら目をつぶる。

物憂げなジャズの調べに紛れて、雨音がその一部になる。耳の奥にこびりついていた上司の怒声が、だんだんと遠のいていくのを待つ。

豊かな音の粒が集まり、糸のように紡がれ、織られ、そのうちに一枚の柔らかな毛布となって私の体を包みこむ。毛穴の一つひとつから、まるで温泉成分みたいに音の栄養がじわじわとしみこんでくる。

結局のところ、シンプルなことなんだ、と思ってみる。仕事で失った名誉は、仕事で挽回するしかないのだということ。このまま会社を辞める気がないのなら、しんどくても日々、目の前の仕事にぶつかるしかないのだということ。無器用で要領の悪い私には、もとよりそういう愚直なやり方しかないのだから……。

硬くこわばっていた気持ちが、すぐにじゃない、でも少しずつ解きほぐされていくのがわかる。ざらついたところも、徐々になめらかになっていく。

思えば、あの頃の母もときどきこんなふうに黙って音楽に耳を澄ませていることがあった。そういうときは鼻歌は無しで、ただテーブルに頬杖《ほおづえ》をついたり壁にもたれて膝を抱えたりしながら、私とスーくんがたとえばゲームなんかしているのをぼんやり眺めていた。もしかして、ああいうときの母も、飲みこみがたい何ものかを音楽に溶かしてもらっていたんだろうか。ざらついた気持ちを包みこんでくれる、柔らかな音の毛布を必要としていたということなんだろうか。

と、膝の上の小鉄がびくっとなった。

目を開け、耳を澄ます。

ノックの音がしている。それも玄関からではなくて、外。ベランダの仕切り板の向こうからだ。

急いで小鉄を下ろして立ちあがり、網戸を開けたとたんにぎょっとなった。お隣さんが、仕切りごしに顔の半分をこちらに突き出し、何か言おうとしていた。

「ごめんなさい」私は慌てて言った。「音、うるさかったですか？　すぐ小さくします」

「や、そうじゃなくて」と彼は言った。「その曲、何て曲？」

「は？」

「こっちこそすいません。今流れてるその曲、ＣＤですか？」

「そうです、けど」

「よかった。じつは俺、子どもの頃にその曲をしょっちゅう聴いてたことがあって、まあその、言ってみれば思い出の曲みたいなものなんですけど、誰の何ていう曲かどうしてもわからなかったんです。それがいきなりお宅んちから聞こえてきたもんで、つい」

しきりに恐縮している。

「ヘレン・メリル」

と、私は言った。

「タイトルが？」

「いえ、歌手の名前が」

「曲は？」

「ええと……今流れてるのは、『イエスタデイズ』」

ちょっとだけ待ってて下さい、メモします、とお隣さんが言い、部屋の中へと引っこ

む気配がした。ややあって戻ってきた彼が、

「ありがとう。おかげでほんとにすっきりしました」

よかったらお礼に、と腕だけこっちに突き出すようにしてよこしたのは缶ビールだった。

「そんな。いいですよ、さっきもいろいろ頂いたばっかりだし」

「まあそう言わず」

「じゃあ……お言葉に甘えて」

受け取った缶はよく冷えて、六月の夜気に少し汗をかいていた。

向こう側とこちら側で、ほとんど同時に、ぷしゅ、と音が響く。どちらからともなく小雨の中に缶を突きだし、軽く乾杯をする。

「お礼ついでに、もうひとつお願いがあるんです」と彼が言った。「厚かましくて申し訳ないんですけど、さっきの曲、もう一回かけてもらえませんか」

ふっと、苦笑いがもれてしまった。

向こうにはそれがため息のように聞こえたのか、

「すいません、御迷惑ですよね」

また恐縮される。

「いえ、ぜんぜん迷惑なんかじゃないですよ」と私は言った。「でもよかったら、どう

いう思い出の曲なのか教えてもらってもいいですか」

「はは、べつに色っぽい話とかじゃないんです。……いや、どうかな、そうとも言えないかな」

「え」

「子どもの頃、近所に仲のいい女の子がいましてね。向こうのほうが二つくらい年上で、俺なんかはほとんどパシリみたいなものだったんだけど、よく一緒に遊んでました。で、その子の家に行くとたいてい、今の、ええと、ヘレン・メリル？　のこの曲とか、他にもいろいろ音楽がかかってたんです。こういうけだるいジャズっぽいやつの時もあったし、もうちょっと陽気なボサノヴァとかも」

　仕切り板越しの声だけ聴いていると、現実感がまるでわかなかった。

　低くてよく響く、艶のある声。当たり前だけれど、あの頃とはぜんぜん違う。完全に〈大人の男の人〉の声だ。

「そんなコジャレた雰囲気、うちなんかには絶対ありえなかったから、憧れましたよ。俺が行くたびにおやつを出してくれるお母さんがまた綺麗《きれい》な人で。曲に合わせて鼻歌なんか歌ってて、その女の子も一緒になって体を揺らしてたりするのを、こっちはこう、見ていないふりで横目で盗み見るわけですよ。それが、なんとも楽しくてね。……とまあ、そんな感じです」

たいしたことない話ですみません、と彼は言った。

「その女の子は、今は？」

「さあ。向こうが中学に上がってしばらくたった頃だったかな。どこかへ引っ越していっちゃって、それっきりです。どこでどうしてんのかなあ」

「今でも、会ってみたいですか？」

「そりゃあね。でも、向こうが覚えててくれてるかどうかわかんないし」

「その子の名前、覚えてます？」

「もちろん」

「なんて？」

「ミサちゃん」

私は、大きく深呼吸をした。雨の匂いが肺いっぱいに満ちみちる。切りだすのなら、もう、今しかない気がした。

「じつを言うと……」

声が喉に絡む。咳払《せきばら》いして続けた。

「私も、美佐っていうんですよね」

「へえ」と意外そうな声がした。「奇遇ですねえ」

「表札の『沢野』っていう苗字は、離婚した母の旧姓なんです」

「そうですか」

「もともとは、『原田』っていいました。原田、美佐」

「ああ、そうなん……」

仕切り板の向こうがシンとなる。それっきり、物音ひとつしない。

私は、思いきって言った。

「小鳥遊、スーくん。——でしょ？」

突然、ガタガタッと音がして、彼が柵も仕切り板も乗り越えんばかりに上半身を乗りだし、こちらを覗きこんできた。

「危ない、落ちたらどうするの！」

慌てて声をあげる私に、

「ミサちゃん？」

「は、はい」

「マジで？　うそ、マジであのミサちゃん？」

小鳥遊修一。修くん。小さいころ「シュウ」がうまく発音できなかった彼が、自分で自分を「スーくん」と呼んだのがそのままあだ名になったらしい。

マジかよ、と彼はなおもつぶやいた。

「ええと、その……隣に越してきたのは偶然、だよね」

「当たり前でしょ？」

と、思わず言ってしまった。ストーカーじゃあるまいし。

「俺だってことは、ずっとわかってたの？」

頷《うなず》いてみせる。

「なんで？」

「そりゃ、あの表札の名前を見れば」

「違う、なんでもっと早く言ってくんなかったの？」

「言うに言えなくて」

「なんで！」

「だって、そっちは私に全然気づかなかったじゃない。っていうか、お願いだから乗りだすのやめて、危ないったら！」

なおもゆっくり十数えるくらいの間、私をまじまじと見ていたあとで、彼——スーくんは、ようやく顔を引っこめた。膝から力が抜けるほどホッとした。落ちる心配がなくなったせい、ばかりではなかった気がする。

そうして、それからしばらくの間、私たちはぽつりぽつりと話をした。ベランダへと流れだす物憂げなヴォーカルと、そぼ降る雨の音がゆっくりと溶けあってゆく。それを聴きながら、懐かしい郷里の思い出を語りあうのは、心の奥のうんと深いところが平らに均《なら》されるような、とても気持ちの落ち着くことだった。

母屋の二階で雑誌を盗み見た日のことは、スーくんもやっぱり覚えていた。でも、帰っちゃだめだと言って私を通せんぼしたことはきれいに忘れていた。

「すっごく怖い顔してたんだから」

冗談めかして軽く言ってみたのだけれど、仕切りの向こう側の彼は笑わずに、ごめん、と言った。

「だとしたらたぶん、本当に帰したくなかったんだよ」

あれから後の日々や、今現在の仕事や、暮らしや、大事にしているもののこと。流れた時間、目にした風景、降り積もる思い出の数々。

今ここにあるものを語ろうとすればするほど、昔の話に戻ってゆくのが不思議だった。あの時、あの場所で、あの年齢だった私たち二人の間にだけ存在していたもの。それを、二十年近くたった今もいまだにこうして共有できるということが奇跡のように思える。

「……そっかあ」

と、やがて彼はつぶやいた。続いて、何やら複雑な感じの唸《うな》り声《ごえ》が聞こえてくる。

「まいったなあ。あのミサちゃんがねえ」

あのミサちゃんが何だと言いたいのか。それ以前に、あのミサちゃんとはどのミサちゃんのことなのか、それにどうして「まいった」なのか。逐一確かめたくてたまらないのに、そういうことをさりげなく訊くのは思いのほか難しい。

「ま、そのへんはまたぼちぼち」と彼は言った。「そうだ、よかったら今度、このCD貸してくれる、ます？」

言葉づかいが変なのは、まったくのタメ口でいいものなのかどうか、まだ戸惑っているせいだ。彼だけじゃなくて、私も迷っていた。いいですよ、と言うべきなのか、いいよ、と答えていいものなのか。

とりあえず、「もちろん」と言ってみた。

「なんなら今渡しても……ちょっ、小鉄、だめ！」

いきなり柔らかなものが私の足の間をすり抜けて、あっと思った時にはもう、猫はいつかのように仕切り板の下をくぐり抜けた後だった。網戸をずっと開けっ放しだったことに今ごろ気づいても遅い。小鉄のせいじゃない、私の落ち度だ。

「ごめんなさい！　どこへ行きました？」

「部屋ん中。俺の脱いだシャツの匂い嗅いでる」

「ほんとにごめんなさい。いま迎えに行きますから」

慌てる私の声に、スーくんのおかしそうな声が重なった。

「いいよ。俺がつかまえてそっちへ連れてくよ」

どきっとした。観念したかのような、くだけた口調だった。

「大丈夫、猫には慣れてるから。実家でも飼ってるし、こう見えて子どもと動物にだけは好かれるんだ、俺」

迷ったものの、私もとうとう思いきって言ってみた。

「だったら、ちょっと上がって、うちのビールも飲んでいく？」

「え、いいの？」

「ついさっき部屋を掃除し終わったばっかりなの。そんな貴重な機会なんて、この先めったに無いと思うから」

仕切りの向こうのスーくんが、声をあげて笑った。

「じゃあ、お言葉に甘えようかな。もう一回ちゃんと乾杯し直したいし。もっといろいろ話もしたいし」

言葉の終わりを引き取るように、あの曲のイントロが流れ始めた。

〈ニューヨークのため息〉と呼ばれた甘いかすれ声、まるで情事の合間にもれる吐息みたいなシルキーヴォイスが、私たちの間に流れた二十年もの空白を埋めるかのように歌いあげる。過ぎ去った昔。懐かしく光り輝く時間。何ものにも縛られずに命を燃やし、本当の自分を生きていたあの日々のことを。

そう——気がつけば私たちは、アルバムがひとめぐりするほどのあいだ話しこんでいたのだった。

ひそやかに降り注ぐ、六月の雨音のなかで。

解説

大森　望

男の子ってなんでできてる？
カエルやカタツムリや仔犬《こいぬ》のしっぽ
女の子ってなんでできてる？
砂糖やスパイスや素敵なものぜんぶ

——というのは、マザー・グースの歌の一節（一部抜粋）。はじめてこの歌を知った中学生のころは、（〝仔犬のしっぽ〟はともかく）まあ、そんなもんかなあと思ってたんですが、自分が親になってみると、男の子も女の子も、ぜんぜんそんなものではできていないのがよくわかる。息子はカエルやカタツムリにほとんど興味を示さなかったし（むしろ苦手にしていたかも）、もうすぐ中学校に入る娘は徹底したリアリスト。「あーあ、女子のつきあいはホントめんどくさい」とかぼやきつつ、クラスの女の子の告白に付き添った話を嬉々《きき》として披露する。

自分が小学生のとき、やたらお節介な女の子が「○○ちゃんが××くんのこと好きなんだって」とか言ってくるのが不思議だったけど、まさか自分の娘がそういう女の子に育ち、四十数年ぶりに謎が解けるとは。女の子がなにを考えているかさっぱりわからない——と悩んでいた思春期の自分に教えてやりたい。

もっとも、自分でその年まで娘を育てなくても、洞察力にすぐれた作家が女の子のことを書いた小説を読めば、女の子のことはだいたいわかる。小中学生の男子は女の子のことを書いた本なんかぜんぜん読まないので（当時ぼくが読んでいたのはＳＦとミステリばっかりだった）、少女の仕組みは長らくブラックボックスだったけれど、もしその当時、本書を読んでいたら、ずいぶん理解が進んだはずだ。

というわけで本書『短編少女』は、題名どおり、〝少女〟をテーマに当代一流の作家たちが腕を競った短編九編を収録する作品集。二〇一二年に出た文庫オリジナルのアンソロジー二冊、『あの日、君とGirls』『いつか、君へGirls』（ともにナツイチ製作委員会編、集英社文庫）から全九編を選んで収録している。初出は二〇〇八年〜二〇一二年ということで、スマホ時代（というかＬＩＮＥ時代）が到来する直前、ケータイ時代末期の学校生活が描かれている。

ちなみに〈Girls〉があれば〈Boys〉もある道理で、前記二冊と一緒に出た『あの日、君と『Boys』と『いつか、君へ Boys』をリミックスした『短編少年』が五月に刊行予定。さらに、四冊から選んだ十編を収める『短編学校』が六月に刊行されるので、ぜひ本書と併せて手にとってみてください。

と、ここから先は、本書に収められた各編の紹介と余談を少々。なるべくネタバレは避けるつもりですが、気になる方は本編読了後にお読み下さい。

●三浦しをん「てっぺん信号」　初出「小説すばる」二〇一二年一月号

本書に登場する九人のヒロインのトップを飾るのは、小学校から大学まである私立S学院の高等部一年生、武村江美利。地味な顔立ちと社交性に乏しい性格、加えてこの高校でたぶんただひとり携帯電話を持っていないという事情から、友だちらしい友だちはひとりしかいない。今日も今日とて、窓際の席で授業を聞き流しながらぼんやり外を見ていた彼女に、緑の丘のてっぺんにある建物から信号が送られてくる……。

ここから先の思いがけない展開が読みどころだが、本編の魅力はそれだけではない。主人公の江美利はなかなかの批評眼の持ち主で、〈くすんだ紺色のナイロン製学校鞄《かばん》に、小さなぬいぐるみやらビーズのストラップやらをじゃらじゃらつけて歩く〉同級生たちを見て、腰にひょうたんをたくさんぶら下げていたという若き日の信長の逸話を思い出し、〈尾張のうつけ者。「うつけ」という言葉が彼女らにはふさわしい〉と独白する。こういう皮肉な語り口と、〈恥を忍んで母親にイオンで買ってもらった九百八十円の美顔ローラー〉みたいな細部がこの小説を輝かせている。

●荻原浩「空は今日もスカイ」　初出「小説すばる」二〇一二年三月号

主人公の茜は小学三年生。いろいろあって、泰子おばさんの家に一家で居候することになり、小学生ながら、なんとなく肩身のせまさを感じている。そんな茜の趣味は英語を覚えること。最初はいとこの澄香ちゃんに習っていたが、最近は教えてくれなくなったので、彼女の部屋からこっそり持ち出したイラスト英和辞典で新しい単語を覚えている……。

二〇一六年の第一五五回直木賞受賞作『海の見える理髪店』（集英社）に収録された短編。同書の刊行記念インタビューで、著者は本編についてこう語っている。

〈少女を主人公にしたものを、という依頼で書いたのが「空は今日もスカイ」。「え、僕が少女を⁉」と一瞬思いましたが（笑）、一番理解できそうなのは小学生かな、と。子どもって押し入れに入って自分が王女様だと夢想したりしますが、それは現実逃避のためのツール。子どもが自分を生きやすくするために持っているものという気がします。そこから、めちゃめちゃな英語を使うことで嫌な現実を別世界にしようとする女の子を思いつきました〉

作中に出てくる「おばけなんてないさ」は、槇みのり作詞、峯陽作曲の童謡。一九六六年、「オバケなんてないさ」のタイトルで弘田三枝子が歌うバージョンがNHK『みんなのうた』で放送されて有名になった。同じNHKの『おかあさんといっしょ』では、森晴美の歌うバージョンが放送されたほか、声優の田中真弓や歌手の木村カエラもカバーしている（あと、HELLO! PROJECTのコンピレーションアルバム『ザ・童謡ポップス（3）夏のうた集』では、小川麻琴、柴田あゆみ、石井リカの三人が歌ってます）。

●道尾秀介「やさしい風の道」　初出「小説すばる」二〇一一年三月号

主人公の章也は小学二年生。〝あること〟をどうしてもたしかめたくて、両親に黙ってバスに乗った章也は、畑の脇にぽつんと立つ停留所で降り、姉の翔子と口喧嘩《くちげんか》しながら、写真で見た一軒家を目指して歩き出す……。

全六話から成る連作短編集『鏡の花』（集英社文庫）の第一話にあたる短編。第二話の「つめたい夏の針」では、女子高校生の翔子が視点人物となり、また別の物語が語られる。いったいどういう連作なのか、本編からでは想像がつかない。未読の方は、この機会にぜひ『鏡の花』を読んで、道尾秀介ならではのあっと驚く仕掛けを堪能してほしい。

●中島京子「モーガン」 初出「小説すばる」二〇一二年二月号

クミコは、家族とともにムンバイから帰国して、多摩のはずれにある中高一貫の女子校に二学期から転校してきた中学一年生。同じクラスにいるモーガンというあだ名の長身の女生徒に淡い恋心を抱いているのだが……。

学生靴の定番ブランドHARUTAのローファーや歯列矯正ブリッジなどのアイテムが絶妙に女子中学生感を醸し出す。冒頭に出てくる合唱コンクールの課題曲は、中村千栄子作詞、岩河三郎作曲の「野生の馬」。中学校で歌われる合唱曲の定番らしい。どこかで聞いたなあと思ったら、あらゐけいいちのギャグ漫画を原作とするTVアニメ「日常」の第一九話でエンディング曲に使われて、キャストの声優陣が合唱してたんでした。

野暮を承知でつけ加えると、〈モーガン、うちら、このままどっかへ行っちゃって、戻ってこなくたっていいね。ずーっと、ずっと二人きりで、世界を放浪していたっていいね〉というクミコの言葉には、宮沢賢治『銀河鉄道の夜』の名台詞（「カムパネルラ、また僕たち二人きりになったねえ、どこまでもどこまでも一緒に行こう」）がこだまする。本編は、ある意味、少女版『銀河鉄道の夜』と言ってもいいかもしれない。

●中田永一「宗像くんと万年筆事件」 初出「小説すばる」二〇一二年二月号

小学六年生の私（山本真琴）は、ある日、同級生が大事にしている万年筆を盗んだという疑いをかけられ、以来、いじめの標的となる。そんな私に救いの手をさしのべてくれた名探偵は、家が貧乏で風呂がないため、不潔だと同級生に避けられている宗像くんだった。

小学校の教室で起きた盗難事件を題材とした、本書唯一の本格ミステリ。鮮やかな謎解きシーンが印象に残る。第六六回日本推理作家協会賞短編部門の候補作に選ばれたほか、本格ミステリ作家クラブ選・編の年間ベスト集『ベスト本格ミステリ２０１３』にも選出された。乙一・中田永一・山白朝子・越前魔太郎の四つの名義の短編に安達寛高（本名）の解説を付した『メアリー・スーを殺して　幻夢コレクション』に収録されている。

●加藤千恵「ｈａｉｒｃｕｔ17」初出　ｗｅｂ集英社文庫　二〇一二年二月

十七歳は中途半端。そうぼやく「あたし」は、高校二年生の優希。進路志望書を提出しろと言われているのに、自分が何になりたいのかわからない。そもそもあたしは何になれるんだろう――そんな悩みを抱えた優希の日常が細やかなタッチで描かれる。中途半端から決別したいという思いが髪を切ることと自然に結びつくのは、少女小説ならではか。男の子が髪を切ってもこうはいきません。

もっとも、印象的なタイトルの元ネタは、たぶん、フリッパーズ・ギターのセカンドシングル「恋とマシンガン」（一九九〇年）に収録された名曲「Haircut 100 バスルームで髪を切る100の方法」。こちらの主人公（たぶん男の子）は、クソタレな気分を蹴飛ばすためにバスルームにこもって自分でジョキジョキ髪を切るが、優希はきっと美容院に行くと思います。

●橋本紡「薄荷」初出「Cobalt」二〇〇八年六月号増刊「別冊Cobalt」（「エッジ―edge―side-a 薄荷」改題）

わたし（有希）は、川のそばにある学校に通う高校二年生。彼氏もいるし、仲のいい友だちもいる。幸せだけど、ちょっと悲しい。そんな複雑微妙な心理を鮮やかに描く一編。中学時の同級生で、高校に行かずに大学の受験資格を取得したナラオカジと、川沿いの散歩道で偶然再会する場面がすばらしい。

作中に出てくるプラスチック容器入りの薄荷の飴《あめ》とは、フリスクとかミンティアとかみたいな、いわゆるミントタブレットのことか。ただし、円形ではなく、「楕円形の白い粒」ということなので、フリスクでもミンティアでもない。調べてみると、ドイツ製の「クリート インパクト オリジナル」が楕円形でしたが、ヨッちゃんが持ってたのがこれかどうかはわかりません。

●島本理生「きよしこの夜」 初出「小説すばる」二〇一一年八月号
お姉ちゃんが死んでから、もうすぐ一年。その理由は、私だけが知っている。私の、せいだ……。〝私〟こと前埜望は、吹奏楽部でトロンボーンを担当する高校二年生。同級生の武田くんに告白されるが、その先に踏み出せない。美人で、いつも明るく前向きだった姉の死が、私にも家族にも、まだ暗い影を落としている。

両手で目を隠して指をちらちら動かしながら〈ニュース番組で目だけにモザイクがかかっているやつの真似〉をするとか、〈残暑の厳しい光の中で、軽く着崩した武田君のワイシャツの感じが生々しくて、ちょっとだけ妬《や》けた〉とか、リアルで細やかな描写が印象に残る。

キリスト降誕の夜を歌ったクリスマスキャロル「きよしこの夜」は、たぶん日本でいちばん有名な賛美歌のひとつだろう。〝Silent night〟という英語のタイトルもよく知られているが、原曲はドイツ語の〝Stille Nacht〟(ヨゼフ・モール作詞、フランツ・クサーヴァー・グルーバー作曲)。

●村山由佳「イエスタデイズ」 初出「小説すばる」二〇一二年五月号
『短編少女』のラストを飾る主人公は、チェーン展開するセレクトショップの企画部に勤める私こと沢野美佐。どう見ても二十代ですけど……と思っていると、タイトルのとおり、過去の回想から少女時代のエピソードが語られる。

もっとも、題名の「イエスタデイズ」の直接の出典は、作中にも名前が出てくるアメリカのジャズ・シンガー、ヘレン・メリル（一九三〇年〜）がクリフォード・ブラウンのトランペットで歌った楽曲のタイトル。一九五四年にリリースされた彼女のファーストアルバム*Helen Merrill*に収録された（"Falling In Love With Love"をB面にカップリングしたシングル盤もある）。原曲は、一九三三年のミュージカル「ロバータ」のために書かれたもの（オットー・ハーバック作詞、ジェローム・カーン作曲）。『あの日、君とGirls』でもラストを飾ったこの短編で、少女たちをめぐる九つの物語に心地よく幕が引かれる。

以上、短編の魅力と少女の魔力を凝縮した全九編。この一冊を読めば、女の子がなんでできてるか、かなりわかってくる、かも。

（おおもり・のぞみ　書評家、翻訳家）

本書は集英社文庫より二〇一二年五月に刊行された『あの日、君とＧｉｒｌｓ』と、同年六月に刊行された『いつか、君へ　Ｇｉｒｌｓ』を再編集したオリジナル文庫です。

「てっぺん信号」
初出「小説すばる」二〇一二年一月号

「空は今日もスカイ」
初出「小説すばる」二〇一二年三月号
集英社文芸単行本『海の見える理髪店』二〇一六年三月刊に収録

「やさしい風の道」
初出「小説すばる」二〇一一年三月号
集英社文庫『鏡の花』二〇一六年九月刊に第一章として収録

「モーガン」
初出「小説すばる」二〇一二年二月号

「宗像くんと万年筆事件」
初出「小説すばる」二〇一二年二月号

「ｈａｉｒｃｕｔ17」
初出 ｗｅｂ集英社文庫 二〇一二年二月

「薄荷」
初出「Ｃｏｂａｌｔ」二〇〇八年六月号増刊「別冊Ｃｏｂａｌｔ」
(「エッジ―edge―side-a 薄荷」改題)

「きよしこの夜」
初出「小説すばる」二〇一一年八月号

「イエスタデイズ」
初出「小説すばる」二〇一二年五月号

集英社文庫 目録（日本文学）

和久峻三　あんみつ検事の捜査ファイル 女検事の涙は乾く
和田秀樹　痛快！心理学 入門編
和田秀樹　痛快！心理学 実践編 ―なぜ僕らの心は壊れてしまうのか ―どうしたら私たちはハッピーになれるのか
渡辺淳一　白き狩人
渡辺淳一　麗《うるわ》しき白骨
渡辺淳一　遠き落日(上)(下)
渡辺淳一　わたしの女神たち
渡辺淳一　新釈・からだ事典
渡辺淳一　シネマティク恋愛論
渡辺淳一　夜に忍びこむもの
渡辺淳一　これを食べなきゃ
渡辺淳一　新釈・びょうき事典
渡辺淳一　源氏に愛された女たち
渡辺淳一　マイ センチメンタルジャーニィ
渡辺淳一　ラヴレターの研究
渡辺淳一　夫というもの
渡辺淳一　流氷への旅
渡辺淳一　うたかた
渡辺淳一　くれなゐ
渡辺淳一　野わけ
渡辺淳一　化身(上)(下)
渡辺淳一　ひとひらの雪(上)(下)
渡辺淳一　鈍感力
渡辺淳一　冬の花火
渡辺淳一　無影燈(上)(下)
渡辺淳一　孤舟
渡辺淳一　女優
渡辺淳一　仁術先生
渡辺淳一　花《はな》埋《うず》み
渡辺淳一　男と女、なぜ別れるのか
渡辺雄介　MONSTERZ
渡辺　葉　やっぱり、ニューヨーク暮らし。
渡辺　葉　ニューヨークの天使たち。

＊

集英社文庫編集部編　短編復活
集英社文庫編集部編　短編工場
集英社文庫編集部編　おそ松さんノート
集英社文庫編集部編　はちノート―Sports―
集英社文庫編集部編　短編少女
集英社文庫編集部編　短編少年
集英社文庫編集部編　短編学校
青春と読書編集部編　COLORSカラーズ

集英社文庫

短編少女《たんぺんしょうじょ》

2017年4月25日　第1刷　　定価はカバーに表示してあります。
2017年6月6日　第2刷

編　者　集英社文庫編集部《しゅうえいしゃぶんこへんしゅうぶ》
著　者　荻原《おぎわら》浩《ひろし》　加藤千恵《かとうちえ》　島本理生《しまもとりお》　中島京子《なかじまきょうこ》
中田永一《なかたえいいち》　橋本《はしもと》紡《つむぐ》　三浦《みうら》しをん　道尾秀介《みちおしゅうすけ》
村山由佳《むらやまゆか》

発行者　村田登志江

発行所　株式会社　集英社
東京都千代田区一ツ橋2-5-10　〒101-8050
電話　【編集部】03-3230-6095
【読者係】03-3230-6080
【販売部】03-3230-6393（書店専用）

印　刷　中央精版印刷株式会社　株式会社美松堂

製　本　中央精版印刷株式会社

フォーマットデザイン　アリヤマデザインストア　　マークデザイン　居山浩二

ISBN978-4-08-745573-1 C0193